ÜNAL GÜNER

YOLCU

DESTEK YAYINLARI: 1682
KİŞİSEL GELİŞİM: 294
ÜNAL GÜNER / YOLCU

İmtiyaz Sahibi: Destek Yapım Prodüksiyon Dış Tic. A.Ş.
Genel Yayın Yönetmeni: Ertürk Akşun
Yayın Koordinatörü: Özlem Esmergül
Üretim Koordinatörü: Semran Karaçayır
Editör: Özlem Esmergül
Son Okuma: Devrim Yalkut
Kapak Tasarım: İlknur Muştu
Sayfa Düzeni: Melike Doğan
Sosyal Medya-Grafik: Tuğçe Budak-Mesud Topal-Nursefa Üzüm Kalender

Destek Yayınları: Kasım 2022 (13.000 Adet)
14 - 19. Baskı: Aralık 2022
Yayıncı Sertifika No. 13226

ISBN 978-625-441-793-1

© Destek Yayınları
Abdi İpekçi Caddesi No. 31/5 Nişantaşı/İstanbul
Tel. (0) 212 252 22 42
Faks: (0) 212 252 22 43
www.destekdukkan.com
info@destekyayinlari.com
facebook.com/DestekYayinevi
twitter.com/destekyayinlari
instagram.com/destekyayinlari

Deniz Ofset – Çetin Koçak
Sertifika No. 48625
Maltepe Mahallesi
Hastane Yolu Sokak No. 1/6
Zeytinburnu / İstanbul
Tel. (0) 212 613 30 06

ÜNAL
GÜNER

YOLCU

Kahramanın Kendine Yolculuğu

İÇİNDEKİLER

2. BÖLÜM

3. BÖLÜM

YAZAR HAKKINDA

Kökleri bir taraftan Kafkaslara, diğer taraftan Mısır'a uzanan bir ailenin tek çocuğu olarak 1966 yılında Gaziantep'te doğdu. Çapa İlkokulu'nda 3. sınıf öğrencisi iken, eski bir güreşçi olan babası tarafından judo kursuna yazdırıldı. Bu dönemde Japonya, Almanya ve İngiltere'den Türkiye'ye gelen uluslararası alanda ün yapmış üstatlarla judo, aikido ve jujutsu eğitimleri aldı. Uzun yıllar judo milli takımında yer aldı. Bu sayede Türkiye'yi temsil etme ve farklı kültürleri tanıma fırsatları buldu. Zamanla bedensel güç ve yeteneği, duygu ve ruha aktarma yolunda çalışmalar yaptı.

Şehremini Lisesi'nin ardından Marmara Üniversitesi Beden Eğitimi ve Spor Bölümü'ne girdi. Henüz öğrenciyken Deniz Harp Okulu'nda judo dersleri vermeye başladı. Aynı dönemde nefesle öğrenme tekniklerini birleştirerek, dil eğitim merkezlerinde gevşeme, odaklanma ve sofroloji sistemleriyle öğrenme konuları üzerinde çalıştı. 1988 yılında metafizik alanında seminerler ve eğitimler verdi. 1989 yılında Türkiye'nin ilk sağlık ve detoks otelinde sağlık müdürü olarak görev yaptı. Beden terapileriyle ilgili fizyoterapistlere, farklı spor alanlarındaki eğitmenlere manyetizm ve manuel terapi eğitimleri verirken, birçok farklı branştan kişi ve gruplara da nefes ve hipnoterapi çalışmaları uyguladı.

1991 yılında Marmara Üniversitesi Sağlık Bilimleri Fakültesi'nde yüksek lisansını tamamladı. "Spor Fizyolojisi ve Psikolojisi" üzerine tez hazırladı. Aynı dönemde Hava Harp Okulu'nda savaş, beden eğitimi ve judo dersleri verdi. Refleksoloji, shiatsu, hipnoterapi, kinesiyoloji, nefes eğitmenliği, takyon, ses-meridyen ve renk terapileri gibi birçok alanda çalışmalar yaptı. Halen kurucusu olduğu İbni Sina Kadim Şifa Vakfı'nın başkanlığını yapmaktadır.

instagram.com/unalguner
Facebook.com/unalguner
youtube.com/unalguner
bilgi@unalguner.com
www.unalguner.com

ÖzSöz

Sen ki sözün konuşmadaki gücüne inanır ve an içinde akanın özündeki tesirle bilgiyi en iyi taşıdığını savunurdun. Yazıyı ise ölü harflerin bir araya gelerek oluşturduğu bir harf mezarlığı olarak nitelendirirdin. Bu sebeple yazı yazmaktan kaçardın. Şimdi ne oldu da kitaplar yazar, sana senden akanı sayfalara dillendirir oldun? Söz uçar yazı kalır dediklerinde, sesin de tesiri kalır diye savunurken, şimdi yüreğindeki melodileri yazı diye akıttığında, okuyanın kalbine kazınacağı fikrine nasıl ulaştın?

Ne oldu da kalemi eline aldın ve dilini kaleme akıttın?

Diyeceksin ki bir yaprak misali akışın ritmine kapıldım. Gönlüne, kendi gönlüm gibi aktım. Sevdim ve sevgimi harflere sırladım. Çoğu az ile, azı öz ile, özü söz ile, sözü de bu satırlar ile sana aktarmaya çalıştım.

Zannetme ki emek vermeden bu kitabı yazacak hale geldim. Sayısız yollar, yöntemler ve sistemler denedim, sorularıma yanıt bulmaya çalıştım. Kapı nedir bilmeden anahtar aradım. Meğer sır da kapı da bendeymiş. Bunu öğrenince geldi yeni arayışlar ve körebe oyunundaymışım gibi kendimi aradım. Dertlere derman, sorulara cevap, sorunlara bir çare var mı dedim. Kılıktan kılığa, rolden role giren benler içinde, kendim neredeydim? Uzaklara gittim, başkalarını suçladım, kaynağı onlar bildim, kayboluşları yaşadım. Buluş ve buluşmanın kokusunu aldığımda ise, kendime yönelmeye başladım. Kendimin rakibiyken yol arkadaşı, düşmanıyken dostu olmayı seçtim. Merkezime yaklaştıkça, dışarısı zannettiğimin benden yansıdığını fark ettim. Kaynak dışarıdan içeriye değil, içeriden dışarıya akıyormuş.

Rehberim daima yüreğimden fısıldıyorken beni çağıran ses her an benimle birlikte bende imiş. Ben ne O'ymuşum ne de O'ndan öte. Yol da yolcu da "Bir"miş. Ancak arınarak, sadeleşerek, eğilerek, tevazu ile kucaklayıp kucaklanarak ilerlenebilir.

"Ben oldum" diyen meyve, ağaçtan düşermiş. Her son yeni bir başlangıç ise ancak oluşun içinde yenilenen ilerleyebilirmiş. Ayırıp, taraf olup mesafe koydukça yoldan çıkılırken, ne kadar yoldan ayrılsan da, samimi bir dilek veya bir niyetle yola tekrar dahil olunurmuş, sonsuz hak var iken zaman kaybından sakınanlar cennetin yolunu daha kolay bulurmuş.

Bu kitabın içindekilerle şifalanıp aydınlanan, kendiyle buluşan gönül dostları, şükür ve dualarınızla bilgi ve şifaları aktarın. İzin verin paylaştıkça çoğalsın.

Kitabın hazırlanmasında emek veren dostlarıma teşekkür ederim.

Okuyana, bilene ve bildirene selam olsun...

Sevgimle...
02.11.2022

Kendine Yolculuğa Çağrı!

Dünyaya yolculuğun ilk kapısı doğumdur ve bu yolculuk ölüm kapısıyla noktalanır.

Peki aralara serpilmiş başka kapılar yok mudur? Seni bir halden bambaşka hallere taşıyan geçitler? Anbean yenilenişine eşlik eden, içinde açılan kapılar...

Sen ki...

Âlemler arası bir yolcuysan...

Şu ana kadar kazançların ve potansiyelindeki birikimlerinle bundan sonraki yolculuğunda ihtiyaç duyacağın şeyleri derleyip toparlayabildin mi?

Alemden âleme, hayattan hayata seyahatler yaparken dilediklerini bugüne getirebildin mi?

Hatırla!

Şu an bulunduğun noktaya gelene kadar bir sürü aşamalardan bir sürü kapılardan geçtin.

Bu yolculuk sırasında karşına binlerce yol ayrımı çıktı ve her ayrımda yaptığın seçimlerle bugün bulunduğun yere geldin.

Peki ya bundan sonraki ayrımlarda yapacağın seçimler seni nereye götürecek?

Hangi hedeflere doğru yönleneceksin? Kimi, neyi, ne için dinleyecek ve duyduklarına nasıl güveneceksin? Çağrıların nereden geldiğini ve seni nereye yönlendirmek için olduğunu nasıl bilebileceksin?

Karar vermelisin!

Bu yolculuğa çıkarken yanına nelerden, ne kadar alacaksın? Bir kapıdan başka bir kapıya geçerken yanında neleri tutacak, neleri bırakacaksın? Taşıyabileceğin ağırlık ne kadar ve gücün bu ağırlıkları taşımaya ne kadar dayanır?

Dünyaya gelirken yanında neler getirebildin? Peki ya eğer dünya malı dünyada kalacaksa, ölüm kapısından geçerken neler götürebileceksin?

Kapıları aşmak, sonuca ulaşmak istiyorsun!

Yedi uyurlarını uyandırabildin mi ki kapılardan uyanarak geçebilesin? İkiliklerini ve zıtlıklarını birliğe dönüştürebildin mi?

İçi ve dışı bir edebildin mi?

Olaylardan ruhsal rüyalarına ne taşıyabilir, ruhsal rüyalarından olaylarına ne aktarabilir haldesin?

Düşün...

Şimdi, kendine doğru bir yolculuğa çıkmaya karar verecek olsan -ki hayat dediğimiz de budur aslında- yanına neler alırsın? Hangi hatırlatıcıya, hangi pusulaya ihtiyaç duyarsın?

Bu zamana kadar dışarıda kat ettiğin yollarda, ilişkilerde, arayışlarda aslında kendine gitmek, kendini bilmek ve bulmak istedin. Peki sana doğru olan bu yolculukta kendine, kendinde olmadan gidebilir misin?

"Kendim" dediğin kişinin derinlerinde, senden de gizlediklerini bulabilir misin?

Peki ne kadar zamanın var? Ne kadar surede ve nerede bulabilirsin seni? Hangi yöne, nasıl gitmeli? Daha önce bu yola çıkan var mı? Eğer varsa, başlarına neler geldi? Peki ya bulan var mı aradığını? Eğer bulduysa, ne gördü, ne hissetti, buluştuğu ona ne tat verdi?

İçeriden beni çağıran bu ses de ne?

Sanki uzaktan, kalbimin çarpıntısı gibi bir ses yaklaşıyor bana.

Hayır, beni yanına çağırıyor.

Ona doğru çekiliyor, süzülerek akıyorum.

Sanki bir ak deliğin yörüngesine girdim, beni içine doğru döndüre döndüre alıyor.

Sanki bir hortumun rüzgârının içindeyim.

Bir noktanın etrafında dönüyor, dönüyor ve içe, derine, ona doğru çekiliyorum.

Yaklaştıkça çağrıyı daha net duyuyorum.

Kendim, bana "Gel" diyor.

Koşarak, uçarak, halkaları, merhaleleri aşarak gidiyorum.

Ve birden bir kitap beliriyor. Kitabın sayfaları kendiliğinden çevrilirken kuş tüyünden bir kalem, ışıl ışıl parlayan altın varaklı mürekkebiyle, kocaman yazmaya başlıyor: "Gel, birlikte kendine, kendimize gidelim. Bilmediğin bir dünyaya doğru bu yolculuğunda, ben senin yanındayım."

Bir taraftan yüreğimi ağzımda hissederken bir taraftan içimde devasa bir güven hissediyorum.

Kitap beni huzurla içine çağırıyor.

Şimdi ise bu kitap senin elinde...

Sayfalar çevrildikçe, akışın içinde kendinden kendine hatırlattıklarını izleyerek yola çık.

Ak ve akışın içerisinde "AkAn" Ol.

Merhaba yolcu,

Seni halden hale taşıyarak, kendi özünle özgürce buluşturacak bir yolculuğa davetlisin.

On üç kapılı bu yolun ilk yedi kapısından geçmeye hoş geldin.

Bu kitapta sana yolun rotası ve karşına çıkan kapıları açmak için anahtarlar verilecek. Bu yolculuğu ancak, emeğinle, sana sunulanları doğru şekilde kullanarak ve hissiyatını anbean açarak tamamlayabilirsin.

Geçmişte bu yolculuğa çıkan birçok yolcu, ya yolun oyuncağı oldu, ya yola taptı ya da aldatmacalarına kandı. Oysa şimdi, yol da, yolcu da, varacağın yer de sen olacaksın.

Adımlar hızlıdır, telaşlıdır, seridir. Oysa kapılar sakin ve bilinçlidir. Koşarak değil sakince, anlayarak, öğrenerek ve uygulayarak yürüyeceksin bu yolda.

Ulaştığın her kapının bilgisi, gerçeklikleri ve vicdan seviyeleri farklı olacak. Bu sebeple, her yeni kapıda yeni fark edişlere ve yeni bir anahtara ihtiyacın olacak. Nasıl ki her anahtar her kapıyı açamıyorsa her bilgi de her kapıyı açamayacak. Bir kapıyı aşmadan diğerine koşmaya kalkıştığında yarım bıraktıkların seni geri çağıracak.

Sistem bu...

İç içe geçmiş bu kapıları birer birer ve hepsinin hakkını vererek geçmek durumundasın.

Her kapının doğru bilgiyle klik diye açıldığını duymak, sana yeni farkındalıklar, şuurlar, açılımlar ve ferahlamalar kazandıracak.

Bu yol sana doğrudur. Soluğunun içindeki varlığına, içinde durup seni beklemeye devam edene doğru, dışarıdan içeriye, içeriden dışarıya akacağın bir yoldur.

Kahramanlık; hikâyenin sonunda değil, başındadır. İlk adımı atmanla birlikte başlayan bir kahramanlık serüveninde buluşuyoruz bu kez seninle.

Biliyorum, geçmişte bir sürü zorlanmalar yaşamış bir sürü acılar çekmişken, kendine bunca "yapamam, başaramam" inanç kalıpları edinmişken, sen bile ikna edemiyordun belki de kendini, bu yolun gerçek kahramanı olduğuna... Oysa şimdi görüyorsun ki yolculuğun yeniden kutlu bir şekilde başlıyor.

Tam da bu yüzden atıyor olacaksın zaten ilk adımını.

Ben her adımında yanındayım. Yolculuk boyunca yan yana omuz omuza ilerleyeceğiz.

Şimdiye dek ulaşamadığın "sana" doğru yol alacağız birlikte.

Bu, kahramanın kendine yolculuğudur ve bu yüzden hem değerlidir hem de uğruna emek vermeyi hak eder. Sadece beyninle ya da sadece yüreğinle yürüyebileceğin bir yol değildir bu... Aklınla kalbini, ruhunla bedenini birleştirerek, ancak bir ritimle ilerleyebilirsin bu yolda...

İçinde yaşadığın bilgi çağının, bilgi çokluğunda, ne kadar öğrenirsen öğren, kendini bilgisiz ve yetersiz hissettiğin zamanlar oldu. Öğrendiklerin hayatını dilediğin gibi inşa etmeye yeterli olmadı. Bugüne kadar sana dayatılan diplomalar, sertifikalar, terfiler ve yapay başarı hedefleri ne işine yaramıştı? Bunların sonucunda kendine dönüp bir de baktın ki içeride kocaman bir boşluk var. Ve o boşluk neyle dolacak bilmiyordun.

Onca eğitim ve yatırım kendin için harcadığın onca zaman ve emek ne içindi? Sönmüş ve bitap düşmüş olan kendini ayağa kaldırma zamanının geldiğini artık hissediyorsun.

Belki de bu yüzden bir kahraman olarak kendine doğru yolculuğa çıkman gerektiği çağrısını işittin, kim bilir...

Bu kitap senin kendine ulaşmandaki engelleri kaldırabildiğin ölçüde, mucizelere şahitlik etmene vasıta olacak. Olmaz dediklerini olur, mümkün değil dediklerini mümkün kılacak. Kendinde olanı fark edişle, İlahi Yasalar'a uyum başladıkça yaratanın nefesi yelkenlerini doldurarak seni, gerçek yolculuğuna taşıyacak.

Keşfetmenin esnekliğiyle tanışacaksın ilk adımda. Bilginin cehaleti tarafından nasıl da dört bir yandan kuşatıldığını göreceksin. İlk kapıyı nasıl açabileceğini anlamadan ikinci kapıya geçemeyeceksin. Defalarca geri dönmek zorunda kalsan da sindirerek, anlayarak ilerlemek durumunda olduğunu hissedeceksin.

Senin ne istediğini ve senden ne istendiğini biliyor musun?

Öncelikle geçmiş başarısızlıklarının, cesaretsizliklerinin ve korkularının geçmişte kaldığından emin ol. Çünkü senden beklenen, kendine yeni bir şans vermen...

Bebekken yürümeyi öğrendiğin süreçte kim bilir kaç kez düşmüştün yere, canın ne çok kere yanmıştı kim bilir... Belki yürüyemeyeceğini, yerinden kalkamayacağını, başaramayacağını sanmıştın. Oysa bir daha denedin, sonra yine ve yine denedin... Bugün artık yürüyebiliyor ve koşabiliyor olmak seni hiç korkutmuyor. O süreci hatırlamıyorsun bile... Nasıl ki "Yürüyebilir miyim acaba?" diye kendine sormadan, aklına dahi getirmeden rahatlıkla yerinden kalkıp yürüyorsan, bu yolda da aynı eminlikle, benzer bir güvenle yürüyeceksin.

"Peki neden 13 kapı?" diye sorabilirsin. Batı kültüründe uğursuz ya da kötücül diye adlandırılan, bazı ülkelerde kat sayısı olarak, kapı numaralarında ve araç plakalarında dahi kullanımından imtina edilen bu 13'ün sırrı nedir?

Biliyorum aklına geliyor bu soru.

Açıklayayım:

Güneşimizin güneşi olan, Şira yıldızı ya da Sirius diye bilinen, gökyüzünün en parlak yıldızı, Beyaz Köpek Takımyıldızı'nın bir üyesidir. "Yeryüzünde ne varsa gökyüzünde, gökyüzünde ne varsa yeryüzündedir" ilkesiyle, buradaki 12+1=13 düzeni, yeryüzündeki, tüm birleşme ve oluşumların da temelidir. Yumurta ile spermin buluşma ilkelerinden tutun da, karakter ve davranış özelliklerinin, vücudun enerji kanallarının, burçlar ve döngülerin belirleyicisidir. Buradaki Beyaz Köpek Takımyıldızı'nı, Roma'nın kuruluşundaki Etrüsklerin (Saka Türkleri) Romus ve Romulus destanında, Boz Kurt Asena olarak Türk destanlarında, Ölüler Tanrısı Anibus olarak da Mısır'da görebiliriz.

Geçmiş devirlerde Sirius'un bilgeliği 13 sayısıyla özdeşleşmişti. Hatta sahip oldukları bilgiler, halkta çeşitli tapınmalara ve yoldan çıkışlara dahi sebep olmuştu. Bu sebeple Kuran'da "O Şira yıldızının dahi Rabb'idir" ifadesi kullanılmıştır.

Dünyada on iki burç, on iki ay ve birçok kutsal gruplarda işaret edilen on iki imam, on iki havari, on iki kavim vardır.

Örneğin Hıristiyanlıkta 12 havari vardır, 13'üncüsü Hz. İsa'dır.

İslamiyet'te de 12 imam bulunur, 13'üncü, Hz. Muhammed'dir.

Yahudilikte 12 kavim vardır, 13'üncüsü ise sırlanmıştır.

Bedende 12 meridyen bulunur ve bu 12 meridyen; 12 organ ve 12 karaktere tekabül eder. Karakterlerin, duygu ve düşüncelerin, davranışların, farkındalıkla bir ve bütün olarak toplanıp buluştuğu yeni alan ise 13'tür. Bu sebeple dönüşüm ve uyanış tam olarak ancak 13'üncü kapıda gerçekleşir.

Tüm bu karakterlerin, kavimlerin, imamların, burçların ve meridyenlerin hakkını vererek, her kapıda sunulanı alabilen ve bırakması gerekeni de gönüllü bir şekilde bırakabilenler için yeni bir dönem başlar ki artık 13. kapının eşiğine gelinmiştir. Bu kapıya ulaşanlar ölümsüzlüğün ve asli zamana geçisin anahtarıyla buluşurlar. Çünkü bir anda doğmak ölmek, ölmek ise doğmak oluverir. Her nefes verişinde ölümü, alışında ise doğumu kucaklayarak bir yaşam başlar.

Görünen ve görünmeyen arasındaki geçittir 13. kapı...

İçindeki Mesih enerjisinin, hayatını ve dünyayı dönüştürme gücünün sır kapısıdır.

13 önemli bir kapıdır yolcu.

Yola çıkmaya hazır mısın?

Öncelikle gizemlerle dolu yedi kapıyı aşacağız birlikte.

Ardından beş kapı ile on ikiyi tamamlayıp 13'e varacağız.

Canlılığın yaşam ilkelerinde olduğu gibi, bir hayvanın ya da bir bitkinin büyümesi için gerekenleri bedensel ve ruhsal yönlerimize uygulayacağız ilk yedi kapıda. Kendimizi bir tohum olarak toprağa ekip, kökleneceğiz adım adım.

Fikir, duygu, düşünce ve eylemlerimizi köklü ağaçlar ve hayata sunulan meyvelere dönüştürdükçe yeni tohumlardan kendimizi yeniden ve yeniden inşa edeceğiz.

1- Kökle
2- Sula
3- Ateşle
4- Kabul Et
5- Dillendir
6- Gör
7- Ruhuna Sun

Hayatında yaşadığın, gerçekleşen tüm olaylar, yukarıdaki Yaratılış Yasaları'nın bu dizilişte bir araya gelişleri ile olmuştur. Duaların, taleplerin, niyetlerin, olumlu ya da olumsuz olarak değerlendirdiğin olay ve rüyaların hepsi bu yedi yasaya tabidir. Diğer bir deyişle; bu hayattaki dünyasal arzu ve isteklerinin anahtarları, bu yedi kapıda bulunmaktadır.

Duymuşsundur mutlaka, masallarda da, efsanelerde de, mitolojilerde de yeryüzünün yaratılışındaki yedi aşamalı yollardan, yedi kat göklerden, yedi kat diplerden, yedi başlı canavarlardan, yedi kat cennetten söz edilir.

Şu ana kadar bildiklerini bir kenara koyarak, yedinin ve içindekilerin sırlarını fark etme yolculuğuna, bir masalla birlikte adım atalım.

Masallar önemlidir çünkü bilgiyi kullanıma açarlar, işlevsellik katarlar...

***

Bir varmış bir yokmuş.

Evvel zaman içinde kalbur saman içinde, pireler berber iken develer tellal iken, ben nenemin beşiğini tıngır mıngır sallar iken dedem kaptı maşayı nenem kaptı köşeyi...

Dedem başladı kovalamaya, nenem başladı kaçmaya...

Koştular kaçtılar dere tepe düz gittiler.

Yıllar süren bu koşturmacalardan sonra arkalarına dönüp bir de baktılar ki meğer bir arpa boyu yol gitmişler. Öyle bir yere ve zamana gelmişler ki bir kuşun efsanesi dalga dalga yayılmaktaymış yeryüzünde...

Ateşten kanatları ağaç genişliğinde açılan, güneş kadar sarı ve sıcak ışıklar saçan, yaratılışın ve bilgeliğin sırrını içinde taşıyan, insan aklının sorabileceği tüm sorulara bir cevabı olan, bu dünyanın her sırrına hâkim, ölümsüzlüğe erişmiş ve ölümsüzlüğün sırrını bilen bir kuş...

Anka kuşu...

Gökyüzünde, öylesine ihtişamlı uçardı ki arkasında yıldız topları ve gökkuşağından türlü çeşitli desenler bırakırdı. Bu göz kamaştırıcı uçuşu esnasında onu seyredenler geçmişi ve geleceği unutup sadece onun sunduğu güzelliklerin içine dalarlardı. Bilgeliği, kendi değerini biliş ve eminliği seyredenleri imrendirirdi. Peki, ne olmuştu da bu denli büyüleyici ve ihtişamlı bir kuşa dönüşebilmişti?

Aslında o da yanıp küllerinden doğmadan önce, kendini sıradan, vasat ve ezik hisseden, işe yaramaz gören bir kuştu. Aynanın karşısına geçip kendine bakmak bile istemiyordu. Çünkü tüyleri ayrık, yoluk, kel ve soluktu, bedeni eğri büğrü şekilsiz, garipti, bir ucubeye benziyordu adeta. Kendinin bile beğenmediği bu yansımayı kim beğenir, ona kim bakardı? Hiç yeteneği olmadığını sanıyordu. Bu sebeple yeterince sevilmediğini, değer görmediğini düşünüyordu. Ne yaparsa yapsın içine düştüğü sıkışmışlık hissinden kurtulamayacağına inanıyordu. Bir gün rüyasında, gelecekteki muhteşem hali onu bir yolculuğa davet etti. Yol ona sonsuz güzellik, bilgelik ve ölümsüzlük vaat ediyordu. Kendi olabilmek ve kendiyle buluşabilmek için bu yola çıkmaya öylesine iştahlanmıştı ki arkadaşlarını da gelmeye ikna etti ve hep birlikte yola koyuldular.

Yol tamamlanırken, şimdiye dek bildiği her şeyden, inançlarından ve ezberlerinden vazgeçmek durumunda kalmıştı, geçmişiyle birlikte bir kıvılcımla tutuşuvermişti tüyleri... Bir anda bir avuç küle dönmüştü bedeni. Bu gönüllü bırakışı ile ona, içeriden "Öl!" denmiş, ölmeyi kabul ettiğinde ise "Ol!" denilerek, yepyeni muhteşem tüyleriyle yeniye doğumu gerçekleşmişti. Bu yenileniş, bir taraftan yaşadığı deneyimlerin, yolun ve yolculuğun bilgisi, bir taraftan da ölümün bilgeliğiyle onu sırların bekçisi yapmıştı. Sahip olduğu sırlar, tüm dertlerin, sorunların ve hastalıkların reçetelerini içerir olmuştu. Yola çıkması da dönüşüme varabilmesi de hep cesaretle ve güçlü bir istekle gerçekleşmişti. Birlikte yola çıktığı arkadaşları ise nefislerinin oyunlarına yenilmiş, ışığın illüzyonlarına aldanmış ve oyalanmalar içinde kaybolmuşlardı.

Şimdi artık o gelmiyordu dünyaya, tam tersine emek verip hak edenler onu aramak için yola çıkıyorlardı. Derdi olanlar, cevaplanacak soruları olanlar onu aramaktan vazgeçmiyordu hiç ama ne var ki bir başaran, muradına eren çıkmıyordu uzun zamandır. Elbet bütün bu söylentiler zamanla gerçekliğini yitirmiş, dilden dile dolaşan şehir efsanelerine dönüşmüştü. Yıllar yılları kovalamış, Anka kuşu artık unutulmaya yüz tutmuştu.

Ta ki genç bir âşık, dağların birinde fidan boyunda bir tüy bulana kadar...

Doktorların hastalığına çare bulamadığı sevgilisi için şifalı otlar toplamaya çıkmış bir insandı bu kişi. Bir bitkiden derman dilemişken ona her derde deva Anka kuşunun bir işareti rast gelmişti. Yakut kadar parlak ve gösterişli taşlar yanıyordu tüyün üzerinde. Şehre inip bulduğu tüyü gösterdi herkese.

"Anka kuşunun tüyü bu" dediler. "Demek gerçekten varmış. Kendini yakıp yok ederek küllerinden bir bilge olarak doğmayı başaran o kuş gerçekmiş."

Toplanıp yola çıkmaya ve bilge kuşu aramaya kalkıştılar. Önce kâhine gidip bilgi almak istediler. Telaşlarını gören kâhin "Hele bir ağır olun" dedi. "Ne için nereye gitmek istediğinizi bile bilmiyorsunuz. Sahip olmak istediğiniz güçleri neden istediğinizin farkında bile değilsiniz. Bütün bu talepleriniz için nasıl bir sınavdan geçirileceğinizi tahayyül dahi edemiyorsunuz. O Anka kuşu ki kendini kendi elleriyle yakıp kül etti. Bu bir bedeldi. Hayata daha güçlü bir varlık olarak dönmesinin bedeli... Öyle şuursuzca koşup gitmek tehlikelidir."

Topluluk tedirgin oldu tabii...

Öyle ya, her yolun kendi içinde katmanları ve kapıları var. Talep edilen her sır ve güç için, bırakılması ya da kabul edilmesi gerekenler de olacaktır.

Bir kısmı vazgeçti... Korktu bu yolculuktan. Tüyü bulan genç kişi tutkuluydu. Güce sahip olmak istiyordu ve bilmeyi talep ediyordu. *Her şeyi bilmeyi...* Bu uğurda nasıl bir yol yürümek gerekiyorsa yürürdü. Genç kişinin cesareti üzerine on iki kişi daha toplandı etrafına. Kadınlar ve erkekler 13 kişilik bir kafile oluşturarak Anka kuşunun peşinden gitmeye gönüllü oldular.

Kâhinin işaret ettiği ilk yere yöneldiler. "Tüyü nerede bulduysan, o tepeyi tırmanmaya devam et genç kişi, sonrasını yol sana söyler zaten."

Genç yolcu 12 kişiyi yanına alıp tüyü bulduğu tepeye tırmanmaya başladı. Sahiden de zirveye yaklaştıkça kocaman bir oyuk belirdi karşılarında. Göz alıcı işlemeleriyle dikkat çeken, altından hayvan başlarıyla ve güzel insan bedenleriyle süslü kıpkırmızı bir kapıdan girdiler içeri. Girer girmez de büyülendiler adeta.

Muhteşem bir yerdi burası...

Kırmızı Kapı (I)

"Kırmızı kapı baş döndürücü" dedi genç yolcu. "Burası eşsiz bir yer..."

Her türlü konforun, rahatlığın, lüksün, güzelliğin, estetiğin bonkörce dağıtıldığı bu yerde daha uzun vakit geçirmek istiyorlardı ancak bir sonraki kapıya geçmek için 24 saatleri vardı.

13 kişilik kafile çok üzüldü bu haberi duyunca. Ne olurdu biraz daha kalsalardı ve bu lüksün, şatafatın, güzelliklerin tadını çıkarsalardı?

Genç yolcu ne kadar büyülenmiş olsa da yola devam edebilmek için vaktinde çıkmayı hatırlattı herkese. 24 saatin sonunda kırmızı kapıdan çıktıklarında sadece 10 kişiydiler. Üç kişi devam etmek istememişti yola. Sonsuza dek ekmek elden su gölden, hiç çalışmadan, konforlu bir hayat sürmeyi tercih etmişlerdi. Kapıdan çıkmayı seçenlere ise ikinci kapının adresi verilmişti.

Siyah-Beyaz Kapı (II)

Genç yolcu ve yoldaşları ikinci kapıya varmışlardı. Siyah beyaz renkleri olan bir kapı... İçerisi çok ilgilerini çekti görünce. Şaşırmışlardı. Burada herkesin bir ikizi vardı. Çok güzel kızlar ve çok yakışıklı erkeklerden ikişer tane... "İnanılır gibi değil" dediler. İyi ki kırmızı kapıda kalmayı tercih etmemişlerdi. Burası çok daha güzeldi... Kadınlar yakışıklı erkeklerden çok etkilenmişlerdi, erkekler de güzel kızlardan. Kimi biriyle kimi ikisiyle birden aşk yaşamaya heveslenmişti. Karşı koyamıyorlardı kendilerine. Sayısız güzel kız ve yakışıklı erkek... Hepsi coşkulu, istekli ve arzulu... Geceyi birlikte geçirmek, sabahlara kadar dans etmek, bu tutku ve şehvet denizinin içinde akıllarını yitirip kaybolmak istiyorlardı adeta. Ne var ki yola devam etmek isteyenlerin kapıyı gün doğmadan terk etmeleri gerekiyordu. Aksi halde sonsuza dek bu şehvet havuzunun içinde kalırlardı. Genç yolcu, karşı cinsinden büyüleyici birine tutkuyla vurulduğu halde yola devam etmeyi tercih etti. Yoldaşlara durumu hatırlattı. "Gün doğmadan çıkmalıyız buradan."

Gün doğmadan kapının önündeydi genç yolcu. Üçüncü kapının adresi verilmişti yola devam edecek olan sekiz kişiye...

Yoldaşların ikisi tutku ve şehvet âleminin büyüsü içinde yaşamak istedi hayatının geri kalanını.

Sarı Kapı (III)

Üçüncü kapıya vardıklarında yorgundular ama güçlü iradeleriyle gurur duyuyorlardı hepsi, mutluydular. Ne var ki sarı kapı diğerleri gibi büyüleyici, baş döndürücü, göz alıcı, rahat ve konforlu değildi. İçlerinden bazıları şimdiden pişman olmuştu bile. "Keşke geçtiğimiz kapıların birinde kalsaydık" diye yakındılar.

Sıcak çöl gibi bir alanı kızgın güneş altında yürüyerek geçtikten sonra kocaman bir saray çıktı karşılarına. Kapıda altın giysili nöbetçiler bekliyordu. Gün doğana kadar diğer kapıdan çıkmadıklarında ömürlerinin sonuna kadar bu sarayda kalacakları hatırlatıldı yolculara. İçeriye girince müthiş bir ihtişam ve lüks ile karşılaştılar.

Gücün, zenginliklerin içinde o güne kadar görmedikleri güzel meyve ve yemekler, içecekler ikram ediliyordu. Ağızlarından çıkan her söz daha bitmeden onlara sunuluyordu. Masal diyarı gibi bir yerdi burası. Onların her birine yönetecekleri bir saray ve hizmetliler sunuldu. Kontrol onlardaydı. Gücün, zenginlik ve hükmetmenin azameti onları sarhoş etmeye başladı. Kimine de sunulan güçler yetmiyor daha, daha diyorlardı. Gün doğumu yaklaşırken bir araya geldiler. İçlerinden iki tanesi kalmaya karar verdi. Onlara iki ayrı saray, krallık ve hazineler verildi. Diğer yolcular ise zar zor bu ihtişam ve zenginliklerin cazibesinden kendilerini kurtararak dördüncü kapı için yola çıktılar.

Yeşil Kapı (IV)

Yeşil kapıdan içeri girdiklerinde yemyeşil bir cennet bahçesi buldular karşılarında. Bin bir çeşit içecek ikram ediliyordu herkese. Lezzetli ve hoş kokulu iksirlerdi bunlar... Zevkle içtikten sonra her biri bir rüyaya daldı. Bir rüyanın içinde yaşamaya başladılar ama ne yaparlarsa yapsınlar rüyadan çıkmayı başaramadılar. Rüyaları, gerçekliklerine dönüşmüştü artık zihinlerinde. Olanı değil de olmayanı yaşamaya başladılar birden. Rüyada bir fırsat sunuldu onlara. Kızdıkları, nefret ettikleri, öfke duydukları, zarar gördükleri her kim varsa her birine diledikleri işkenceyi yapıp intikamlarını alma imkânı sunuldu.

Olağanüstü rahatlatıcı bir histi bu. Hepsi kendilerine zarar vermiş kim varsa tek tek nefretlerini kusup çıkardılar ortaya. Öfke patlamaları ve türlü çeşitli şiddet gösterileri iyi hissettiriyordu onlara kendilerini. Aralarından sadece beş kişi bu rüyadan uyanmak gerektiğinin farkına varabilmişti. Rüyanın derinliğine dalan bir arkadaşları kendi gerçekliğine dönememişti. İçlerinde nefreti sevgiye dönüştürerek, uyananlar, beşinci kapının bilgisini alarak düştüler yola.

Turkuvaz Kapı (V)

Genç yolcu ve yanındaki dört yoldaşı turkuvaz renkli kapıya vardıklarında bir devin onları beklediğini gördüler. Kimse bu devin ne yapacağından emin değildi. Uzun bir sessizlik, gerilim dolu bir bekleyişten sonra ağzını açan dev, her birini tek tek aşağılamaya başladı. Onları küçük gördü, her birine küfretti, kaba sözler kullandı... Sanki hepsinin zayıf noktasını biliyor gibi zaafları üzerinden sözleriyle ve hakaretleriyle yaralamaya başladı.

İçlerinden biri dayanamadı bu hakaretlere daha fazla. "Yeter be!" deyip çıkıştı deve. Bunun üzerine dev hemen onu bir kafese kapattı.

Genç yolcu devin kaba sözlerine karşılık ona temiz kelimelerle şefkatli sözler söylemeye başlayınca dev yumuşadı birden. "İhtiyaca göre denge kur" diyen dev, kötü sözlerinin hepsini yuttu ve geriye kalan DÖRT kişiye altıncı kapının adresini verdi.

Lacivert Kapı (VI)

Lacivert kapının girişinde dört kişi kalmışlardı. Hiç konuşmadan devin tarif ettiği lacivert kapıya ulaştıklarında ortalığı toz duman içinde buldular. Görkemli bir sarayın mücevherler ile süslü kapısının önünde, bir arbededir kopuyordu. Herkes öfke içinde ve birbirlerine saldırıp duruyorlardı. Kimin kime neden saldırdığı bile belli değildi. Öfkeden ve kavgadan başka bir şey yoktu burada. Aralarından güçlükle geçip kapıdan usulca çıkmaya çalıştılar ancak burnundan soluyan azgın bir atla öfkeli bir köpeğin kapının önünü kestiğini gördüler. Birbirleriyle dövüşmeyi bırakıp iki yolcuya yöneldiler birden. İkisi de huzursuzdu hayvanların. Kimse ne yapacağını bilemiyordu. Başlarını okşamaya bile izin vermezler, yanlarına yaklaşmak ne mümkün? Köpeğin hırlayarak üzerine gelmesinden korkan yolcu, yerden aldığı taşı fırlatınca ortalık karıştı. Köpek ve at, üç yolcuyu aralarına alıp tepindiler üzerlerinde ve uçurumdan ittiler onları.

Genç yolcu çok korkmuştu, ne yapacağını bilemiyordu, kendi sonunun da geldiğini düşündü. "Demek buraya kadarmış" dedi. "Anka kuşuna ulaşamayacağım."

Çaresizce olacakları beklerken buraya kadar geçtikleri yolları düşündü. Sonra devin sözlerini hatırladı birden.

"*İhtiyaca göre denge kur.*"

Hayvanların öfkelerinin bununla ilgisi olduğunu fark etti. Atın önünde et, itin önünde ot durmaktaydı çünkü...

Genç yolcu sakince eğildi ve atın önündeki eti ite, itin önündeki otu ata vererek ikisinin de sakinleşmesini sağladı. Hayvanlar karınlarını doyurup tatlı bir uykuya daldılar. At, genç yolcuya yedinci kapının adresini vermişti bile...

Mor Kapı (VII)

Artık tek başınaydı genç yolcu... On iki kişiyle çıktığı bu yolda yalnız kalmıştı. Anka kuşuna ulaşmak için son bir kapı vardı önünde. Mor kapıdan içeri girdiğinde kocaman bir ayna buldu. Sudan bir ayna... İçinden geçtiğinde yeni bir ayna çıkıyordu karşısına. O aynanın da içinden geçince bir ayna daha...

Sonu gelmiyordu aynaların. Geçtikçe geçiyordu ama bir yere vardığı yoktu. Genç yolcunun sinirleri bozuldu artık. Karşısında sürekli kendini görmekteydi ve kendi içinden geçip durduğu halde bir yere varamamaktaydı.

Sonunda dayanamayıp bir tane yumruk geçirdi aynadaki yansımasına. Sonra aynı şiddette bir yumruk yedi yüzüne. Bir tane daha yumruk attı ve bir yumruk daha yedi. Aynadaki yansımasına her ne yapıyorsa karşılığında aynısını buluyordu. Kendi gibi zeki, güçlü ve irade sahibi bir insan vardı karşısında. Kendini kendi potansiyeliyle nasıl alt edebilecekti?

Ne yaparsa yapsın, ona aynı potansiyelle karşılık verebilecek bir tane daha vardı ondan.

Bu kapının aşılamaz olduğuna karar verdi genç yolcu. Kendini kendiyle alt etmesi mümkün değildi.

Üstelik suyun arkasında renkli bir ateşin yükseldiğini gördü, şarkılar söylendiğini işitti. Anka kuşunun alevden tüyleri suyun içinden kıvrılarak geçmekteydi.

Şifalı sesi kalbine dokundu genç yolcunun. İçinden ağlamak geliyordu. Kendini aşıp ona nasıl ulaşacağının yolunu bulamıyordu bir türlü.

Öfkeyle aynadaki yansımasının boğazına sarıldı ama o da aynı güçte onun boğazını sıkıyordu. Yerden aldığı bir sopayı geçirdi başına ama kendi kafasından kanlar aktı.

Kendini hırpalamaktan yorgun düşen genç yolcu, sonunda bir fikre ulaştı. "Madem ben ne yaparsam onu yapıyor o halde bir yol daha var" dedi.

Yerinden kalkıp aynadaki yansımasını kucakladı ve onunla yer değiştirdi. Sırtını dönüp Anka kuşuna doğru yürümeye başladığında, gölge kişi de ondan uzaklaştı...

Yedi kapıyı aşmış bu genç yolcuyu selamladı Anka kuşu, "Dilediğini sorabilir, dilediğini alabilirsin" dedi.

Yolun başındayken sahip olmak istedikleriyle şu an sahip olmak istedikleri aynı değildi artık.

"Bitmedi değil mi?" diye sordu. "Asıl şimdi başlıyor."

"Öyle" dedi Anka kuşu... "Asıl şimdi başlıyor."

"Ne yapacağız peki?"

"Önce yedi kapıdan geçerken ne aldınsa onları bir başkasına da aktaracaksın yolcu. Sonra 13'üncü kapıya yürüyeceğiz birlikte."

Hoş geldin...

1. BÖLÜM

I. TOPRAĞIN KAPISI

Korku Hapishanesi

Anka kuşunu bulmak için çıktıkları yolda birinci kapının ihtişamına kapılan üç kişi 24 saat boyunca diledikleri kadar konfor, zevk ve sarhoşluğa ulaşmışlardı. Kırmızılıklar diyarında sürekli müzik, dans ve eğlence içinde kalmayı seçmişlerdi. Ertesi güne uyandıklarındaysa, sahip oldukları şeyleri kaybetme korkusuyla sarsıldılar.

Bu sınırsızca eğlenme ve güzellikleri sonuna dek alabilme imkânına ve hakkına sahipken neden bundan feragat etsinler ki? Biri çıkıp da bu konforu ve eğlenceli hayatı ellerinden alır diye korkmaya başladılar, kendilerine korunaklar, barınaklar ve sınırlar inşa ettiler.

Bütün bu korkular yüzünden, sunulan zenginliklerin rahatlığını yaşayamaz oldular. Birlikte yola çıktıkları arkadaşlarından bile zarar gelebileceği şüphesine kapıldılar, huzurları kaçtı. Kimseye güvenmemek gerektiğini salık verdiler kendi kendilerine.

Parmaklıkları korkuyla örülmüş bir hapishanenin içindeydiler artık. Eğlenceleri ve zenginlikleri sınırsızca ve özgürce kullanma hakları varken "Bu benim" diye yapıştıkları her şey ama her şey, cehennemleri oldu adeta. Mutlu olmanın olanağı her birine sunulmuşken, bu kapının **sahiplenme büyüsü**, **sahip**

olduklarını sandıkları her şeyi kaybetme korkusuyla tutsak almıştı onları.

Yaşadığımız çağda derin mutsuzluklar hissetmemize ve acı çekmemize yol açan şeylerden biri bilgidir yolcu.

Burası çok önemli.

Çok bilgi mutlu etmez, acı verir.

"Ben biliyorum" demek insanı katılaştırır. Öğrenme ve keşfetme esnekliğini elinden alır.

İnsan "biliyorum" sandığı için yeni bir şey öğrenmeye ihtiyacı olmadığını düşünür. Öğrendiği şeye tutunup kalır ve bir noktada artık kendi bilgisine tapmaya başlar. Dolayısıyla bilgiye tapmak, derin bir cahillik sürecini de başlatır.

Etrafın her şeyi bilen insanlarla dolup taşıyor ama görüyorsun ki çoğu mutsuz. İçlerinden bazıları her şeyi ama her şeyi bildiklerini iddia ediyorlar. Her konuda mutlaka bir fikirleri ve yorumları var. Edebiyat, sanat, bilim, felsefe, psikoloji, tarih, ekonomi, siyaset, sağlık, astroloji, tarot, şifa, yoga...

Çoğu her konuda bilgi sahibi... Üstelik her bilgiye hemen ulaşabileceğine inanıyor. Hepsini hemen öğrenebileceğinden emin. Yaşadığımız çağda kimsenin ulaşamadığı bilgi yok gibi değil mi?

Bilgiye ulaşmak için şart koşulan herhangi bir kriter de yok. Her bilgi herkese eşit derecede açık...

Buna rağmen çok insan yine de mutsuz, çözümsüz ve çaresiz hissediyor kendini.

Sana da garip gelmiyor mu?

Her şey var, hiçbir şey yok.

Bütün bunlar mutlu, sağlıklı ve kendi içinde tatmin bulmuş bir hayat sürdürmeye yetmiyor çoğu zaman.

Her şeyi bildiği halde kendi acısını dindirmeyi başaramamış çoğu... Sayısız psikoloji kitabı okumuş, uzmanlardan sağlıklı ve genç bir hayat sürmenin tüyolarını almış, mutluluğun formüllerini filozoflardan derleyip toparlamış, ekonomiyi profesörlerden dinlemiş, yatırım planları edinmiş, dil öğrenmiş, girişimlerde bulunmuş, âşık olmuş, ayrılmış sonra yeniden âşık olmuş, yeniden ayrılmış... Ama hayatında hâlâ hep bir şeyler eksik... Sürekli düşüyor ve düştüğünde nasıl ayağa kalkması gerektiğini bilmiyor ya da düşmemek için ayakta nasıl durması gerektiği hakkında bir fikri yok. Bildiği onca şeye rağmen tökezliyor, yere kapaklanıyor, yaralanıyor, kaybediyor, acı çekiyor... Güçsüz ve çaresiz bir halde buluyor günün sonunda kendini...

Neden?

Bildiği şeyler neden yetmiyor ayakta kalmasına?

Çünkü bildikleriyle katılaştığının farkında bile değil. Öğrenme ve keşfetme esnekliğini zaman içinde nasıl yitirdiğini göremiyor.

Bebeklikte insan bedenin yüzde 85'i sudur. Yaş ilerledikçe suyun oranı yüzde 60'lara kadar azalır ve insan giderek sertleşir, katılaşır. Bir bebeğin ya da bir çocuğun içinde yaşadığı dünyayı keşfetme, öğrenme ve coşkuyla yeniye ilerleme arzusu zamanla "*Ben zaten bunu biliyorum, daha önce yaşadım, bunun gibisini çok gördüm*" zannıyla duyguda, zihinde ve bilgide sertleşip katılaşma yaratıyor. Böylece hayatla alışveriş de kesiliyor.

Oysa her yaşın içinde, her yaşın kendine özgü bilgisiyle hayatta var olabilmenin zenginliği yatar. Buna rağmen bazen çocukluk ve gençlik yaşlarında bile kendini kuru bir ihtiyara dönüştürenler olabiliyor.

Bildiğini sandığı için hiçbir şey bilmediğini unutuyor çoğu insan. Bilgiye tapıyor olmak onu giderek daha da cahilleştiriyor ki acının kaynağı da bu cehalettir işte. İnsan keşfetmenin ve yeni bir şey denemenin ya da tanımanın esnekliğini yitirdiğinde bilginin cehaletine ve katılığına tutuluyor.

Katılaşmanın temel nedenlerinden biri korkudur.

Ya kaybedersem, ya geride kalırsam, ya başaramazsam, ya kazanamazsam, ya terk edilirsem, ya tercih edilmezsem, ya olmazsa, ya hakkımda yanlış düşünülürse, ya sürüden atılırsam, ya düzenim bozulursa, ya aldatılırsam, ya yalansa?...

Korkuların sonu yok yolcu!

Yolun bu ilk adımında senden beklenen şey, korkularının hapishanesinden çıkmandır. Korkuyu lehine kullanabilme becerini hatırlaman ve geliştirmendir.

Korku, bir taraftan çok değerli bir araçtır aslında. Çünkü korku sayesinde korundun şimdiye kadar. Her şeyi tahayyül etmeye, hesaplamaya ya da öngörmeye yetmeyebilir aklımız, zekâmız... Ancak korkularımız sayesinde aklımızın yetmediği noktalarda bile önlemler alırız, koruruz kendimizi.

Yeryüzünde çok insanın korku duymaya ihtiyacı var. Bu seni şaşırtmasın. Korkmadığı için hayatta kalamayabilir çünkü, korkmadığı için zarar verebilir, korkmadığı için kaybolabilir, korkmadığı için aklını yitirebilir, başkalarının varlığı açısından tehdit oluşturabilir. Korku, kişinin kendine koyduğu bir hapishanedir, dışarıda tutunamıyordur. Ancak dengeyi yakalamak noktasında korkunun dozu tabii ki çok önemli...

Korku bir koruyucu da olabilir bir yok edici de. Sonuçlar korkunun dozuna göre değişir. Doğru dozda alınan korku, insanın hayatında bir koruyucu unsur sayılabilir. Aşırıya kaçıldığında ise onu güzelliklerden, keşiflerden, iyiliklerden, tekâmüle taşıyacak deneyimlerden mahrum da bırakabilir. Çaresiz, güçsüz ve kapana kısılmış kılabilir.

Mesela bir konunun, bir halin ya da bilginin aşırı derinliklerine sapıp kaybolabilme potansiyeline sahip biri, yükseklik ya da derinlik korkusu geliştirerek birçok konunun içinde kaybolmaktan koruyabilir kendini.

Birçok alanda özgürlüklerini kısıtlayabilir, uçağa binemeyebilir, yüzme öğrenemeyebilir ya da denizin derinliklerinden kaçınabilir. Çünkü eğer bu korku modelini şuuraltına bir şekilde yerleştirmemiş olursa, aşırı uçlara kapılabilir, nerede duracağını tespit edemeyebilir. Birçok konuda aşırıya giderek dengesini bozup hayatında sarsıntılara yol açabilir.

Konuyu biraz daha örneklendirerek anlaşılır kılmaya çalışayım senin için:

Diyelim ki böcek ya da köpek korkun var.

Gördüğünde çok korkuyorsun, saklanacak yer arıyorsun kendine. Bu gerçekten de özgürlüğünü kısıtlayan bir duygu. Fakat her türlü korku bir duygu kodlamasıdır. Kendi bedeninin, duygularının ve düşüncelerinin alanını bugüne kadar koruyamamışsan, bu alanı koruyabilmek için yani sınırını çizebilmek, neyi içeriye alıp almayacağını daha geniş bir güvenlik şeridi oluşturmak için korkular geliştirirsin. Farkındalığınla ve özgür iradenle koruyamadığın alanlarını korkuların korumaya başlar. Böcekten ya da köpekten korkmaya başlayarak bedeninin dokunulmazlığını korumayı öğretirsin ya da hatırlatırsın kendine.

Bir köpeğin seni ısıracağını imgelemeye başladın, bir böceğin tenine yaklaştığında zarar göreceğini düşündün çünkü kendi alanını korumakla ilgili eksikliklerin vardı. Özellikle de "hayır diyememek" konusunda... Onay alabilmek için kendini tacize açık kıldın, başkalarının seni kullanmasına izin verdin ya da başkalarına bolca fedakârlıklarda bulundun, alanını koruyamadın.

Düşün bakalım yolcu. Kendi kişisel alanını ve kul hakkını kendinden ve başkalarından koruyabilmek için sence nasıl bir korkuya ihtiyacın vardı?

İşte şuuraltının geliştirdiği yöntem böcekten ya da köpekten korkmanı sağlayarak dokunulmazlık alanını sana hatırlatmak olmuştur. Yüksekten ya da derinlikten korkmanı sağlayarak koruman gereken bir bedeninin ve özel alanın olduğu konusunda seni uyandırmaya çalışmıştır.

Peki bu korkuyla sonsuza dek yaşamak zorunda mısın?

Tabii ki hayır.

Bir korku kodlamasının yerine ihtiyaç duyduğun farkındalığı yerleştirdiğinde korkuya ihtiyacın kalmaz, onunla vedalaşabilirsin.

Hayır deme farkındalığına ulaştığında, bedenini, zihnini, ruhunu özgür iradenle korumaya aldığında, bunu şuurlu ve kararlı olarak yaptığında böcekten ya da köpekten korkmana gerek kalmaz.

Çağımızın insanı çoğunlukla kaybetme korkusu tarafından esir alınmış gibi değil mi?

Belki sende de aynı korkular deneyimlendi. **Kaybetme korkusu, sahiplenme duygusuyla artar. İnsan sahibi olduğunu sandığı her şeyi kaybedeceği korkusuna düşer ister istemez. Parasını, malını, yakınını, sevdiğini, hatta hayatını kaybetmekten korkar.**

İşte tam da bu yüzden hayata, maddeye ve dünyaya değer vermeyi bilmek gerekiyor. Hayata değer vermek gerektiği bilgisine sahip çok insan var ama bir o kadar insan da değer vermeyi öğrenmek yerine sahiplenmeye ihtiyaç duyuyor. Sahiplenme ihtiyacı, egonun en alt kademesidir. Buna rağmen çok insan sahiplenme ihtiyacı içinde.

Hayata, maddeye, dünyaya değer vermek çok kıymetli... Ancak bunları sahiplenmeye kalkmak kaybetme korkusunu da beraberinde doğuracağı için yıkıcı ve yorucu bir sürece yol açar. Koskoca bir hayat, kaybetme korkusu içinde yaşanıp son bulmuş olur. Hatta hiç yaşanmamış bile sayılır.

Şimdi dur ve düşün yolcu.

İlerlemeye devam etmek için burada durup dinlenmeli ve tefekkür etmelisin.

Kendine zaman tanı.

Bak bakalım etrafına, senin olan ne var?

Gerçekten neyin sahibisin, neyin sahibi olduğunu düşünüyorsun? Neyi sonsuza kadar elinde tutabilirsin, neyi sonsuza kadar sahiplenebilirsin?

Evini mi, arabanı mı, paranı mı, işini mi, kitaplarını mı, kıyafetlerini mi, çocuklarını mı, aileni mi, dostlarını mı, sağlığını mı, güzelliğini mi, gençliğini mi, hangisini?

Hangisinin sahibisin?

Dur, düşün, demlen...

Acele etme.

> *"Mal sahibi mülk sahibi hani bunun ilk sahibi.*
> *Mal da yalan mülk de yalan.*
> *Gel biraz da sen oyalan."*
>
> – Yunus Emre

Hiçbir şeyin sahibi olmadığını ve olamayacağını anladığın an yeni bir açılım başlar yolcu.

Kendi bedeninin, çocuklarının, ailenin, şu ana kadar kazandığın hiçbir şeyin sahibi sen değilsin.

Tüm kaybetme korkuların kendini bir şeylerin sahibi zannetmenden dolayıdır. Oysa hepsi zaten geçicidir ve senin değildir. Günün birinde hepsini bırakacağın, hatta bu hayatı da, bedeni de, bu canı da terk edip gideceğin aşikâr iken hepsinin sahibi olduğun sanrısına yapışıp kalman niyedir?

Sahiplenme ihtiyacının yerine ne koyabileceğini sor kendine.

İşte tam bu noktada yeni bir bilgi çıkacak ortaya.

Sahip çıkmak...

Sahiplenmek yerine sahip çıkmayı hatırla.

Hiçbirinin sahibi değilsin, hepsi sana emanet sadece... Sahip çık ve değerini bil...

Sana sunulmuş olan hatta emanet edilmiş olan her şeyin değerini bilmen bekleniyor senden. "Kaybederim" korkusuyla sahiplenmeye çalıştığın şeylerin emanetçisi olduğunu hatırlayıp fark ettiğin an kaybetme korkun ortadan kalkar ve hepsinin değerini bilme becerin gelişir.

Emanetçisi olduğun evinin değerini bil, tadını çıkar.

Emanetçisi olduğun paranın, kariyerin ve işin değerini bil, tadını çıkar.

Emanetçisi olduğun evlatlarının değerini bil, bu deneyimin tadını çıkar.

Emanetçisi olduğun ailenin, dostlarının, tanıdıklarının değerini bil, tadını çıkar.

Emanetçisi olduğun bu bedenin, bu yaşın, bu sağlığın değerini bil, tadını çıkar.

Hepsi bu!

Sen kendi alanını yani sahip olduğunu değil de sana emanet edilmiş olan alanı nasıl koruman gerektiğini bilmediğinde bunu senin adına korku duygusu yapar. Koruyamadığın yeri korku korur.

Bedeninin, hayatının ve hayatının içindeki her şeyin kendine emanet olduğunu bilen insan alanını daha iyi korur, çünkü değerini bilir.

"Ben bu değilim, bu bana emanettir" demeyi başaramadığında elindekini korumak yerine ona daha fazla sahip olma güdüsüyle hareket ederek içindeki korkuyu beslersin.

Sahip çıkmak ile sahip olmak arasındaki farkı doğru anlamak gerekir.

"Ben işimin sahibi değilim, buluştuğum bu işe sahip çıkıyorum."

"Ben sevgilimin sahibi değilim, buluştuğum bu sevgiye sahip çıkıyorum, emek veriyorum."

"Ben çocuğumun sahibi değilim, buluştuğum bu çocuğa sahip çıkıyorum, emek veriyorum."

Sahip çıkmak esnektir. Ancak sahiplenmek katıdır ve korkuyu doğurur.

Hayatta olmanın ve bir hayat sürebiliyor olmanın değerini anladığında, sana sunulmuş olanları bilinçli olarak kavradığın an ölüm korkusuna ihtiyacın da azalır. Artık sana ayrılmış olan zaman içerisinde hayatı güzel tatlarla, buluşmalarla, keyifle yaşamaya başlarsın. Hayat senin açından artık bir düğün dernek olur.

Şunu hep hatırla yolcu...

Bu hayat sana cennet diye verildi. Hayatın içinde cennetini de cehennemini de anbean sen oluşturursun.

Seçimin huzurun olsun, cennetin olsun yolcu.

Kendinle barışabildiğin ölçüde hayatındakilerle barışırsın.

Kavga, dedikodu ya da zarar verici herhangi bir enerjiyle okunu fırlattığın an, bil ki vurmayı hedeflediğin ve eninde sonunda vurmayı başaracağın hedef yine sen olacaksın. Senden çıkan ok, sadece seni vurur, başkasını değil.

Biliyorum...

Yine de ısrarla sormak istiyorsun değil mi?

"Sahip olduğum, bana ait olan hiçbir şey yok mu sahiden bu hayatta?"

Evet var:

An...

Yaşadıkların, geçmişin ve henüz yaşamadığın geleceğin senin değil ise, geriye bir tek "an" kalır, değil mi?

Öyleyse, senin olanı alabilmek için, burada ve tam da merkezinde olmalısın.

An içinde yaşadığın, deneyimlediğin, hissettiğin her şey senindir. Onu da sadece geçmişten ve gelecekten özgürleştiğinde tadabilirsin.

Korku Endişenin Annesidir

Bu satırları yazarken bir kafede oturuyorum... Kafenin bahçesindeyim... Etraf gayet kalabalık. Yemyeşil dallarla ve yapraklarla örülü bir duvar yükseliyor yanımda. En az üç metrelik bir duvar... Dışarıdan gelebilecek tehlikelere karşı koruyor bahçede oturan insanları... Kendimi güvende hissediyorum. Güneş üzerimizde, etraf aydınlık... Ama bu duvar üç metre değil de 30 metreye yükseltilmiş olsa ne olurdu?

Daha büyük tehlikelerden mi korurdu?

Hayır.

Peki ne olurdu?

Mutsuz hissederdim kendimi. Çünkü güneş kapanırdı artık, burası karanlık olurdu, serin ve nemli olurdu, kötü kokardı. Kafedeki herkes tatsız hissederdi. Muhtemelen uzun süre oturmak istemeyip kalkar giderlerdi.

Korkunun korunmak için olan kısmıyla, aşırı korkudan dolayı hayatla teması kesen kısmını birbirinden ayırmak gerekir.

Bunu başarmak için de önce korkularının ne olduğuyla yüzleşmelisin. Durup düşünme zamanı...

Sana boş bir sayfa bırakıyorum buraya.

Korkularını düşün ve yazmaya başla.

Korkularını alt alta sırala.

Korkulara yol açan deneyimlerini ve korkulardan dolayı hayatında oluşan olumsuzlukları yaz.

Sonra korkularının seni nelerden koruduğuna bak!

Buradaki keşiflerin çok değerli olacak yolcu.

Korkularının seni gerçekten nelerden koruduğuna yakından bak.

Korkularının yerine daha faydalı hangi bilgiyi koyabileceğini şu ana kadar öğrendiklerini de kullanarak muhakeme et.

Korku İhtiyacı

Kutsal kitaplarda sevgi ve korku kavramları çok iç içe aktarılır ve bu noktada çoğu kişi ister istemez kafa karışıklığı yaşamaya başlar. Bir taraftan yaratıcının ne büyük bir sevgiyle yaşamı var ettiği ve insana ne çok özen gösterdiği aktarılırken diğer taraftan da hep bir sopa gösterilir ve cehennemle cezalandırmaktan söz edilir.

Bunca sevginin olduğu bir alanda bunca ceza ve korku niye var ama değil mi?

Eskiden benim de aklımı çok meşgul ederdi bu mesele ve hep şöyle düşünürdüm:

"İnsanlığa korku yerine sadece sevgi verilse daha iyi olmaz mıydı?"

Sevginin diliyle her şeyin iyileşebildiğini görüp deneyimliyordum çünkü. Oysa başka gerçekliklere de ihtiyaç duyuluyormuş meğer...

Bazı anlayış ve farkındalık biçimleri, sevginin dilini alamayacak yapıda.

Bazı anlayış ve farkındalık biçimleri, gerçekten korkutularak, korkuyla disipline olarak ilerleme ihtiyacı duyuyorlar.

"Bir ülkenin kültürü kaldırımlarının yüksekliğiyle ölçülür" sözünü duydun mu hiç?

Bana da ilginç gelmişti ilk duyduğumda. Yani eğer kaldırımlar ne kadar yükseltilmişse, insanların kuralları ihlal etme, otoriteye karşı başkaldırma enerjileri de o kadar yükselmiştir diyor. Toplumu korkutarak kurallara riayet ettirme uygulaması söz konusu burada.

Azgelişmiş ülkelerde insanlar araçlarını kural öyle olduğu için değil, araçları zarar görecek korkusuyla yüksek kaldırımlara park etmezler. Korktukları için bir seçim yaparlar ve ancak korkuları sayesinde bir kurala riayet etmiş olurlar.

Her birimizin otoriteyle, yani kural koyucu sistemle ilişkisi ya da alışverişi, bizim korkuya ne kadar ihtiyaç duyduğumuzu da belirliyor.

İnsanların gerçeklikleri arasındaki farktan dolayı, farklı davranış kodları söz konusu... Kısacası bazıları sadece korkutularak disipline edilebiliyorlarken bazılarının birlikte ve güven içinde yaşamak için korkutulmaya hiç ihtiyacı yok... Sevgi ve güven dolu oldukları için korkuya ihtiyaçları olmuyor.

Korku arttıkça negatifle ve karanlıkla olan bağlantı da artar.

Korku, güçlü bir yaratma duygusudur.

Korkunun insan bedenindeki yeri birinci ve ikinci çakralardır. İkinci çakra olan cinsel çakranın aslında bir yaratım ve ilham çakrası da olduğu bilgisini hatırlarsan korkunun yaratımla olan ilişkisinin aslında ne kadar güçlü olduğunu tahmin edebilirsin.

Halk arasındaki "Korktuğum başıma geldi" deyişinin aslında evrensel bir yasa olduğu gerçeği yadsınamaz artık.

Korku enerjisi çok güçlüdür ve insan korkusunda son derece samimidir. Aynı samimiyeti sevincinde, arzusunda, isteğinde, coşkusunda, sevgisinde gösteremeyebilir. Mutluymuş gibi, seviyormuş gibi, coşkuluymuş gibi manipüle **edebiliyorken kendini... Oysa, korkuyorsa sahiden korkuyordur. Bu yüzden korku çok güçlü bir yaratım gücüne sahiptir.**

Korku, karanlık ve soğuktur, zira bir şeyin ardındaki görünmeyene, bilinmeyene karşı doğar. Yani insan görmediği, bilmediği, tanımadığı, sevmediği şeyden korkar. Sevmek için tanımak gerekir. Tanımadığı her şeye karşı temkinlidir yani korku beslemektedir.

Bilinmeyenden korkarız yolcu. Bunda tartışılacak bir şey yok. Tam da bu yüzden yeni olan her şey insan için bir bilinmeyendir ve korkutucudur.

Çok insan *yeni* olana karşı korku besler. Bu yüzden değişmekten ve ileriye gitmekten bile imtina eder. Geçmiş her zaman güvenli gelir ona. Ne kadar kötü de olsa en azından korku verici değildir, sadece acı vericidir.

Geçmişe bağımlılığın temelinde de yeniye ve bilinmeyene karşı duyulan korku vardır.

Ya yeni şey, bir felaketse?
Ya değişim korkunç bir yıkım getirirse?
Ya bilinmeyen aslında çok kötüyse?
Ya yeniyle birlikte eskiye duyulan özlem ve pişmanlık hissi artarsa?

Bütün bu olasılıkları tahayyül etmek ve bütün bu olasılıklara korkuyla tutunmak insanı olduğu yere, olduğu haliyle çiviler. Olduğu halinden bir adım dışarı çıkamayan, edindiği yeni bilgilerle sözde ilerliyormuş gibi kendini kandırmaya devam eden insan, aslında derin bir korku içindedir. Köklenmekle ilgili sorunları vardır.

Köklenmenin güven duygusuyla ilgili olduğunu hatırlatırsam, korkuların diğer bir nedeninin aslında güven duygusuyla, yani insanın kendine ve sisteme hiçbir şekilde güvenmemesiyle ilgili olduğu da anlaşılacaktır.

Korkularını saplantılı bir şekilde, hastalık düzeyinde yaşayanlar da vardır kuşkusuz. Bu insanlar açısından korku hayatlarının bir parçası değildir artık, onlar korkunun bir parçasına dönüşmüşlerdir.

Korkunun parçasına dönüşmüş olanlar, sürekli kendilerine bir zarar geleceğini zannetme hali içindedirler. Böylece karanlık tarafından ele geçirilmiş olurlar. Çünkü karanlıkla gerçekleştirilen işbirliği, korkuyla başlar. Korku ilerledikçe, korkunun karanlık tarafına geçilmiş olunur.

Bu noktada ışığın yolunu görüp fark edenler karanlıktan ve korkudan kurtulmayı başarabilirler. Her insana Tanrı'nın kurtuluş ipi sarkıtılmıştır. İçinde bulunduğu bütün olumsuz durumlardan çıkabilmenin bir yolu ve yöntemi kişiye mutlaka fısıldanmıştır, mutlaka çareler sunulmuştur.

Kurtuluş ipini, ışığın o incecik yolunu gerçekten fark ettiğinde korkudan aydınlığa ve sevgiye geçmen mümkündür.

Korktukça korkulacak şeyler artar, endişelendikçe endişe edilecek malzemeler hızla servis edilir. Hayatın mekanizması budur. Mekanizmanın bu hiç değişmeyen çalışma sistemini kavradığında yapabileceğin tek şey sistemin içine yeni bir duygu yerleştirmektir. Mekanizma duygular arası ayrım yapmadan, yüklediğin her şeyi çalıştırıp türetmeye devam edecektir.

Şimdi senden bu bilgiler ışığında çok daha derinlerdeki korkularını, hayatının yöneticisine dönüşmüş olan korkularını da bulup çıkarman bekleniyor yolcu.

Boş bir kâğıt al ve yazmaya başla.

Ne kadar korkun varsa hepsini kafanda canlandırıp yaz. Sonra o kâğıdı ateşe atarak yak, yok et.

Korkularıyla yüzleşme gücüne ve iradesine sahip bir insan olarak kafanın içinde köklenmiş korkuları ateşte yakıp kül edebilecek güçte olduğunu da hatırlat kendine. Korkularını yakıp yok ettiğinde yerine koyacağın yeni duygu, güven olsun.

Şimdi de eline boş bir resim kâğıdı al ve istediğin renklerle, kocaman ve en görkemli haliyle "güven" kelimesini yaz ve süsle. Zamanını en çok geçirdiğin bölgedeki bir masaya, bir duvara ya da bir aynaya bunu yapıştır. Her baktığında ihtiyacın kalmadığı için yaktığın korkularının yerine koyduğun bu yeni enerjiyi içine al ve kabul et. Yaşama, onun prensiplerine, kendine ve bunların hepsini var edene şükrederek güven. Yaratıcının kurduğu sistemin ne kadar ahenkli ve ritmik işlediğinin ve güvenilir olduğunun kanaatiyle O'ndan ve kendinden emin ol ve bunu bütün varlığınla hissederek, "Emin ellerde ve güvendeyim" ifadesini kendine hatırlat. Bir süre içinde tesadüflerin bir sipariş, yaşananların mükemmel bir matematik olduğunun farkındalığı daha da artacak. Her şeyin kurulmuş bir saat gibi görevlerini ne kadar düzenli ve özenle yaptığını göreceksin. Güneşin doğum ve batım saatlerine hiç geç kalmaması, her şeyin vaktiyle olması kendine ve kâinata olan saygını daha da artıracak.

İçindeki güven ne kadar artarsa korku da o denli küçülür.

Korkular çeşit çeşittir yolcu.

Kimi dünyadaki işini bitiremeden gitme korkusu yaşar, kimi bir şeyi kaybetmekten korkar, kimi korkudan hayatı yaşayamaz, kimi korktuğu için para biriktirir, kimi eşya...

Biriktirdiğin ne varsa bil ki ardında korku vardır.

Bırakamadığın ne varsa bil ki onun da ardında yine korku vardır.

"Ya yenisi verilmezse?" korkusu...

Düşün!

Ne çok korkun var aslında.

Hayatında nelerle bir türlü vedalaşamadığına bak.

Eski bir sevgili, eski bir eşya, eski bir anı, işi bitmiş bir hal, eski bir duygu, eski bir davranış, bir alışkanlık...

Hiç fark etmez ne olduğu.

Vedalaşamadığın her şeyde, bırakamadığın her şeyin içinde aşamadığın bir korku yatıyor.

Hangi korkuya tutunduğuna bak.

Bıraktığının yerine ne koyacağını bilmiyorsun aslında. "Bunu bırakırsam ne yapacağım?" korkusuyla tutunuyorsun eskiye...

Bedende Seyreden Korku

Bedenin ikinci çakra bölgesine tekabül eden alanında herhangi bir rahatsızlık yaşıyorsan burada biriktirdiğin, bırakamadığın korkuların ve endişelerin kendini göstermeye başlamış demektir yolcu.

Bir cinsel rahatsızlık, yumurtalıklarda ya da rahimde bir sorun, prostatta bir sıkıntı veya su sisteminde herhangi bir hastalığın varsa, vedalaşamadığın ya da bırakamadığın bir korku hüküm sürüyordur hâlâ.

Bu alandaki korkularını bulup gönderdiğinde hastalıkların da iyileşiyor olacaktır.

Benim sana önerim "*yeni*" olana yürümek olacaktır. Şuuraltının yeniyi yani bilmediğini karanlık olarak algıladığı için yeniliğe ve gelişmeye gitmekten kaçabileceğinden söz etmiştik. Bu dirence yenildiğinde yeni olanın deneyimlerinden, gelişim fırsatlarından mahrum kalınacağının altını çizmiştik. Yeniye kapalı olmak, aynı kısırdöngünün içinde ilerlemeden yerinde saymaya devam etmektir.

Verimsiz döngüyü kırmanın çözümü, güven anahtarını alıp kapıyı açmaktır. İşte o vakit yardım ve destek kendiliğinden gelir.

Korku endişenin annesidir. Korkunun içindeyken sevgiyi göremeyebilirsin. Korkuya esir düştüğünde bundan sonra korkmaya devam edeceğin yeni olayların frekans değerleriyle kendi enerjin de düşer, böylece düşük enerjilerle buluşmak durumunda kalırsın.

Çakralar açısından konuya bakacak olursak kök çakranın ürettiği bir sonuçtur bu...

Doğru Köklenme

Hayatın anlamını ve değerini ne kadar iyi sindirebilirsen, o kadar iyi köklenirsin ve doğru köklendikçe de korku duygusu, güven duygusuna dönüşür.

Hayata ve sisteme duyulan güven çok kıymetlidir.

Sistemin sana verdiği enerjilere güven duymaya başladığında deneyimlediğin güven hali "Ben" ve "Benim alanım" demeyi öğretir sana.

Alanını sahiplendiğinde ne olur?

Tabii ki korumak istersin.

Ve bu kez "Kendi alanımı koruyabilecek miyim?" korkusu çıkar ortaya.

İlerledikçe başarısızlık korkusuna, onaylanmama ve kaybetme korkularına dönüşür.

Bu seviyede başarısızlık, onaylanmama ve kaybetme korkularıyla baş edebilmek için doğru köklenme çok önemlidir.

Doğru bir köklenme söz konusuysa benlik alanını kaybetme korkusunun yerine benlik alanına saygı başlar. Benlik saygısı başka alanlarda da saygıya dönüşür.

Böylece kendi iradenle kendin için sana neyin faydalı olup olmayacağının, nerede *evet* nerede *hayır* diyeceğinin bilincinde olursun. Kimsenin aklının ya da iradesinin etkisinde kalmadan kendi seçimlerinin sahibi olursun. Eğer korkuya duyulan ihtiyaç devam ediyorsa, bu bir müddet daha seni soğukla ve karanlıkla yoracaktır. Korkunun düşük frekanslarının davet ettiği deneyimlerin içinden geçmeye devam edeceksindir.

Yeryüzüne köklenmek, göğe yükselmektir.

Dünya önemsiz değildir yolcu. Dünya hayatından elini eteğini çekmek, dünya işlerini küçümseyip maneviyatı yüceltmek, dünyanı değersizleştirmek hiç doğru değildir.

Dünyadan alınacak tatlar ve deneyimler de değersizleştirilemez. Dünya önemli bir yerdir.

Kendine değer verdikçe, dünyaya, hayata ve hayatındakilere verdiğin değer de artar. Değer saygıyı, saygı, sevgi ve şefkati birlikte hayatına davet eder. Bir taraftan sevdiğin için değer verir, diğer taraftan da senin için değerli olduğu için sevmeye devam edersin. Bu da senin acı, sertlik ve korku ile köklenme ihtiyaçlarını sevgi bağlarıyla yepyeni bir köklenmeye taşır. Öyleyse bu dünyanın senin için değeri kadar onu sevebilir ve sevgiyle köklenebilirsin. Sevgi bağlarıyla köklenemeyenler ise, bağımlılık bağları oluşturarak yeryüzüne kök salmaya çalışırlar yine de küçük rüzgârlarla sarsılmaya devam ederler.

Dünyayı bir okul gibi değerlendirecek olursak, korkuyu ve karanlığı deneyimleyerek basamaklarını çıkma, olumsuz duygularını olumluya, cehennemini cennete çevirme mekânıdır diyebiliriz. Bedenin dahil eşyasız ve maddesiz, mekân dışı bir yerdesin.

Şimdi bu halin içindeki kendine sor.

Neredesin?

Sen kimsin?

Tanımsız ve bilinmez bir durumun tadını hisset. Bu belirsizlik dünyadaki köksüzlüktür. Öyleyse, zaman ve mekân bir artı gibi tam şimdide kesişiyorken, sen de ne kadar kendi merkezinde olursan kendini o ölçüde zaman mekân buluşmasında hissedersin. Kendi merkezine geliş bir ayağının bu artının ortasında yere sağlam basmasıyla başlar. Ardından diğer ayağının da âlemlere ulaşabilecek kadar serbest kalmasıyla özgürleşirsin.

Dairenin ortasına konmuş pergelin sivri ucu gibi düşün... Yere ne kadar sağlam basıp köklenebiliyorsan, pergelin açısını genişletmene o kadar izin verilir. Yüksek ve büyük ağaçların kökleri de toprağın altında derinlere dalar ve güçlü olur.

Gözlerini kapat ve bir oyun oynayalım seninle.

Bulunduğun günü, yılı, çağı, saati bilmediğini hayal et. Sanki zamanla ilgili her şey uçup gitti. Bu şekilde beş dakika sakin bir seyirle gözlerini açıp çevreni izle. Hislerini not et.

Ardından saate bak ve takvimde bugünü hatırlat kendine. Şimdi de yine gözlerini kapatarak mekânsız bir yerde hayal et kendini. Zamanı biliyorsun ancak mekân ile ilgili bildiklerini unuttun. Biri olmadan diğeri de anlamsız oldu değil mi? Birinde doğruluk payın şaştığında gerçekliğin de şaşabilir. Dünyadaki gerçekliğin bu kesişmenin ne kadar ortasında olduğuna bağlıdır. Bağ kurabilmen de bu gerçekliğe bağlıdır. Diğer âlemler ile kâinat interneti üzerinden sağlıklı bağ kurabilmen ve gerçekliğin, belirli bir noktadan görebileceğin açının genişliğine bağlıdır. Öyleyse önce zaman ve mekân farkındalığın gelişsin; nerede ve hangi zamanda olduğunu, gereksinimlerini ve neyi seçmen gerektiğini bilmelisin. Koordinatlarını biliyorsan hava durumunu belirlemen kolaylaşır. Bunun için aklını kullanmayı bilmek önemlidir. O çalıştıkça açılır. Bağlantı kurdukça gelişir ve yetkinleşir.

Akıl, insanı dünyaya topraklayan bir araçtır ama kalpten bağımsız olmamalıdır. Akıllı insan sadece aklını değil aynı zamanda kalbini de dinleyen insandır. Dolayısıyla akıllı insanın talepleri hem dünyaya hem de dünyadaki haline, durumuna son derece uygundur.

Diyelim ki bir talepte bulundun ve "Bana kâinatın sırlarını öğretin" dedin sisteme.

Hayhay...

Ancak öyle sırlar ve derinlikler vardır ki yolcu, kâinatla ilgili sana aktarılanlar senin aklında ve kalbinde henüz yer bulamayabilir. Dolayısıyla oluşturduğun talebin aslında senin açından hiçbir kıymeti yok...

Yani talep ettiğin şey, bu dünyaya topraklanabilir bir bilgi olmalıdır. Talep ettiğin hal, bu dünyada deneyimlenebilir olmalıdır.

"Hz. Hızır gibi olmak istiyorum" talebinde bulunabilirsin tabii ki. Hızır'ın denizde seyreden gemiyi batırırken sahip olduğu bilinçte olmayı, çocukları neden öldürdüğüyle ilgili farkındalığını ve netliğini talep edebilirsin sistemden.

İstediklerin elbette verilir sana... Hazır değilsen de bunları alabilecek hale ulaşmak üzere hazır hale getirilirsin. Bu hale topraklanmak, bu hale uyumlanmak için çalıştırılırsın. Hz. Hızır'ın bilincine ulaşana kadar çaba harcarsın. Şimdiye dek öğrendiğin her şey, sana bıraktırılır. Bir şey talep ederken kökleneceğin, uyumlanabileceğin hallerin sana sunulmasını istemeyi biliyor olmalısın.

Hepimiz dünyaya çeşitli şekillerde topraklandık şimdiye kadar. Çeşitli şekillerde köklenme yolları bulduk.

"Zaten hayata bir şekilde köklendik ve topraklandık, o halde bundan sonrasını değiştirmeye gerek yok" mu diyeceğiz?

Tabii ki hayır.

Bak bakalım dünyaya köklenip topraklanmak için hangi yöntemi seçtin yolcu?

Eğer seçtiğin yöntemlerin tadı hoşuna gitmiş olsaydı bu kitap aracılığıyla yeni bir yolculuğa adım atma ihtiyacı duyar mıydın?

Belki de acıyla köklendin dünyaya.

Neden?

Çünkü acı, burada olduğunu hissettirdi sana. Burada olduğunu hissedebilmek için dışarıdan birtakım deneyimlerin seni çimdiklemesine, acıyı hissettirmesine fırsat verdin.

Fiziksel ya da duygusal fark etmez... Bir şekilde dünyaya köklenmenin yolunu buldun.

Dilersen önce sağlıksız köklenmelerin ne olduğuna ve nasıl olduğuna bakalım birlikte ki sağlıklı köklenme için uygulamalar yapmaya başlayalım sonra...

Neyi istemediğini bilirsen, neyi isteyeceğine daha kolay ulaşabilirsin.

Ne demiştik?

Belki acıyla köklenebildin dünyaya, değil mi?

Canını acıtarak, kendini inciterek veya incittirerek, hayat içerisinde çeşitli zorluklarla mücadele etmeyi öğrenerek köklenebildin buraya. Belki bir bağımlılık buldun kendine. Yemek bağımlılığı mesela ya da anne bağımlılığı, baba bağımlılığı, aile bağımlılığı...

Geçmişe bağımlılık, ilişkiye bağımlılık...

Belki de çocuğuna bağlanarak köklendin dünyaya. Kendini birine ya da bir şeye adadın. Dinine, törene, ülkene belki...

Bunların her biri kökledi seni dünyaya. Her birinin bir değeri vardı çünkü... Köklenmek için bunlardan birine veya birkaçına, hatta belki hepsine kendini adayarak kurban rolü oynadın.

Birileri için saçını süpürge ettin, hayatını birilerine vakfettin ve hiçbir zaman sen, "*sen*" olamadın. Ne var ki bütün bunlarla aslında bir şekilde beslendin. Çünkü insan kendi açısından işlevsiz olan bir adanmışlığın içinde zaten bulunmaz. Bunların her biri birer köklenme faaliyeti olduğu için aslında köklenme ihtiyacıyla, isteyerek adadın kendini.

Kimi annesine yapışmış olabilir köklenmek için kimi babasına yapışmış. Ama günün sonunda görürsün ki bunlara yapışıp kaldığı için hayatı boyunca ne yeni bir hale, ne yeni bir ilişkiye, ne yeni bir duruma geçebilmiş, olduğu yerde kalmış.

İnsanı yapıştığı yerden, yani dünyaya köklendiği yerden hemen koparıp almak doğru değil. Çünkü onun sayesinde köklenmeye devam ediyordur hâlâ hayata... Onun sayesinde dünyada olduğunu hissedebiliyordur.

Babayla olan bağını devam ettirdiği için eşiyle (kocasıyla) olan ilişkisini sağlıklı sürdüremiyordur. Anneyle olan ilişkisini devam ettirdiği için yeniye geçemiyordur.

Diyelim ki anneni rol model aldın kendine ya da babanı... Hayata onlar gibi baktığın için geleceğine de onları yansıttın. Hatta çocuklarında bile aynı modelleri görmeye başladın.

Buna ne zorun vardı?

Çünkü köklenmek gerekiyordu hayata bir şekilde...

Olman gereken kişiliğin annen olduğunu zannederek annene sığındın ama bu doğru değil. Seni doğuran annen senin emanet edildiğin insandır, sahibin değil...

Çok insan bu gerçeklikten rahatsızlık duyar, belki sen de rahatsız oluyorsundur yolcu, seni anlarım. Hepimiz bu sistemde annelerimize babalarımıza emanet edildik.

Anneye babaya tutunmak dünyaya köklenip aidiyet duygusu geliştirmemizi sağladı. Annene ve babana tabii ki ihtiyacın vardı. Yedi yaşına kadar yumuşaklıklarına, on dört yaşına kadar disiplinlerine, on sekizine kadar da yol göstericiliklerine...

Sonrasında adım adım bu bağımlılığın sağlıklı bir bağa dönüşmesi icap ederdi.

İnsanın büyümesi ve gelişmesi için köklenebileceği bağlara ihtiyacı vardır elbette. "Ben annemi hiç tanımadım" diyen kişi bile tam da bu noktada anneyle köklenir aslında dünyaya... Belki annesini tanımadığı için kızarak, öfkelenerek, hırs yaparak köklenir...

Bazıları dünyaya köklenmek için acılara, dertlere ve sorunlara ihtiyaç duyar. Sorunlarla köklenir. Birilerine kızma ihtiyacı duyar, kızgınlığı onu ateşler ve bu hareket enerjisiyle hırslanarak motive olur, dünyayla bağ kurar.

Kimi kıskanarak köklenir... Belki kardeşini kıskanarak, ablasını kıskanarak dünyayla bağ kurar. Bu sayede başarı yolunda hareket ivmesi kazanır. Belki komşusunu kıskanmıştır, akrabasının çocuğunu kıskanmıştır ve "Siz görürsünüz bakın ben neler yapacağım" duygusuyla ve motivasyonuyla kalkmıştır yerinden.

Bütün bunlar köklenmeyi sağlayan unsurlardır yolcu. Yadsıyamayız, inkâr edemeyiz, görmezden gelemeyiz. İnsanı besleyen, hayata bağlayan, harekete geçiren, burada olduğunu hissettiren unsurlardır çünkü. Bir tanesini bile çekip aldığında insan neye tutunacağını şaşırabilir...

Yerine yenisini koymak gerekecektir.

Materyalist de köklenmiştir dünyaya dindar da... İkisi de bir şeye inanmıştır neticede. Biri reddetmeye inanmıştır diğeri var etmeye...

Hepsi dünyaya karşı bir aidiyet geliştirir.

Şu köyden olmak, şu ilden olmak, şu kişinin evladı olmak, şu ülkenin insanı olmak da hep bir tür köklenmedir. Dünyada yer edinmedir, aidiyet duygusudur.

Peki buraya kadar sana aktarılanlardan sonra senden beklenen ne olabilir, düşündün mü?

Senden beklenen yapışarak dünyaya köklendiğin acıların, sorunların, bağımlılıklarının her birini fark etmen, hepsinin şimdiye kadarki hizmetlerini kabul edip hepsini tek tek kucaklayarak "Bugüne kadarki hizmetlerinize teşekkür ederek, sizlerle olan bağımı kesiyorum" demendir.

Bu bağ kesiş özgürleşmenin başlangıcıdır. Yaşadıklarının sana hizmetinin kabulü ise, şahitliğe geçiştir yolcu.

Şahitliğe geçiş için şehit olmak gerekir.

Yani dünyayla yepyeni bağlar kurabilmen için eskide, eskiden bildiğin, alıştığın, bugüne kadar yanında taşıdıklarında ölmen gerekir.

Dünyanın sunduklarını alabildikçe yeryüzüne köklenirsin. Fakat dünyaya bir şey vermeden ondan bir şey alamazsın. Bu yüzden, dünyaya bir şey vermek de insanı kökleyen unsurlardandır.

Ne kadar basit bir mekanizma aslında, değil mi?

Bir şey alabilmek için bir şey bırakman gerekiyor dünyaya.

Yani alabilen kişi, alabildiğince dünyaya köklenebiliyor ki tam da bu yüzden "al" demek kırmızı demektir eski Türkçede. Alma-verme dengesinin çakrasının rengi de bu yüzden aldır, kırmızıdır.

Alabiliyorsan köklenebiliyorsundur... Almaya bir itirazın varsa, aslında köklenmeye itiraz ediyorsundur. Günlük su ihtiyacını giderecek kadar bile su içemeyenler, yardım alamayanlar, yeni bilgiye açık olmayanlar, yeni fikirlere kapalı olanlar, yardım-destek ve ilham alamayanlardır yani köklenmeyle, kırmızıyla sorun yaşayanlardır.

Vermek ya da bırakmak bu yüzden almak kadar kıymetlidir.

Bildiğini ve biriktirdiğini bırakamıyorsan hayatında hiç boş yer kalmayacağı için yeni bir şey alman da güçleşecektir.

Dinle, töreyle, âdetle, gelenekle, öğrendiklerinle, okuduklarınla, seyrettiklerinle, alıştıklarınla, bugüne kadar getirdiklerinle, "*benim*" zannettiklerinle hayatını tıka basa doldurmuşsan alacak yerin kalmamıştır.

Veremediğin/bırakamadığın için alamıyorsun, alamadığın için de köklenemiyorsundur.

Hepsi bu!

Bu dünyayı sevmediğinde, beğenmediğinde, sana verilen hayatı ve bedeni küçük gördüğünde, dünyaya, hayata, maddeye ve toprağa, Âdem ile Havva' ya karşı kibirlendiğinde sunulanı alamazsın.

Sunulanı alamadığında köklenemezsin. Dolayısıyla kendini sevmeyen insan, dünyayı da sevmediği için köklenemez. Toprağını sevmeyen ağaç, lezzetli meyveler verir mi hiç?

Geçmişini tekrar ederek yaşamayı seçmişsen, geçmişte sana ezberletileni hayatının hakikati olarak kabul edip dünyaya köklenmişsen topraklanamayan bir soyun devamı olarak yine dünyadan bir şey alamıyorsundur ve yine köklenemiyorsundur.

Bugüne kadar öğrendiğimiz tarihte hep şu bilgi benimsetildi sana. Hatırla:

"Bu topraklarda yaşayan insanlar göçebedir. Siz sürekli göç edersiniz. Bir yere topraklanmazsınız, köklenmezsiniz, sürekli yer değiştirirsiniz."

Bildiğin, öğrendiğin tarihin bu senin...

Yüzlerce yıl boyunca "Biz göçebe bir milletten geldik, hep at üstünde olduk, biz böyleyiz, göçebeyiz, bir yere uzun süre köklenemeyiz" bilgisine inandırıldın. Oysa şimdi bu inanç kalıplarına ihtiyacın var mı bir daha bak.

***

Bırakamadıkların, atamadıkların, vazgeçemediklerin, yıllardır hamallığını yaptıkların, bunlar, hayatla bir şekilde bağ kurabilmek ve dünyaya köklenebilmek için gerçekleştirilen topraklanma yöntemleridir.

Şimdi şöyle bir düşünce geçiyor aklından değil mi?

"O halde ben hiçbirini bırakmayayım. Resimlerimi atmayayım, atalarımdan kalan eşyaları, sandıkları, kitapları... Hepsini saklayayım, taşınırken de oradan oraya götürmeye devam edeyim."

Yazık ki öyle değil yolcu.

Bunlar senin bağımlı köklenme yöntemlerindi. Bütün bunlar aracılığıyla gerçekleştirdiğin köklenmeler, dünyayla kurduğun sağlıksız suni bağlardı.

Aileden aldıklarınla bağlar oluşturarak dünyaya köklendin, bu bağlarla geçmişine, annene, babana benzedin. Baktığında göreceksin ki bu kökler, sen değilsin aslında. Bunlar dönüştürülememiş miraslarındı. İstersen aynen alıp onlar gibi olabilir ya da dönüştürebilirsin. Bu miraslardan özgürleşmediğin sürece kendine özgü bir geleceğin olması düşünülebilir mi? Eskinin yükleri ve sorumlulukları altında ezilip durmayı bırak! Bırak ve hafifleyerek yola devam et. Soy, kökler elbette saygı hak ederler, yine de onları sırtında taşıyarak var olmak zorunda değilsin. Eskilerin yüklerini kendi yüklerin sanıyordun, artık durumun böyle olmadığını anladın.

Bu yüzden çok insan yeni bilgilere, yeni fikirlere, yeni hayatlara hazır değil. Çünkü eskisine sıkı sıkıya bağlı...

Elbette soy köklerinden özgürleşmeye karar veren insan için sürüden ayrılması söz konusu olacaktır. Çünkü sürüler, toplu olarak, üstelik geçmişle birlikte köklenmiştir. Ne var ki uyanmak için yeniye köklenmeyi öğrenmeye niyet etmek ve sürüden ayrılmayı göze almak gerekir.

Köklenmek, bir yere sabitlenip oraya tutuklu kalmak değildir. Anbean yeniye köklenerek ilerlemektir.

Hepiniz dönüşmek zorunda bırakılıyorsunuz, bırakılacaksınız da... "Biz bir düzen oturtturduk, bu düzende devam eder gideriz" diyebileceğiniz bir dünya yok gelecekte.

Dönüşebilenlerin, uyum sağlayabilenlerin, yeniye anbean köklenebilenlerin dünyası var. Birazdan vereceğim köklenme çalışması bu yüzden çok önemli yolcu.

Çınar ağacını hatırla...

Belli bir yaşı aştıktan sonra gövdesinde neden oyuklar oluşur?

Üstelik çınar ağacı çok iyi köklenebilen bir ağaçtır. Dallarıyla göğe doğru kuvvetli biçimde köklenir. Bu kadar iyi köklenebildiği halde gövdesi neden oyulur?

Sen de eğer yerden/dünyadan/hayattan aldıklarını sadece yukarıya veriyorsan ya da yukarıdan aldıklarını sadece aşağıya/köklerine veriyorsan gövden yani yaşamın cılızlaşır, oyulur.

Tıpkı bir çınar ağacı gibi...

Oysaki, yerden aldıklarını bu hayatın içinde kullanabiliyorsan ve bir kısmını da göğe, özüne, ruhuna yollayabiliyorsan, ruhundan aldıklarını kalbine, duygularına, bedenine, düşüncelerine geçirebiliyorsan köklenirsin. Yaptığın alışverişten müthiş bir huzur duyarsın. Seyreden de huzuru senden alır. Ne kadar huzur verirsen sana yine o kadar huzur verilir.

Bu yüzden, bütün taleplerin seni huzura taşıyacak biçimde olsun. Eğer buluştuğun deneyim sana huzur veriyorsa hayat cennet demektir.

Eğer anın içinde bir tatla buluşuyorsan, o tat da seni dünyaya kökler. Örneğin, yediğin bir çilek, sana tadını sunarken, eğer sen de o anda orada olur ve buluşursan, sana sırlarını, getirdiği güzellik ve bilgileri açmaya başlar. Zamanın içinden seni anın içine çekiverir. Kokusuyla, tadıyla, renkleriyle, dokusuyla seni hiç bilmediğin bir dünyaya götürür. Nasıl bir toprağın içerisinde hangi mineraller ile beslendiğini, hangi yağmurların ona can verdiğini, hangi rüzgârların tenini okşadığını hatta kimin hangi halde onu koparıp sana ulaştırdığını seyrettirir sana, bir tat denizinin içinde. Bir taraftan duyularınla bir taraftan doğanın güçleriyle bağ kurar yaşamı ve yaşama dair olan şeyleri severek köklerini yaşamın içerisine doğru salıverirsin. Oradasındır ve orada sunulan ile birleşmiş, buluşmuşsundur.

Köklenmek, dünyayla ve hayatla o anın içinde bir bağ kurmaktır. Eğer sürekli bildiğini takip ediyorsan ve bildiğini bir türlü bırakmıyorsan köklenmek yerine dünyaya çıpa atarsın. İkisi aynı şey değil... Attığın çıpa seni dünyada kımıldayamayacak hale sokarsa sertleşirsin, katılaşırsın.

Duygularında, zihninde, düşüncelerinde, alışkanlıklarında, bağlılıklarında, prensiplerinde, bilgisinde esneklik gösteremeyenler kırılırlar, daha doğrusu kırılmak zorunda kalırlar.

Önümüzdeki dönemde pek çok insan, sosyal açıdan, ekonomik açıdan, duygusal ve ruhsal açıdan kırılmalar yaşayacak. Dışarıda rüzgârlar alışılmadık, beklenmedik şekillerde esebilir. Eğer rüzgârların karşısında hayatın tatlarını alabilmek için dünyaya köklenebildiysen, kabuldeysen, topraktan geleni ve hayatın bilgilerini kolaylıkla içine alabiliyorsan, esneyebiliyorsan, rüzgârlar seni kırmaz, hayatın enerjisiyle seni besliyor gibi olur.

Ama eğer aşırı katıysan, hiç kımıldayamıyorsan işte o zaman her rüzgâr kolunu bacağını kırabilir. Dünyanda dönüşüm evresini hızlandır yolcu. Bunu hep hatırla.

Eleştiriyi ve yargıyı bırakırsan, kendi güzelliğini ve verdiğin sipariş üzerine buluştuğun bedenini kucaklayabilirsen hayata köklenirsin.

Şimdiye dek acıyla, sorunlarla ve soy köklerinle tutunmuş olabilirsin hayata. Hepsine ihtiyacın vardı sonuçta. Ama düşün bakalım, bunlarla mı devam etmek istiyorsun yola? Artık hangisine ihtiyacın yoksa gözden geçir.

Dünya bize tat versin diye tasarlanmış bir simülasyon... İhtiyacı olan tatları alır, ihtiyacı olmayansa farklı şeyler deneyebilir... Şimdi seçimlerini güncelleyeceksin yolcu. Bu güncelleme sana tanınmış bir haktır.

Vazgeçebilme Çalışması

Bırakmakta çok zorlandıklarını, önem sırasına göre listele ve sonra bunlarla aranda kurduğun bağa bir daha bak. Vazgeçebileceklerini, bırakabileceklerini işaretle. Geriye kalanlara ise birinci kapının sonuna geldiğinde bir daha bak.

Şimdi vereceğim çalışmanın amacı şu an burada olmaya topraklanıp köklenmek. Bunun için duyuların açılması çok önemli çünkü duyularımız bize dinlemeyi sunar.

Çalışmanın içinde "sesi" dinleyeceksin yolcu.

Dinlemek, almaktır...

İçeri almayı deneyimleyeceksin. Örnek: Toprak ile barışma, dokunma, aynada selam ve tanışma, bedeni sevme.

Bir ayna karşısına geç, kendine, yüzüne, tenine dokun; nemini, kuruluğunu, pürüzlerini ve pürüzsüzlüklerini hisset. Gözlerinin içine bakarak yansımandaki seninle yeniden tanış. "Merhaba" de kendine. Sonra gözlerinin içine bakarak "Senin için ne yapabilirim?" diye sor.

Kendine seni sevdiğini itiraf et. Sevilmeye ne kadar değer olduğunu hatırlat. Geçmiş suçlamaları, cezalandırmaları sonlandır. Hepsinin sana kattığı deneyimlerin bilgisini almayı seç. Deneyimlerinin sana olan hizmetlerini ve faydalarını, seni nerelerden nerelere taşıdığını gör. "Kendimi olduğum gibi kabul ediyor ve seviyorum" de. Gözlerinin içine bakarak isminle hitap et kendine ve sevgini dile getir.

Ağaçlık bir alanda toprağa uzanıp gökyüzünü, ağaçları, dalları, yaprakları ve bulutları seyrederken gözlerini kapat ve duyu ölçerlerini aç. Toprağın ve havanın kokusuna odaklan. Toprağa dokun ve avuçla onu. Ellerini burnuna yaklaştır ve toprağın ve içindekilerin kokusuna odaklan. Doğumun ve ölümün kokusunu aynı anda al içeri. Ne kadar da barışık olduklarına şahitlik et. Sonra ayağa kalkıp seni çağıran ağaca yönel. Onu sevgi ile kucakla. Sana söyleyeceklerine ve hissettireceklerine bırak kendini. Sana nasıl köklendiğini, nasıl büyüyüp, neler yaşadığını anlatmasına izin ver. Kabuklarındaki sertliğin, içindeki beyazlığın ve nemin, yapraklarındaki detayların, köklenmenin bilgisi aksın sana. Tekrar toprağa otur ve seyret sessizce, her biri bir âlem olan ağaçları, çiçekleri, kuşları, karıncaları. Onları farklı gören yargıları ve buluştuğunuz yönleri yeniden keşfet. Doğa ile barışmak, kucaklaşmak, kendinle kavuşmak ve yargısızca izlemek sana iyi gelecektir. Toprak ve altındakiler, ölüm, karanlık ve korkular ile ilgili alanlarındır. Toprak ile barışan doğa ile, doğa ile barışan ise onun doğum ve ölüm dengesi ile barışarak, korkuların anası olan ölüm korkusundan özgür olur.

2. BÖLÜM

II. YARATIM KAPISI

Düalite

Anka'nın yolunda ikinci kapıda kalanlar sunulan cinsel tatların etkisi altında ne yapacaklarını, nereye gideceklerini, esas yola çıkış amaçlarını unutmuşlardı. Cinsellik şerbetinden içtikçe daha da acıkıyor, yine ve yine istekleniyorlardı. Sanki doyumsuzluk ırmağından içiyor fakat hiç içmemiş gibi bir tatsızlık hissediyorlardı. Ertesi güne uyandıklarında, müthiş bir kıskançlık hali içinde buldular kendilerini. Birlikte oldukları eşlerini aşırı şekilde sakınmak ve korumak ihtiyacı içinde hissediyorlardı. Bu sebeple hırçın ve saldırgan davranışlarda bulunuyorlardı. İyilikler arttıkça kötülükler, güzellikler arttıkça çirkinlikler de artıyordu. Sıcaklık ve soğukluk, aydınlık ve karanlık arasındaki farklar iyice keskinleşmişti. Bundan sonra ne olacağıyla ilgili belirsizlik müthiş bir endişe kaynağı olurken, utanç ve pişmanlık her yerlerini sarmıştı.

Birinci kapı geçmişten taşıdığın korkuları aşmaktı. İkinci kapı ise korkuların geleceğe yansıtılması olan endişelerin aşılmasıyla geçilebilir. Peki ya bundan sonra ne olacak? Ya hazır değilsen? Ya başaramazsan ve kaybedersen? Bu endişe ve kaygı, ağacın içindeki kurt gibi kemirebilir. Kaygı bozuklukları, depresyon ve çeşitli ruhsal rahatsızlıkların kaynağı da burasıdır.

Önüne sürekli iki seçenek ve içlerinde de ikili seçenekler olan olaylar konulur. Nasıl ki birinci kapıda toprakla barışmıştın, burada da suyla barışacaksın, suyla aranı iyileştireceksin. Su deyince konuya tüm akışkanlar ve duygular dahil oluyor tabii.

Sen ikilik evreninde yaşamaktasın yolcu.

İkinci kapıda, yani ikilikler kapısında neye evet neye hayır diyeceksin, senin için faydalı olan ne faydasız olan ne? Hepsiyle sınanacaksın.

Bir zannettiğin her şey ikinin birleşiminden, ikilik de birden doğar.

Birle birin toplamı bir ve iki eder.

1+1=1

1+1=2

Bu nasıl olur diyeceksin.

Bir insan, bir kadınla bir erkekten doğar.

Bir canlı erille dişilden doğar.

Bir tam gün gece ile gündüzden doğar. İki tane bir, bir araya gelip iki olur ve biri oluşturur.

Artıyla eksi, sıcakla soğuk, aydınlıkla karanlık, iyiyle kötü, siyahla beyaz bir bütünü, bir sistemi oluşturur.

Kutuplar arasındaki denge bir bütünü, sağlıkla hayatta tutar. Bir kutuptaki aşırılık *(aşırı azalma ya da çoğalma)* sistemi altüst eder, dengeyi bozar ve yıkım gerçekleşir.

Kutupların birbiriyle uyumu, eğiklik derecesi, ahengi yani ikilik arasındaki dansın ritmi çok kıymetlidir. Bedenindeki ve hayatındaki kutuplar dengesini oluşturamadığında sistem çöküşe geçer, üçüncü adımı atma şansı vermez.

Kendine yolculuğunun bu ikinci adımında kutupları doğru dengeleyebiliyor olmalısın.

Aydınlık karanlığın zıddı değildir, ikisi bir bütünün parçalarıdırlar. Geceyle gündüzü düşün. Aydınlık artarken karanlık azalır, karanlık artarken aydınlık azalmaya başlar. Geceyle gündüz arasında tatlı bir ahenk vardır. Zıtlaşma ya da direnç yoktur. Biri azalırken diğeri dolar... Biri diğerine rağmen var olma çabası içinde değildir. İkisinin dengeli dansı bir bütün yaratır.

Bu yasa bütün ikilikler, bütün kutuplar için geçerlidir. Erillik dişilliğe rağmen değildir. İkisi birbirinin zıddı da olamaz. Bir bütünün ahenkle dans eden unsurlarıdır onlar. Eril yoksa dişil, dişil yoksa eril yoktur. Biri artarken diğeri azalır, biri azalırken diğeri dolar... Böylece bir denge çıkar ortaya. Daha önce de söylediğim gibi bir kutupta yaşanan aşırılık dengeyi bozar, yıkımı başlatır.

Bu adımda hayatı eril ve dişil prensiplerle anlamayı öğreneceksin. İlişkilerini, bedenini, duygularınla düşüncelerin arasındaki durumu, annenle babana bakışını, aile modellerinden kendini görüp okumayı, aile travmaların aracılığıyla kendine kattıklarını, utangaçlık duygunu, cinsellikteki eksikliklerinin ya da aşırılıklarının temelinde yatan nedenlerin hepsini eril ve dişil yasalarla deşifre etmiş olacaksın.

Bu adımda ikinci çakranın alanına giren konularla karşılaşacaksın. Buradaki sorunlarını çözmeye başladığında üçüncü adımda gücü almaya ve kullanmaya hak kazanacaksın. Gücün ne olduğunu ve gücü alıp ne şekilde kullanabiliyor olduğunun temelini öğreneceksin.

Yani erille dişil dengeler sağlanamadığında, karanlıkla aydınlığın dansı ahenkle gerçekleşemediğinde üçüncü adımı görmen, gücü kabul etme ve kullanma yetkisine kavuşman mümkün değil.

Dolayısıyla bu adımı da tıpkı ilk adım gibi önemsemen isteniyor senden yolcu. Kendine yolculuğun hızlı ve kolay olacak demedim sana. Zaten hızlı olan zordur, sakin, dingin olan mümkündür.

O halde ikinci adımın içinde ilerlemeye başlayalım.

Nedir düalitenin dansı?

Nedir eril ve dişil yasalar?

Hayattaki her şey, gördüğümüz her sistem eril ve dişil yasalar üzerine inşa edilmiştir. Bir yerde sorun varsa, orada eril ve dişil dengeler arasındaki ahenk bozulmuş demektir. Kutuplardan biri aşırılığa kaçmıştır. Ya aşırı azalmıştır ya aşırı artmıştır.

Eril ve dişil denge, her şeyin temelidir. Bedenimizdeki eril ve dişil dengeler bozulduğunda başta sağlık sorunları olmak üzere ilişkilerimizde, ekonomik durumumuzda, ruhsal sağlığımızda da sistem çöker. İki kutup arasındaki dengeyi koruyabildiğimiz ölçüde iyileşiriz.

Evrende birlik ve tamlık deneyimine düaliteyle ulaşılır. Kâinatta ikilik yasası/denge yasası çok önemlidir bu yüzden.

Her şeyin içerisinde ikinin dengesi vardır.

Yin yang, rahman ve rahim, gece ile gündüz, erkek ile kadın...

İnsanın doğumu da erkek ile kadının birleşmesiyledir. Her birin içinde iki vardır.

Her şey ikinin birleşmesi ve dengesiyle var olduğu için şimdi buradayız. Dengeler bozulduğunda hayat bunu bize mutlaka bir şekilde gösterir.

Bazen bedeninde bir hastalık ya da rahatsızlık, yolunda bir engel, ilişkilerinde bir sorun, duygusal ya da fiziksel kayıplar ya da kazalar şeklinde...

Sağlığımız bozulur, psikolojimiz bozulur, ruhsal açıdan kendimizi iyi hissetmeyiz, ilişkilerimizde sorunlar yaşanır, maddi açıdan sıkıntılar doğar... Bütün bunların bir denge sorunu olduğunu anladığımızda ve doğru okuduğumuzda kaybolan dengeyi yeniden kurmamız mümkün olabilir.

Bu yüzden kendine yolculuğunun ikinci adımında hayatının neresinde ne gibi sorunlar yaşadığına bakacağız yolcu...

Dengeyi oluşturmak için önce dengelerin nerede bozulduğunu anlamamız gerekiyor.

Dişlerini sıkmandan, çenenin çıkık durmasına kadar, sağ ve sol gözünün açıklık derecesinden güneş vurduğunda hangi gözünü kısıp kapadığına kadar her şey, hayatı okumana imkân veren alfabelerdir. Şimdi bu harfleri tek tek tanıyor olacaksın, hayatın içinde kolaylıkla kullanabileceğin bir sisteme dönüştüreceğiz öğrendiklerini...

Aynadan Hayatı Okuma

Senden bir mıknatıs hayal etmeni istiyorum. Mıknatısın bir sağı bir de solu var... Bir kuzey ve bir de güney yönü...

Mıknatısı ikiye bölüp kırdığımızda elimizde kalan yarısının da aynı şekilde bir kuzeyi ve bir güneyi vardır değil mi?

Mıknatısı sonsuza kadar böldüğümüzde bile her birinin içinde bir eril ve bir dişil taraf mevcut olmaya devam edecektir.

Bedenimizi diyelim ki aşağı bölgesi ve yukarı bölgesi diye ikiye ayırdık... Aşağısı dişil, yukarısı eril enerji... Aşağı kısmını da ikiye ayırdığımızda dizden aşağısı dişil, dizden yukarısı eril olur.

Ön ve arka diye ikiye ayırdığımızda da aynı şekilde, her birinin içinde sonsuza kadar eril ve dişil olarak ayrılmaya devam eder.

Hayatımızın içinde de her türlü olay ya da durum, bir eril ve dişil enerji içerir. Eril ve dişil enerji, hareketi sağlamak, kâinatın içerisindeki tekâmülü yani ilerleyişi gerçekleştirmek üzere var olan bir düzendir. Düzen yoksa, artı ve eksinin çekim ve itim kanunları yoksa ne gezegenler dönebilir, ne yörüngeler oluşabilir, ne gece ne gündüz gerçekleşir, ne de biz ilerleyebiliriz. Ne annemiz var olabilir ne babamız...

Eminim sen de kafanın içinde tek kutuplu hayatlar hayal etmişsindir.

"Sadece iyilik olsa, dünyada sadece güzellikler olsa, hep barış olsa, bolluk olsa..." demişsindir mesela. Oysa bütün bunları oluşturan da düalitedir. İkiliktir.

Cinsiyetimizden bağımsız olarak bedenimizdeki her organın, her uzvumuzun bir eril ve bir dişil tarafı vardır.

Örneğin bedenimizde karaciğer dişil bir organdır, safrakesesi ise eril... Bunlar bir çifttir. Karı ve koca gibi... Her organın beden içinde evlilikleri vardır, birbirlerini beslerler, desteklerler ve bir ilişki içerisinde olurlar. Tıbbi olarak da birbirleriyle bağlıdırlar. Mesela dalağımız dişil bir organdır, annedir. Midemiz ise erildir, babadır.

Mide ile ilgili herhangi bir rahatsızlık yaşıyor olduğunda aslında baba ile ilgili bir sorunu çözmen gerektiğini okumaya başlarsın. Midede sorun varsa hayatın içinde erille ilgili dengelenmeyi bekleyen bir konu söz konusudur.

Vücudumuzdaki asit erildir, alkali ise dişil... Fazla eril enerji biriktiğinde beden buna tepki verir ve mideden yoğun miktarda asit salgılanır. Çoğunlukla stresten kaynaklandığı düşünülür ama aşırı hareket enerjisi de yoğun eril enerji birikmesiyle ilgilidir.

Hangi organlarımızın eril, hangilerinin dişil olduğunu bilmek doğru okumaları yapabilmek açısından çok önemlidir. Çıkıntılı alanlar eril, girintili alanlar dişil organlardır.

Pürüzsüz ve yumuşak organlar dişil, buruşuk ya da yayılan organlarsa eril...

Buna göre dil eril, ağızsa dişildir.

Kalp, dalak, böbrek, akciğer, karaciğer de dişil organlardır yani kadını temsil eder. Anneyle ve dişil enerjinin dengesiyle ilgilidir.

Örneğin karaciğer dişil bir organ ise burada sorun yaşayan insan, hayatındaki dişil dengesini gözden geçirmelidir, buradaki dengesizliğin farkında olmalıdır.

Dişil enerji; alabilme, dünya, beden ve hayatla ilgili konuşur. Öyleyse, bedende veya hayatında kabullenemeyerek öfkelendiğin bir durum karaciğerin ile ilgilidir. Öfke alışkanlık kazandıkça karaciğerindeki yağlanma ve atıklar artar. Bu da zamanla safrakesesi çamur ve taşlarını oluşturur. Diğer bir anlamda dişi organını bozduğun için eril karşılığı organın da rahatsızlanmış, katılık ve sertlikten taşlaşmıştır.

Örneğin kalınbağırsak eril bir organdır.

Sindirim problemlerin varsa ya da kabızlık yaşıyorsan bunun eril bir problem olduğunun okumasını yapabiliriz.

Eril aynı zamanda neyi temsil eder?

Otoriteyi, vermeyi, bırakmayı, babayı.

Demek ki bırakamadığın şeyler söz konusudur. Kalınbağırsağınla sorunun varsa babanı ve hayatında bırakamadıklarını gözden geçirmelisindir. Bu eril organdaki tıkanmaların da dişili olan akciğer ve solunum sisteminde rahatsızlıklara neden olur. Burun akıntısı ile bağırsak sıvıları, akciğer içi sıvılar ortak ve birbiri ile ilişkili çalışır. Öyleyse soğuk algınlığı, nezle, öksürük durumunda ilkönce kalınbağırsaklarını boşaltıp florasını düzenlemelisin.

Bırakamayanların, vazgeçemeyenlerin eril organlarda sorun yaşamaları normaldir.

Hiçbir organ tesadüfen hasta olmaz. O alanda bir şeyi almakla ya da vermekle ilgili dengeyi bozduysan, herhangi bir olayda aşırıya gittiysen *-aşırı anneci, aşırı maddeci-* vücut buna tepki verir ve bozulmalar yaşanır.

Karaciğer, akciğer, böbrek ve kalp gibi dişil organlarda yaşanan sorunlar çoğunlukla alamamaktan kaynaklanır. Su alamamak, havayı alamamak, sevgi alamamak, bilgi alamamak. Mineral ve tuz alamamak gibi.

Sadece birini dengeleyerek bile hayatındaki sorun zincirini kırabilirsin.

Sadece duruşunu düzelttiğinde bile eril ve dişil enerjiyi dengelersin ve hayatında pek çok şey yoluna girmeye başlar.

Vazgeçebilmek ve Bırakabilmenin Gücü

Hayatında neye ihtiyaç duyuyorsan önce elindekini bırakmalısın yolcu. Nefesini içinde tutarken yeni nefes alamazsın. Ciğerlerin eskisiyle doluyken içine temiz bir soluk çekemezsin.

Evlenmek istiyorsun, yeni bir ilişki istiyorsun, yeni bir iş, belki yeni bir hayat, yeni bir yaşam biçimi istiyorsun ama olmuyor. Ne yaparsan yap yeni hiçbir şey gerçekleşmiyor hayatında.

Neden?

Çünkü eski düzene, eski travmalara, korkulara, eski deneyimlerine, eski acılara, eski bilgilerine sımsıkı tutunmuş haldesin. Ciğerlerin tıka basa eskiyle dolu... Bırakmadan yenisine yer açılmayacaktır.

Neden eski bilgini, deneyimini, düzenini, travmalarını, anılarını bırakamadığına bak. Acının seni besleyen tarafını keşfedeceksindir mutlaka. Kimse işlevi olmayan bir travmanın ya da deneyimin içinde durmaz. Mutlaka bir kazanımı olduğu için onu sürekli kullanmak ister. Bilinmezden ve yeniden emin olamadığı için de korkar. Yeniden korktuğu için vazgeçmemeyi öğretir kendine.

Eski hayatını bırakmadan yeni bir hayata sahip olamazsın. Sistem buna izin vermez. "Olmaz" der. "Uygun değilsin."

Bırakmayı öğrenmeyen yeni bir şey alamaz. Bırakmadığında, arınmadığında ve ısrarla eskilerin üzerine yenileri yığmaya çalıştığında eskiler üzerindeki yeniyi de kusar.

Hayattan almayı kabul edebiliyorsan, aldığınla helalleşebiliyorsan, vermeyi kabulle ve gönül rızasıyla yapabiliyorsan, sadakanı güven duygusu içinde verebiliyorsan, bilgini, halini, güzelliklerini zevkle paylaşabiliyorsan, hayat bıraktıklarının yerine her zaman yenisini ve güzelini en iyi şekilde verecektir. Bu bir yasadır yolcu, temenni değil...

Bildiğin tatlardan vazgeçemediğin sürece yeni tatlar deneyemezsin. Vazgeçişte gönülsüz bir zorlama, bırakma eyleminde ise gönüllülük vardır. Sen kolaylıkla gönüllü kabulle bırak ki hayat da sana kana kana aksın.

Onsuz olamam, bırakamam dediklerin kaldıysa bir daha bak kendine. Şu anki gerçek ihtiyaçlarını tespit et. Sadeleş ve yola öyle devam et. Her türlü yük yolda sana fazladan ağırlık yapar. Bazen yavaşlatır bazen de yorar.

Duyguların dişil tarafındır yolcu, düşüncelerinse eril. Düşüncelerin duygularından daha ağır basıyorsa orada eril enerji yükselmiş, dişil enerji azalmış yani denge bozulmuş demektir. Herhangi bir durumda aşırı hareketlilik ya da aşırı durağanlık söz konusuysa ikisi de aslında ortak sonuç verir. Denge bozulmuştur, düzen sağlıklı değildir, orada çözülmeyi bekleyen bir sorun hatta belki sorunlar silsilesi vardır.

Amaç dengeyi sağlamak olmalıdır.

Bir şeyi aşırı yaptığında sen duruma müdahale edip dengeyi sağlamak yoluna gitmezsen, sistem bunu senin adına yapar ve "Dur!" der. Son veremediğin aşırılığa sistem bir noktada son verir ki bunu yapmak için hangi yolu tercih edeceğini bilemezsin.

Nasıl mı?

Mesela... Kendini aşırı çalışmaya mahkûm ettin. Çok sıkılıyor, yoruluyor ve isteksiz çalışıyorsun. Sistem ya seni kovdurur, ya işyerini kapattırır, ya seni rahatsızlandırır ya da başka vesileler oluşturur. Zorlamayla devam ediyorsan hâlâ, durdurmak için ya bir kaza veya bir felci davet ediyor olabilirsin hayatına.

Oysa aşırıya gitmenin ve kaçışın sebebini görerek dengeli ve seveceğin bir işi yapma hakkını da kullanabilirsin. Kendinde neyi az görüyordun ki başka bir alanda aşırıya kaçmayı tercih ettin? Tembellikte de durum aynıdır. Fazla durağanlık seni aşırı hareket enerjisine taşıyacaktır. Düşünce veya duygu hareketliliği, depresyon gibi. Hareketsizlik de aşırı hareket de zıt tepkileri üzerine çekerek dengeler. İster eksik olanı, ister fazla olanı gör, kendini kendinle tamamla, hayatın sana keyif vermeye başlayacaktır.

Başarı ve Üretim Enerjisi

Cinsellik ve cinsel tatlar, yeryüzünde insana sunulmuş kıymetli armağanlardan biridir. Manevi âlemde vecit ve miraç buluşması neyse, cinselliğin içerisindeki katmanlar da benzerdir.

İnsana sunulmuş olan bu kıymetli armağan bir dolu baskıyla sınırlandırılmıştır. Bazen "Ayıp!" denmiş, bazen namus söylemleriyle baskılanmıştır.

Elbette her şeyin bir edebi, bir terbiyesi vardır tıpkı yemek yemenin de bir terbiyesinin olduğu gibi.

Cinsellik hayatın yaratım ve üretim enerjisidir. Eğer bu enerjiyi sadece cinsel ilişki alanına yönlendirir ve o alanda oyalanırsan bu senin takıntın olur. Hayatındaki yaratım, üretim ve başarı enerjisini ihtiyacın olan ve sana fayda verecek tüm alanlara yaymalısın. Fikir üretmek, hayal kurmak, doğanın güzelliklerini yaşayarak hayattan zevk almak gibi. Korkunun kırıntıları kaldıysa yaratımlarında endişe ve olumsuz olay çağrıları da oluşabilir. Bu sebeple hatırla ki güven ve eminlik ile ürettiklerin hormonlarını, işlerini ve ilişkilerini daha sağlıklı kılar.

Hayatındaki bazı alanlarda çok başarılı olurken, bazı alanlarda daha az başarılı olmuş olabilirsin. Bu cinsellik ve üretim enerjisini kısıtlama ve yönlendirme şeklinden kaynaklanır. Yaratımlarında özgürleştikçe özgünleşirsin.

Bedenin ikinci çakrasına karşılık gelen cinsel çakra (*göbek deliğinin iki üç parmak altı*) yaratım, üretim ve başarıyla ilgilidir. Bedendeki bütün hormonların çalışma mekaniğiyle ilgilidir. Rengi de turuncudur.

Toprağa ektiğimiz her tohumun, her niyetin, her dileğin, her sözün ve her talebin yaratılmaya başladığı yerdir burası. Yaratım ve üretim burada gerçekleşir. Yaratıcılık, üretkenlik ve başarı da dolayısıyla buradadır.

Bu alan bloke edilmişse, kişinin yaratım merkezi, üretim sistemi durur. Orada artık bir üretim gerçekleşmiyor ya da olumsuz üretim yapılıyordur. Katiyen hayattan bağımsız bir şeyden söz edilmez burada. Çocuğun yaratımı da burada gerçekleşir, bir hayalin, fikrin yaratımı da burada gerçekleşir, bir eserin yaratımı da.

Yaratıcının izni olmadan bir yaratım gerçekleştiremezsin yolcu. O yüzden "Yaratmak sadece Allah'a mahsustur" provokasyonuna düşme. O izin vermediği sürece burada bir yaratım mümkün olmaz zaten.

Ayrıca insan yeryüzünde vardan var edebilmek üzere yeni oluşlar yapabilme gücüyle yaratıcının buradaki temsilcisidir, halifesidir, suretidir.

Suret ne demektir?

"Ben O değilim. Ama O'ndanım ve O'ndan gelerek, onun bana verdiği güç ve yetki ile hayalde yaratırım. Bütün hayatımı var edebilmekle ilgili bu yetkiyi alabildiğim ölçüde kaderimi oluştururum. Eğer ben bunu yapmıyorsam benim yerime boşluğu dolduranlar, yapanlar olur."

Karar verme gücünü başkasına verenlerin, buluştukları kadere karşı herhangi bir itiraz hakları yoktur.

Yaratım enerjisi budur işte.

Cinsellik diye gördüğün ve aslında sadece cinsel enerji zannettiğin şey de bir yaratım ve üretim enerjisidir.

Bir çocuk üretmeye bile muktedir bir enerjiden söz ediyoruz. Düşün ki oradaki enerji, bir canlı meydana getirebilecek kadar güçlü bir enerji ve bu enerji nereye yönlendirilirse orada üretim gerçekleştirir.

Bir ressam örneğin. Resimlerini yaratırken kullandığı enerji tabii ki cinsel enerjidir. Fransız yazar Balzac'ın geceyi bir kadınla geçirdikten sonra "Dün gece bir roman daha kaybettim" derken işaret ettiği yaratım enerjisi, yine cinsel enerjisidir. Cinsel enerji deyince sadece seksüel performans hayal etmek çok sınırlayıcı olur. Cinsel enerji çok daha büyüktür. Suyun enerjisidir.

Doğanın içinde, canlılığı var etmek ve sürdürmek adına su yeryüzünde nasıl bir işlev gösteriyorsa yaratım ve üretim enerjisi de tam olarak bunu yapıyordur bedenimizde ve hayatımızda.

Dünyada su olmadığında hayat olur mu?

Olmaz.

Canlılık devam eder mi, doğa kendini doğurmaya devam eder mi, üreme devam eder mi, yaratıcılık ve ilham olur mu?

Olmaz.

Madem öyle, o halde suyun bu kıymetli enerjisini hayatının neresinde katılaştırıp buza dönüştürdün, neresinde buhara dönüştürdün ona bakmak lazım. Ancak o zaman neden bazı alanlarda başarılı bazı alanlarda başarısız, bazı alanlarda ilham dolu bazı alanlarda yeteneksiz düştüğünü anlayabilir ve çözümleyebilirsin yolcu.

Buzun içerisinde sınırlı da olsa bir hayat olabilir tabii. Su bataklığa dönüştürülüp akışı engellenirken oradaki canlılık başka deneyimlere evrilir. Mesela sivrisineklerin oluşmasına neden olur, pis kokular yayabilir, tatsız durumlar olabilir.

Çağımızda türlü çeşitli cinsel hastalıklar var, sen de duyuyorsundur muhtemelen. Belki yaşamışsındır da zaman zaman.

Cinsel hastalıkların artıyor olmasının nedeni cinsel enerjinin, temiz ve güçlü suyun, berrak akışkanlıktan bataklığa geçme eğiliminde olmasıdır. Baskılanma, engellenme, kapatılma, örtülme, durdurulma, yolunu kesme ve en önemlisi de suçluluk.

Kadim bilgeliklerden gelen bilgi, cinsel enerjinin yani yaratım enerjisinin kapatılmaması gerektiğini salık verir.

Mesela İslamiyet'te bir kadının kocası öldüğünde ya da bir kadın eşinden ayrıldığında üç ay sonra evlendirilmelidir.

İlginç değil mi?

Bundan çok fazla bahsedilmez ama bu yaklaşımın Sümerlerden beri var olduğunu görüyoruz aslında. Kadının üç ay içinde ayrıldığı ya da vefat eden kocasından hamile kalıp kalmadığı anlaşıldıktan sonra kadın eğer hamile değilse yeni bir evliliğe yönlendiriliyor.

Neden?

Üretime, yaratıma devam etsin, engellenmiş olmasın diye.

Şimdi burası çok önemli bir nokta. Yani kadim bilgeliklerden gelen bilgi, cinsel enerjinin, yaratım enerjisinin kapatılmaması, engellenmemesi gerektiğini bildiriyor. Araya koyduğu en uzun süre ise üç ay... Ama öyle deneyimler var ki pek çok erkek ve pek çok kadın aylar boyunca herhangi bir buluşmadan ya da birleşmeden kaçmayı tercih edebiliyor.

Bunun iyi ya da kötü, doğru ya da yanlış olduğu üzerinde durmuyoruz. Bu enerjiden neden kaçıyor olduğunu kendisine sormasının çok önemli farkındalıklara fırsat verebileceğini hatırlatıyorum sadece.

Bunu yapan bir erkekse eğer kadını, dişiyi, yaratım enerjisini neden uzağa koyma ihtiyacında olduğuna bakabilir. Cinsel yönelimleri farklıysa da konuya yine bu açıdan bakmalıdır. Yaratım ve üretim enerjisinin doğru şekilde açılabilmesi ve kullanılabilmesi önemlidir. Kullanmamaya kapatmaya yöneliyor olmanın bir anlamı vardır. Kendini neden orada baskıladığına bakmalısındır. Neleri bahane ederek kaçtığına dikkat etmelisindir.

Yıllar evvel bir danışanım eşinden ayrılmıştı, seansa geliyordu bana düzenli olarak.

"Nasıl geçiyor bekârlık?" diye sordum.

"Vallahi gayet iyi" dedi. "Her gece başka bir kadınla birlikte oluyorum."

"Demek yalnızsın" dedim.

"Olur mu? Her gece başka bir kadın işte..." dedi.

"Çok demek yok demektir" diye açıkladım. Olmadığı için çoktur.

Çok = Yok

Bu alanda insan kendini çeşitli şekillerde kandırıp manipüle edebilir. Yoğun şekilde cinsel enerjisini kullanıyor görünse de aslında aşırıya kaçarak yok ediyordur, yani aslında yaratım ve üretim enerjisi yine kapalıdır.

Yaratım ve üretim enerjisiyle ilgili blokajlarını hayatının neresinde ne zaman ve ne şekilde koyduğunu bulup çözmen çok büyük bir açılım kazanmanı sağlayacaktır yolcu. Seksüel performanslardan söz etmediğimi sanırım anlamışsındır artık. Cinsel enerji, hayat enerjisidir, yaratım enerjisidir, üretim enerjisidir. Yaşamındaki başarısızlıklar, üretememe, çözüm bulamama, var edememe, yeni bir yol açamama, içinden çıkamama, açılamama, ilerleyememe buradaki sistemin bozulmasıyla ilgili...

"Bundan sonra benden ne olur ki?" diyerek bile bu alana bir blokaj yerleştirmiş olabilirsin. Emin ol, henüz yirmi yaşında olduğu halde bu sözü eden, bu blokajı hayatına yerleştiren insanlar tanıdım ben...

"Bu yaştan sonra bizim neyimize, eşim zaten hasta ben zaten yorgunum" blokajıyla yaşam enerjisinin önünü kesenler yok mu? Var... Hem de bir dolu... İyi ama cinsel enerji, seksüel performanslarla ilgili değil ki? Dokunmak, öpmek, sarılmak, hissetmek de özel bir tat, özel bir enerji alışverişi değil midir?

Cinsel İyileşme

Birbirini beğenme, flört, çekim hepsi de ihtiyaçlar ve tamamlanma ilkeleri ile bağlantılıdır. Eşleştiğin sendeki bir halin yansıtıcısı ve tamamlayıcısıdır. Bu bağlantıyı görebildiğinde işe kendinden başlarsın.

Kadında eğer cinsel bir sorun varsa önce erkeğin ve eril prensibin iyileşmesi önemlidir.

Erkekte eğer cinsel bir sorun varsa önce kadının ve dişil enerjilerin iyileşmesi önemlidir.

İki taraf birbirini hem yapıcı hem de yıkıcı yönde etkileyebilir. Zarar verebilir ya da durdurabilir.

Kadın cinsel soğukluk ya da vajinismus gibi cinsel sorunlar yaşıyorsa bu durumda erkeğe dönüp sormak gerecektir.

"Sen eşini/partnerini neden isteksizleştiriyorsun, neden cinsellikten soğutmak ya da cinselliği itmek durumunda bırakıyorsun onu?"

Erkek eğer isteksizlik ya da ereksiyon sorunu yaşıyorsa, dışarıya kaçmaya yönelikse ya da ilgi göstermiyorsa bu durumda da kadına dönüp sormak gerecektir.

"Sen niye erkeğini uzağa yolluyorsun, niye ona kendini erkek gibi hissettirmiyorsun? Onun kendini erkek gibi hissetmesiyle ilgili ne takıntın var?"

Bir kadın erkeği neden uzağa koyar, bir erkek kadını neden uzağa koyar?

Bu önemli bir soru...

Çünkü cevaplar bizi, yaşamın içine görünmez bir şekilde dalga dalga yayılıp köklenmiş blokajlara götürecek.

Kadınla erkeğin hayatında ne oluyor olabilir ki birbirlerini uzağa koyma ihtiyacı doğuyor?

Nedenlerin kökleri anne baba ilişkilerine kadar gidiyor tabii ki... Çoğu kadının babayı uzağa koyma tecrübesi var bir kere...

Belki anne babası boşandı, kadın anneyle yaşamaya başlayarak babayı uzağa koydu. Baba belki erken yaşta öldü. Belki yurtdışında çalıştı. Belki annesinin ve anneannesinin erkeği uzağa koyuyor olmasını seyretti, kabul etti.

Bu durumda tabii ki temel bilgisi erkeği uzağa bir yere koyuyor olmak olacaktır. Seyrettiği, inandığı, kabul ettiği, bildiği deneyim bu... Doğal olarak kendi yaşamına da olduğu gibi yansıtacaktır.

Aynı tecrübe bir şekilde erkekte de oluyor. Belki annesini ve kız kardeşini hayatının dişil figürleri olarak kabul edip hayatına yeni bir dişil enerji, bir eş alamadı. Başka bir eşe gitse de annesine dönme ihtiyacı doğdu.

Kadının erkeği uzağa yollama ihtiyacı çocuklukta seyrettiği kader programında niye vardı?

Bir kadının erili, ruhsallığı ve maneviyatı uzağa koyma çabası, onun uzağa gidecek erkeklerle, baba, koca, oğul ile buluşturur. İçerideki bu durumu görebildiğinde, ruhuna bir adım attığında iyileşme başlar.

Erkeği uzağa koyan kadın tabii ki erkeği içeriye almakta zorlanacaktır ya da zaten kendisi erkek rolünü üstlenerek dişil erkeği hayatına alacaktır.

Bir erkeğin sürekli erekte bir enerjiyle erekte bir duyguda, zihinde, sertlikle, öfkede gezmesi onun cinsel enerjisini düşürecektir değil mi? Aynı şekilde bir kadının da duygusal olarak bir erkek gibi, yani erekte olmuş bir duyguyla, daha saldırgan, daha öfkeli, daha kontrolcü yönetici, sürekli lider bir enerjide hayatını sürdürmesi, kadının hayatının içine aynı enerjiden bir tane daha almasına engel olacaktır. Dolayısıyla erkeği uzağa koyma ihtiyacı doğacaktır. Çünkü zaten sürekli kontrol etme ihtiyacında olan bir kadın, bir dişi, içeride erilleşeceği için yönetme ve kontrol etme alışkanlığını cinsel enerjide de devam ettirecektir, böylece kontrol edebileceği bir erkeği hayatına çekecektir ya da erkeği pasifleştirerek yönetimi ele almak durumunda kalacaktır. Kadın eğer dişi olmayı sadece annelikle özdeşleştirirse kocasına da annelik yapmaya kalkarak, annesinin oğlu bir erkeği dışarıda başka kadınlara iter. Kocasının annesi o ise, erkeğine sevgili başka kadınlar olur.

Yani kadın doğru yerde sert olup doğru yerde yumuşadıkça, eril tarafa doğru yerde doğru zamanda kolaylıkla teslimiyete geçebildiğinde erile daha kolay yaklaşacaktır. Onu sevgiyle yumuşacık bedeninin içine alabilecektir. Kendine şefkati artarak, buzlarını eriterek yaratım enerjisiyle buluşacaktır.

Bir erkek kadını dinleyebiliyorsa, ondan gelen titreşimle, halle, bedeninin, duygusunun ne hissettiğiyle orada buluşabiliyorsa kadınını o kadar mutlu edebilir. Kadını tarafından o kadar mutluluk alarak hayatını tat ve lezzet zengini haline getirebilir. Bir eş karşısındakini mutlu edebildiğince hayatını iyileştirebilir.

Teslimiyet İhtiyacı

Duygu Yönetimi

Her insanın teslimiyete ihtiyacı vardır. Güvenmek, telsim olmak, rahatlamak, gevşemek ve böylece mutlu hissetmek, iyi hissetmek bir ihtiyaçtır. Teslimiyet güçlü bir histir. Çünkü içinde yaratım, üretim ve ilham vardır. Bunu en güçlü biçimde cinsel enerjide deneyimleriz. Burada önemli soru "Neye niçin ve nasıl teslim olacağım?" sorusudur.

Duygularına ve zaaflarına, dışarıya teslim olan Allah'a teslim olamayacağı için endişeli, tedirgin ve gergindir. Yeteneklerini ortaya çıkardıkça, sana verilen güçleri kabul ettikçe daha da güçlenirsin. Kendine ve sana bu gücü verene olan güvenin artar. Kendini suçlamalarının yerini deneyimin bilgisinden faydalanma alır. Ağzından çıkanı dinleyen bir kâinat ordusu olduğunun farkına vararak kendini duymaya ve dinlemeye başlarsın. Bilirsin ki sadece senin OL dediklerin olur hayatında. Yaratan ile kurduğun işbirliğini gördükçe O'na kendini kolaylıkla ve yumuşacık bırakırsın. Aceleye, koşturmaya, yargılamaya olan ihtiyaçların bir anda biter. İyiler de kötüler de "bir" olana hizmet etmektedir. Kontrol ve gerilimler teslim olamamaktan kaynaklanır. Güven ve eminlikle çözümlenir.

Kadının içinde de eril ve dişil enerjiler vardır, erkeğin içinde de eril ve dişil enerjiler vardır. Cinsel enerjide sürekli

bir denetleme hali söz konusuysa, yani hep bir kontrol, sınır, baskı, şüphe, kuşku, kaygı, huzursuzluk, güvensizlik varsa orada teslimiyet olmaz. Zihnini tatile yollayabiliyor olmalısın yaratım enerjisiyle buluşmak için. Aksi halde o coşkulu, berrak ve verimli su donmaya başlar. Orada katılaşma, sertleşme ve öfke birikir.

Bir erkek sürekli sert, öfkeli, kontrolcü, baskıcı, kızgınsa cinsel enerjiyle buluşurken sertleşeme sorunu yaşar. Aynı şekilde bir kadın gerektiği yerde yumuşamayı bilmiyorsa, o da aynı şekilde sert, öfkeli, kontrolcü, baskıcı ve kızgınsa cinsel enerjiyi içeriye alamaz ve yumuşama sorunları yaşar.

Erkek yumuşamaktan korkuyorsa, sürekli sert/kızgın/öfkeli gezmeyi tercih ediyorsa, bu alanda aşırıya gidiyorsa doğal olarak kırılır. Günümüzde eşcinselliği seçmiş erkeklere baktığımızda, içeride aslında çok sert, çok katı olduklarını görürüz. Aynı şekilde eşcinsel bir enerji frekansı seçen kadınların da içeride kendilerine karşı aşırı sert, yönetici ve kontrol etme ihtiyacı içinde olduklarıyla karşılaşırız. Bazen kadın ve erkekteki aşırı çapkınlık da benzer durumları oluşturur. Kendi cinsini veya karşı cinsi ezik görmek veya ezmeye çalışmak da kişiyi kendine karşı sert ve acımasız yapabilir. Bu da cinsiyet rollerini duygu ya da fizik bedende değişime sokabilir. Bu sebeple yerindelik prensibi gereği nerede evet nerede hayır deneceğinin ya da nerede yumuşak nerede sert olunacağının seçimi önemlidir.

Ateşle Suyun Dansı

Hayatının efendisi olmak için yaratım ve üretim enerjini doğru kullanabiliyor olmalısın...

Peki ama nasıl?

Dişilik yumuşaklık, kucaklayarak koruma, annelik ve su ile ilgilidir. Esnektir, içeri alandır, boşluktur. Eril ise doluluk, sertlik, kabalıktır ve şemsiye gibi koruyandır.

Eril ve dişil enerjilerinle barıştıkça, onları kendi alanlarında gereği gibi kullandıkça yolların açılır. Yaratım ve üretim potansiyelini yani ikinci çakranı doğru kullanabildiğin zaman senin açından neyin doğru neyin yanlış olduğu kararını daha sağlıklı biçimde verebilirsin. Ancak bu şekilde hayatının efendisi olabilirsin.

Kadın, sevgi, şefkat ve merhamet olarak çok daha ileri ve çok daha üstün olan taraflarıyla, erkeğe, sevmeyi, sevilmeyi, aşkı öğretir. Ve kadın ne kadar bu sevgi ve şefkati erkeğine, eril tarafına yönlendirebiliyorsa, o zaman ilahi ifade dillenir.

Erkek, hayatın işleyiş sistemini ve kurallarını kabul edebildikçe, itirazları ve kontrolcülüğü bıraktıkça, dünyayı, kadını dinledikçe kadın da erkeğin kollarına kendini güvenle bırakır ve ondan alabilmeyi kabule geçer. Dişiliğin yasaları kabullenildikçe, dinlendikçe erkek tarafından kabul görür. Erkek de sevmeye, sevilmeyi kabule dişili onaylayarak geçiş yapabilir.

Cinsellikte Aşırılık

Cinsel enerji baskılandığında veya bloke edildiğinde ikinci çakrada cinsel organlar da sıkışır. Bu da pornografi, çokeşlilik, doyumsuzluk, sapkınlık ve aşırılıklara sebep olur. Temelinde kendini değersiz hissetme ve kendini onaylayamama vardır. Bu da dışarıdan onay alma ihtiyacı ile birlikte kişiyi cinselliğe ve başkalarına muhtaç hale getirir.

Sonuç: Suçluluk...

Hormonların ve cinsel organ enerjilerinin rahatsızlanmasının sebebi de budur. Kendini yargılama bırakıldıkça, cins enerjilerini kabul ettikçe, içinden gelen taşkınlıkları daha üst çakralara yönlendirdikçe ve olanın deneyimsel ve faydalı taraflarını alabildikçe iyileşme sağlanır.

Yaratım Enerjisi Nasıl Kullanılabilir?

Yaratıcı aktiviteler

Sihirli Mutfak

Herkesin kendi yaratım potansiyelini değerlendirme şekli kendine özgüdür elbette. Burada sadece tesirli olacağından emin olunan birkaç öneride bulunmak mümkün olabilir.

Mesela rengârenk güzel kumaşlar alabilirsin, birbirinden güzel bebekler yapabilirsin. Hoş kokulu mumlar üretebilir, takı tasarlayabilir, şahane eserler ortaya çıkarabilirsin. Nefis yemekler pişirebilir, bu alanda sanat yapmaya başlayabilirsin.

Mutfak, hem erkek hem kadın açısından başlı başına bir üretim merkezidir. Bir üretim alanıdır. Ocağında başında topraktan gelen ürünleri, miktarlarına göre belirleyerek, tatlandırarak hem doyurucu, hem zevk veren, hem faydalı bir eser, bir yemek yapıp sunmuş oluyorsun sofraya... Sofran senin sergi alanına dönüşüyor aslında bir yerde. Bu tam olarak yaratım ve üretim enerjisidir işte. Tamamen cinsel enerjinin ortaya çıkardığı bir sonuçtur.

"Güzel yemek yapmanın, harika ekmekler pişirmenin cinsel enerjiyle ilgisi ne?" diye sorabilirsin. Nasıl ki birinci kapının sihirli formülü kokuydu, ikinci kapının sırrı ise tattır.

Erkeğin üretim enerjileri açıksa, doğal olarak üreten bir kadınla buluşur. Kadın ona nasıl güzellikler sunarım, kendimi ona nasıl beğendiririm hevesiyle hareket eder ve onayını da kendinden ve eşinden alır. Kendini onaylayanın dışarıdan onay ihtiyacı biter ve artık kendiliğinden onaylanır olur. Eşini onaylayamayan eşinin hangi özelliğini onaylayamıyorsa kendinde o cinsin özelliğini onaylayamamıştır. Kendi güzelliklerini gören ve kabul edebilen ise güzele güzel bakmaya ve güzelliğini görmeye başlar. Güzel tatlarda buluşabilmek için karşılıklı güzel kelamlarda bulunurlar böylece...

Cinsel Enerjiyi Aktive Etme

Cinsel enerjinin ve cinsel çakra alanındaki yaratım organlarının aktive olabilmesi, sağlıklı çalışabilmesi için bu alanlara yeterli miktarda oksijenin ulaşabiliyor olması lazım. Oksijenin ulaşmadığı alanlarda karanlık yaşanır, çünkü oraya ışık taşınamıyordur.

Peki karanlığın olduğu yerde ne olur?

Hastalık olur, korku, endişe gibi olumsuz frekanslar deneyimlenir, bakteri, parazit ya da virüs ürer. Hal böyle olunca cinsel enerjiyi daha uzağa koyma ihtiyacı baş gösterir. Çünkü artık orası uzak ve karanlıktır, oraya girilmez.

Bu durumda bile yapılacak en önemli müdahale nedir biliyor musun?

Geçmişi suçlamaktan vazgeçmek...

Emin ol ki geçmişi suçlama enerjisinden kurtulmak iyileşmeyi çok hızlı biçimde başlatacaktır. Kendini cezalandırma halinden özgürleşip kendini affettiğinde karanlıklar aydınlanıyor olacaktır.

Hatırla ki hayat bir deneyimdir yolcu ve sen hangi deneyimin içinden geçtiysen bil ki ona o an ihtiyacın vardı. Ailenin, toplumun ya da içinde yaşadığın kültürün kullandığı argümanlarla kendine bir suç ya da günah biçmiş olabilirsin. Her insan hatalarıyla büyüyüp gelişiyor. Düşüyor, kalkıyor, yine düşüyor ve yine kalkıyor. Bir deneyimin içinden geçmiş olmayı ömrünün geri kalanına mal etmeye hakkın yok. Kendini suçlamayı, ruhunu ezmeyi, pişmanlıklarınla kendini cezalandırmayı bırak ki yaratım enerjin aktive olsun, cinsel organların sağlık bulsun...

"Annem duysa beni evlatlıktan reddederdi."

"Babam bunu böyle yaşayanların cehennemde cezalandırılmasını diliyor."

"Ailemiz açısından utanç verici, kabul edilemez bir deneyim benim yaşadıklarım."

Geçmişinle ilgili bildiğin ya da bilmediğin bu türden baskıları, suçlamaları, günah yakıştırmalarını, utanç yaftalamalarını bırakmalısın. Sen bu dünyaya gelişmeye, öğrenmeye, fark etmeye geldin yolcu. Deneyimlerin içinden geçerek yapacaksın bunu tabii ki. Yaratan sana bu hayatı cennet eyledi. Her türlü isteğin, cinsel aktivitelerin, sorumluluğunu aldığın her türlü birleşme sana açık. Bu sorumluluk kelimesi edep ve vicdan realiteni de içerir. Geçmişteki seni bağışlayıp tekrar yap demek değil, bilgisini alarak o halden özgür ol demektir.

Diyelim ki birleşmeyi istedin ve şimdi bir çocuk dünyaya gelmeye hazırlanıyor. Doğacak çocuğun sorumluluğunu alıyor musun? Hayatın, eşinin veya anne karnındaki bebeğin karşısında dimdik durabiliyor musun? Neye hazırsan, neyin sorumluluğunu alabileceksen bu kararlılıkta davranabilir misin bundan böyle? Yoksa sık sık aynı duruma kendini düşürerek oyalanmayı mı seçersin? Zaman kaybetmek istersen de istemezsen de senin seçimin... İlahi yasalar gereğini yapar. Bu dünyadaki en değerli olan şey zaman ise kazanan veya kaybeden kim olur sence?

Buluşmalarımız eğer gerçekten bir faydaya, güzel bir deneyime, bir lezzete hizmet ediyorsa, bilmelisin ki aşkla ve sevgiyle yapılan her şey bizi geliştirir ve ilerletir. Eğer arada sevgi kalmadığı halde, herhangi bir tat alınmadığı halde, mecburiyetten ya da birtakım hesaplardan dolayı sürdürülen ilişkiler söz konusuysa orada fayda değil zarar vardır.

Sen öncelikle sana şahdamarından daha yakın olan yaratanın sana seslendiği ve seninle irtibata geçtiği kalbine karşı sorumlusun yolcu. Öncelikle kalbini rahat ettireceğin buluşmalar, birleşmeler yapmalısındır.

Kalbin rahatsa, eril ve dişil buluşmalarda kapılar sana açıktır. Otoriten, yaratan ile işbirliği yapan gönlün ise, duygular, düşünce kalıpları ve inançlar seni yönlendiremez. Her adımı yüreğinin ferahlığı ile atmaya özen gösterirsin. Çünkü en büyük zenginliğin huzurun oluvermiştir.

Kendini Onayla

Bütün duyularınla orada ol

Herkesten önce senin kendinden razı olman çok kıymetlidir yolcu... Sen kendini, yaptığını, ürettiğini, ortaya koyduğunu onaylarsan zaten herkes onaylayacaktır. Senin kalbin, gönlün rahatsa, sen kendinden yana razıysan, eminsen bu senin başarındır. Sen kendi gönlünde görüp canlandırıp da bir yemek pişirdiysen, bir şey ürettiysen ve gönlün yaptığın şeyden razıysa etrafındakiler de razı olacaktır.

Kalbini dinlediğin sürece faydalı işlere akarsın yolcu, bunu hep hatırla.

Bir şey yaparken tam olarak orada olduğunda yani bütün duyularınla orada bulunabildiğinde o işin hakkını vermiş olursun zaten. Hakkını verdiğin her üretiminden kalbin razı olduğu için yaratan da senden razıdır.

"Çok şükür her şey yolunda" demek kalp rızasıdır.

Yaratım ve üretim enerjini (*cinsel enerjini*) gönlünün razı olmadığı şekilde ister istemez sarf ettiğinde, belki birtakım hesaplar ya da kaygılardan dolayı bir şeyi yapmak zorunda kaldığında, o işin tadı tuzu kalmayabilir. Gönlün razı olmadığı için yaratanın da razı olmadığı bir şeyden lezzet alınamaz.

Öyleyse gerçekten kendine layık buluşmalar yapmalısın. Kendine layık üretimlerde bulunmalısın. Yaratım ve üretim enerjin, yani cinsel enerjin kendine layık biçimde değerlendirilebiliyor olmalı.

Şu an hayatında kimse yoksa bile kendine dokun, bedenini hisset, bedenini sev, kalbine sevgini ver. Kendinden razı ol. Sen kendini ne kadar sevip, sevilmeye layık olduğunu kabul edersen, emin ol o kadar çok sevilirsin.

Çok insan yalnızlığına kaçıyor son yıllarda. Ev değiştiriyorlar, iş değiştiriyorlar hatta şehir değiştiriyorlar. "Dünyada sevilecek insan mı kaldı, en iyisi kaçalım hepsinden" diyerek uzaklaşıyorlar birbirlerinden. Bu kaçış başkalarından değildir aslında insanın kendinden kaçışıdır.

Hayat hiçbir çocuğunu diğerinden ayırt etmez, hepsini sever. Ama çocuk herhangi bir sebepten dolayı uzağa kaçmak istiyorsa onun da talebini karşılar ve "Tamam" der. "Sen mademki birazcık uzağa gitmek istiyorsun git." Oysa sen milyonlarca sperm içinden, doğmak için sıra bekleyen milyarlarca varlık içinden seçilensin. Senden bu kâinatta tek bir tane var ve her birimiz gibi çok özelsin. Parmak izin kadar eşsizsin. Bu özel olma halin aynı zamanda O'nun nurunu da taşımandan kaynaklanır. Sen "Bir"in içindeki bir zerre ve bütünde olanı içinde taşıyansın. Kendini sevmen O'nu sevmen ve O'nun yarattıklarını sevmendir. Kendini olduğu gibi kabulleniş hayatın mükemmelliğini ve yasalarını kabulleniştir.

***

Yaratım kapısı açıldığında buradan akan enerji bütün diğer kapıları da besler.

Bugüne kadarki zorlanmalarında, travmalarında nefesini tutarak o olayı yaşamamış gibi yaptın ve aşağılara ikinci kapının önüne yığdın. Molozlar zamanla birikti, almaya çalıştığın hayat nefesi, kapılarını beslemez oldu.

Şimdi gel birlikte egzersizler yaparak açalım tıkanıklıkları:

Su, suyu temsil edenler ve bedenindeki sıvılarla barışman önemlidir. Su içerken ona sevgi sözcükleri fısıldayabilir, suyun tazeleyici ve arındırıcı gücünü hissederek içine girebilir ve onun dünyasını yeniden ve ilk defa keşfediyormuş gibi başlayabilirsin. Akarken sesi huzur veren bir su kenarına git. Sakince oturup dinle. Dışarıda akan suyun ahengini içeride de hisset. Damarlarında akan kanın şırıltısı, enerji merkezlerinden pompalanan hormon ve sıvıların coşkusunun içine gir.

Akışın ve akışkanlığın içine kendini bırak ve ak. Nasıl ki bir dere akarken engellerin bazen üzerinden aşıyor, bazen kıvrılarak yanından geçiyor ama akmaya, hedefine ulaşmak için azimle yoluna devam ediyorsa sen de öylece akışta ol. Bu deneyimin içinde akışkanlığın tadıyla su ile selamlaş, yeniden tanış onunla. Bu yeni birlikteliğinde ilişkini ve ilişkilendirdiklerini yeniden tanımla. İlk egzersiz çalışmanı da böyle bir mekânda yapabilirsin. Bu barış ile birlikte sen de su gibi yolunu bulacaksın.

Aşk Kası Çalışması

- Önce ayaklarını birleştir (1 ve 2)
- Topuklarına basarak parmak uçlarını aç (3)
- Sonra parmak uçlarına basarak (4)
- Yavaşça topuklarını aç (5)

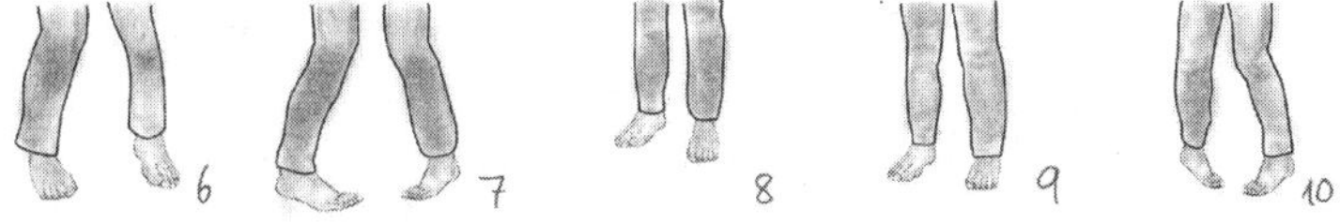

Dilersen bu pozisyona da (6) getirebilirsin. Aslında ayaklar çok az açılmalı. Aşırı biçimde açmaya gerek yok (7). Dizler çok hafif bükülebilir. Vücut düz ve dimdik olmalı. Bu egzersizi tam olarak oturtana kadar ilk zamanlarda sırtını bir duvara yaslayabilirsin. Bunun için önce topuklarını duvara yasla (8). Sonra 5 santim kadar duvardan uzaklaştır ve sırtını duvara yasla (9). Ayakların yine biraz önce yaptığın gibi açık, parmak uçları hafif öne bakıyor, dizler hafif bükülmüş olsun. Başını ve sırtını arkaya yasla (10).

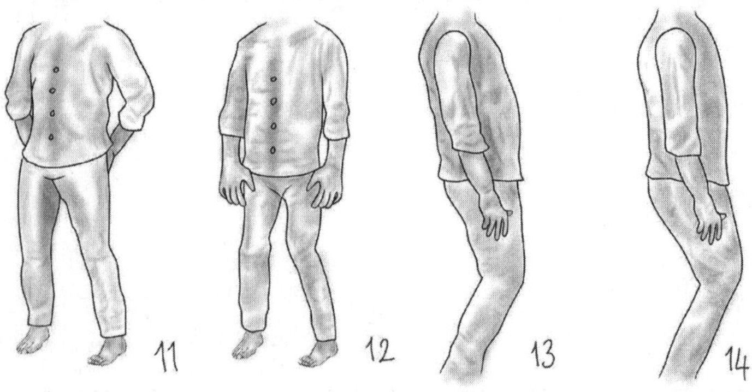

Birkaç denemeden sonra duvara ihtiyacın kalmayacak. Şimdi burundan nefes alırken kalçayı dışarıya alıp açarak sadece pelvisi öne doğru yolluyorsun (11). Sonra nefesini verirken tekrar arka duvara yapıştırırken kapat (12). Hareketin yandan görüntüsünü (13) ve (14) No.lu görsellerde görebilirsin.

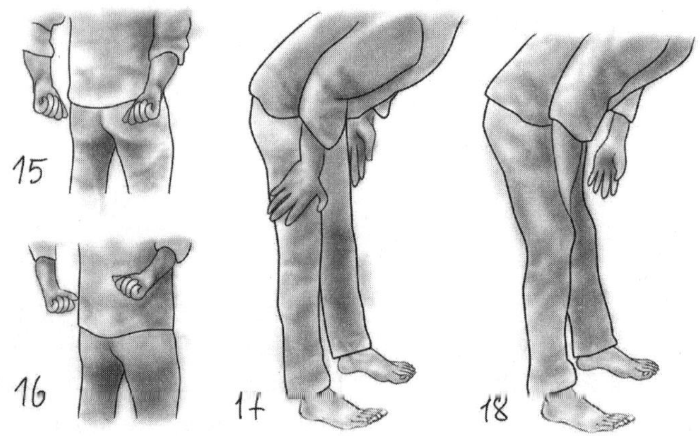

Egzersizi öğrenirken topuklarını biraz aç, her seferde kalça arkaya değsin... Giderek nefesleri yoğunlaştırarak, güçlendirerek, kasları önce hafif hafif kas, sonra daha yoğun kas. Bittikten sonra biraz kalçaya vurabilirsin (15, 16). Gevşetmek üzere bacaklarına da vurabilirsin (17, 18).

Başta 10 tane yaptın diyelim... Sonra üçer dakikadan 10 dakikaya çıkarıyor olacaksın. Bu kasları çalıştırdıktan sonra idrar tutma kaslarını yani kasını yukarıya çekme çalışması gelecek.

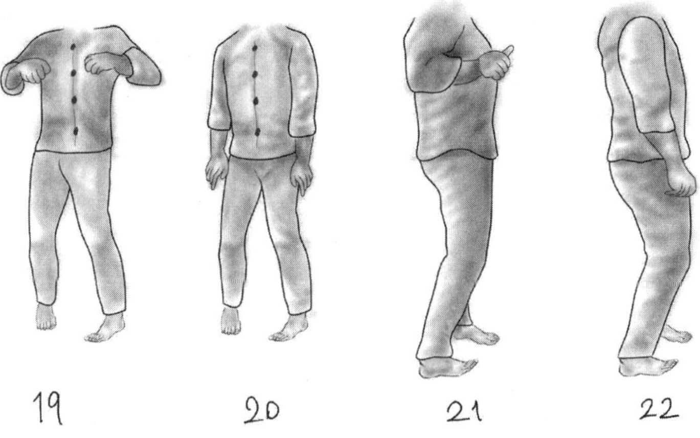

- Arkaya yaslan, nefesini alırken aşk kasını yukarı çek (19)
- Nefes verirken bırak (20)
- Yandan gösterecek olursak, vücut dimdik, nefes alırken çek (21)
- Nefes verirken bırak (22)

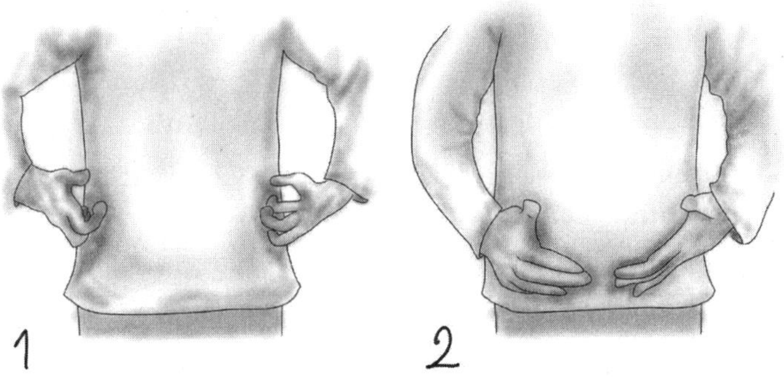

Resimdeki bölgelerde gördüğün bütün ağrıların, bel ağrılarının, böbrek ağrılarının, sıkışmaların temelinde bu bölgelerdeki cinsel blokajlar ve engeller yatıyor. Buradaki yağlanmaların nedeni de yine aynı blokajlar.

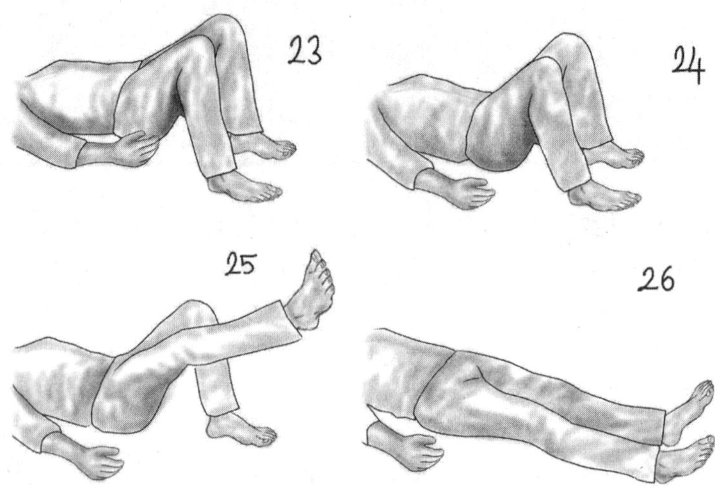

Yere yatıp, kalçayı hafifçe yere vurabilirsin (23, 24). Böylece hem kuyruksokumu hem de bu bölgelerdeki kaslar esner.

Eğer istersen bacaklarını hızlıca kaldırıp yere serbest düşüşle de bırakabilirsin (25, 26). Ağırlıkları birden bırakarak kasları gevşetmiş olursun.

Cinsel çakranın kapsadığı alanın oksijene ihtiyacı olduğundan söz etmiştik hatırlarsan. Bu egzersizler lazım gelen oksijenlenmeyi tesirli biçimde sağlayacaktır. Kök çakraya ve cinsel çakraya oksijen gitmeye başladığında kanallar da açılmış olacak, enerji hareketliliği başlayacaktır.

Yaratım ve Üretim Enerjisini Aktive Etmek İçin Turuncu Küre Egzersizi

Göbeğinin içinde turuncu renkli bir küre durduğunu hayal et. Bu turuncu küreyi önce göbekten aşağıya doğru ilerlet, cinsel organlarına, oradan kuyruksokumuna, oradan omurlarının etrafında gezdirdiğini düşün. Sonra tepene taşı turuncu küreyi, alnında tut biraz, sonra arka damağına getir, dilinin üzerinde gezdir, sonra boğazına, göğsüne ve tekrar göbeğine taşıdığını canlandır gözünde. Bu yörüngede topu yedi kere gezdir.

Şimdi idrar tutma kaslarını hisset ve onu tıpkı çok idrarın gelmiş de tutuyormuş gibi sık, yukarıya çek ve bırak. Sanki yumurtalık veya erbezlerinden kanca ile yukarı doğru çekiliyormuş gibi oradaki atıl enerji yukarı doğru fırlasın. Yukarıya çekip tutma sürelerini önce dört, sonra beş, sonra altıya kadar sayarak süreleri adım adım artır. Daha sonra nefes alırken tut ve yukarıya doğru çek. Nefes verirken de kasları gevşet ve serbest bırak.

Biraz da nefes ile uyumlayalım. Boğazından kuyruksokumuna kadarki alanı kocaman boş bir balon gibi hayal et. Ağzından alacağın nefes önce balonun en altını doldurup şişirecek sonra da adım adım karnın, göğsün ve boğazına kadar dolduracak ve şişecek. Sonra da sakince bırakacaksın. Bunu yaparken de dilinin ucu damağının gerisinde yumuşak kısma da dokunuyor olsun. Nefesini alırken karın bölgesini şişirip içine hava doldurarak başlayabilirsin. Göbeğin iyice şişip patlayacak gibi hissetmeye başladığında, içerideki havayı karın kaslarının da yardımıyla aşağıya leğen kemiğin ve cinsel organlara doğru it. İyice aşağı indiğinde kuyruksokumumu hissedip bir çevrim ile omurga boyunca sırtından yukarıya çıkmasına izin ver. Ensenden tepene gelsin, alnından damağının arkasına gelene kadar nefesi almaya devam ettin, damağının üzerinden turuncu küreyi dilinle bir şalter gibi alıp, nefesini vermeye başlayabilirsin. Nefesi bırakırken sırayla dil, oradan boğazının ve göğsünün önünden göbeğine indirebilirsin. Bu hareketleri yaparken gözlerini kapatıp bir turuncu top ile birlikte nefesini takip edebilir, top ile birlikte nefesini bir yörüngede senkronize bir şekilde çevirebilirsin.

Nefes ve idrar tutma kaslarını birer gün ayrı ayrı çalışıp kuvvetlendikten sonra ikisini birleştirerek yapacak hale gelebilirsin.

Göbeğinde turuncu topu hayal et ve nefes alırken karın boşluğunu doldurarak, nefesi leğen kemiğine, kuyruksokumu ve cinsel organlara yolladığında, nefes almaya devam ederken yumurtalıklarını yukarıya doğru çek ve bir enerji sıçraması ile birlikte cinsel saraydaki toplanan güç omurganın içinden enseye, beyninin içinden de epifiz bezine kadar fışkırsın ve akış başlasın. Epifize gelen hayat enerjisini ve cinsel enerjiyi de dilini damağına dokundurarak al ve nefesi vermeye başla. Nefesi bırakırken aşk kasını da serbest bırak ve turuncu top ile birlikte vücudunun ön tarafından tekrar göbeğine insin. Bu hareketi her gün biraz daha süreleri ve tekrarları artırarak kırk gün yapmalısın. Sonuçlarına inanamayacaksın.

Bütün bu egzersizlerden sonra ne olacak?

Bütün bu çalışmaların büyük faydalarını kısa sürede deneyimliyor olacaksın yolcu. Öncelikle fiziksel enerjilerini yönetebiliyor olacaksın. Menopoz ya da andropoz enerjilerini yönetmeye ve ilgili sistemleri iyileştirmeye başlayacaksın.

Âdet sancıları ya da âdet düzensizlikleri de bu bölgeye taşınan oksijen sayesinde düzelecek.

Erkekler, bu bölgedeki kasların güçlenmesiyle erken boşalma sorunu yaşamayacaklar. Boşalmayı yönetip kontrol edebiliyor olacaklar.

3. BÖLÜM

III. İRADE KAPISI

Gücün Yolu

Üçüncü kapının zenginlikleri, altın ve mücevherleri Anka'nın peşindekileri çok etkilemişti. Orada kalmaya karar veren yolcular, o dünyanın kralı olmuşlardı. Her dilekleri geriye alınamayacak şekilde gerçekleşiyordu. Büyük bir sarayları, akıllı ve güzel eşleri, sevgi dolu çocukları, ağzına kadar mücevher dolu hazine odaları olmuştu. Çok sayıda askerleri, orduları ve hizmetkârları vardı. Yine de zenginlikleri yetmiyordu, dahasını istiyorlardı. Sonunda öyle bir hırsla zenginlik dilediler ki, "Dokunduğum her şey altına dönüşsün" dediler. Bu talepleri de geri dönülmeyecek şekilde kabul edildi. Sarayları, kıyafetleri, eşyaları altına dönüştü.

Bu müjdeli haberi eşleriyle ve çocuklarıyla paylaşmak için yanlarına gidip onlara sarıldılar, derken ailelerinin de altına dönüştüğünü görünce çok şaşırdılar ve çok üzüldüler. Kısa zamanda askerleri de hizmetkârları da dahil herkes altından heykellere dönüştü.

Güç hırsı altınlarıyla birlikte yapayalnız bırakmıştı üçüncü kapının büyüsüne kapılanları.

Güç bir hak ediştir yolcu. Alınan, satılan, devredilen, kiralanan bir şey değildir. Devredilen güçlerde, haklarda, yetkilerde bile kişi eğer devraldığı güce hazır değilse, onu taşımaya ve kullanmaya devam edemez.

Dolayısıyla güç çok önemli bir kapı olarak duruyor karşında şu an.

Burada gücü doğru anlamalı, ne kadarına potansiyelin olduğuyla bilinçli olarak yüzleşmeli, kullanabilme yetkisine sahip olduğun güçle ne yapman gerektiğini biliyor olmalısın.

"Ben güçlüyüm" demekle güç sahibi olunmuyor. "Artık güç bende" deyince de şartlar değişmeyebiliyor, sonuçlar yine aynı kalmaya devam edebiliyor. "Ben güçsüzüm" dediğinde de gücü her an geri kazanma hakkın sistem tarafından korunmaya devam ediyor.

İnsanlar bazı alanlarda gücü kabul edebilir, bazı alanlarda ise kabul etmekte zorlanırlar. Her insanın kendini eksik, yetersiz, güçsüz hissettiği anlar vardır, buna karşılık kendini güçlü, yeterli ve muktedir hissettiği anlar da vardır elbette. Hepsi birtakım sebeplere dayanır.

Kişinin korkuları varsa kendini güçlü hissedemez. Hayat korktuğu şeyden onu bir şekilde yakalıyor olur. Gelecekle ilgili kaygıları varsa da kendini yeterince güçlü hissedemez. Ancak korkudan ve endişeden sıyrıldığında o artık cesur bir insandır ve adımlarını cesaretle atabilir.

Elbette burada karar verebilme gücü de devreye girer. Kendisi için faydalı olanı ve faydasız olanı seçebilme kabiliyeti arttıkça gücün kabulü de artar.

Tam da bu noktada gücün tanımını yapmak gerekiyor artık.

Ben eğer gerçekten kendim için faydalı olanın kararını kendim verebilecek bir irade gücüne sahipsem güçlüyümdür, değilsem zayıfımdır. Benimle ilgili kararları bana başkaları aldırıyorsa ben yine zayıf ve güçsüzümdür aslında. Kararlarım bütünüyle bana aitse eğer ben o zaman gerçekten güçlüyümdür, güç bendedir.

Hayatımıza genel olarak baktığımızda çoğu kararımız kendimize aitmiş gibi görünür ama büyük resimde işler tam olarak öyle değildir aslında.

Nasıl mı?

Mesela tamamen kendi iradenle almışsın gibi görünen önemli kararlarına bakalım birlikte. Oturduğun evi kendin seçmemiş olabilirsin, şimdilik şartlar gereği bu evde yaşamayı tercih etmiş olabilirsin. Çalıştığın işte de durum aynı olabilir. Yaptığın işi kendin seçmemiş olabilirsin, bu kararı almak zorunda kalmışsındır belki bilemeyiz. Ama hayatındaki insan çok özel, çok içsel bir alana tekabül ediyor değil mi? Onu hayatına almayı sen mi seçtin bak bakalım?

Onu sevdiğin için mi birliktesin yoksa yalnızlıktan korktuğun için mi duruyorsun ilişkinin içinde?

Daha iyisini bulamayacağın korkusundan dolayı mı ilişkini sürdürmeyi tercih ediyorsun yoksa o senin için zaten ideal olan mı?

Onu tolore mi ediyorsun, onunla uyum içinde misin?

Onunlayken tam olarak kendin misin, onun açısından ideal olan insan olmaya mı çabalıyorsun?

Bütün korkularını, kaygılarını onu seviyor olduğun maskesiyle örtüyor olabilir misin mesela?

Burada hangi karar mekanizmasının devrede olduğunun farkında olmak gerekir. Kararların sana mı ait yoksa korkularına, kaygılarına ya da dış faktörlerin onayına mı bağlı?

Okuduğun kitaplara bak!

Hepsi senin seçimin mi, ihtiyacına yönelik alıp okudukların mı yoksa dış faktörlere bağlı olarak son zamanlarda herkesin çok okuduğu, okunmasını önerdiği kitaplar mı? Otoritelerin "Mutlaka okunmalı" diye dayattığı kitapları, bu dış denetim mekanizmasının onayını almak üzere tercih ettiğin kitapları mı okuyorsun?

Kütüphanende hangi karar mekanizması işliyor dersin?

Elbette kendine karşı dürüst olmanı isteriz. Ancak bu şekilde edineceğin bir farkındalıkla gücü kabul etme hakkını elde edersin ve gücü kullanabilme becerilerini geliştirebilirsin.

Gardırobuna da aynı denetleyici gözle bakabilirsin tabii ki. Gardırobun seni yansıtan, senin içinden gelen, seni memnun eden, iyi hissettiren kıyafetlerden mi oluşuyor yoksa bunları giydiğinde daha şık, dışarıdan daha kabul edilebilir, daha "uygun" bulunacağının onayını almak üzere mi satın aldın?

Gardırobunda hangi karar mekanizması yoğun olarak çalışmış sence?

Kararlarımız elbette gücümüzle ilgili... Kararlarımız ne kadar bize aitse o kadar güçlüyüzdür.

Sınırları giderek genişletmek mümkün elbette.

Güne dilediğin saatte başlayabiliyor olmak, işe gitme zorunluluğuyla sabahın köründe yollara düşmemek de güç sahibi olmakla ilgili bir mesele mi diye sorarsan, cevap tabii ki evettir.

Hangi duyguyla çocuk sahibi olduğuna da bak lütfen.

Yaşına göre yaptığın birtakım hesaplamalarla, ailenin ve toplumun da "uygun" bulduğu takvimi aşmamayı tercih ederek, kültürün "makul" kabul ettiği kriterler içinde, hazır uygun bir partner de bulmuşken "Neden olmasın?" diyerek mi çocuk sahibi oldun yoksa sahip olacağın çocuğa hazır olduğuna karar verdiğinde mi?

İnsan kendini manipüle etmek konusunda çok başarılıdır. "Sevdiğim için bu insanla birlikteyim, elbette ilgi duyduğum kitapları okuyorum, tabii ki kendimi içinde rahat hissettiğim kıyafetleri giyiyorum, çok istediğim için çocuk sahibi oldum" derken karar mekanizmalarını kendinden gizlemeye kalkabilir zihnin ama seni alt edemez. İçindeki hakikati susturamaz. İçindeki doğru cevap sen onu işitinceye kadar fısıldamaya devam eder.

Kendi kararın zannettiğin dışarının dayatmasına göre alınan kararların sonuçları da seni mutlu etmez tabii ki. Çünkü onlar başkalarının ihtiyaçlarını tamamlamak içindi. Senin kendi merkezinde oluşunu beslemek için değil. Gerçek ihtiyaçların karşılanmadığında sonuç; şikâyet ve mutsuzluk olur.

İşyerindeki mutsuzluğunun nedenlerini sıralamaya kalkışsan bir sürü sebep sayabilirsin belki. Maaşı yeterli olmayabilir, eve fazlasıyla uzaktır, iş arkadaşlarınla arzuladığın iletişimi yaşayamıyorsundur, sürekli yarış halinde performansa dayalı yaşamak çok yorucu ve sıkıcı geliyordur, kendini bu işe feda ettiğine inanıyorsundur belki.

Mutlu olabilmek için yapman gereken en basit şey karar vermek gibi görünüyor zaten değil mi?

Daha yakın bir eve taşınma kararı vermek.

Daha yüksek maaşlı bir işe geçme kararı vermek.

İçinde yarış ve rekabet olmayan bir iş alanı seçmeye karar vermek.

Seni iş hayatında daha mutlu edebilecek bu kararları kolaylıkla alıp uygulayabiliyor musun?

Bunu başarabiliyorsan güçlüsündür işte. Yok eğer mecburen içinde bulunduğun mutsuz koşulları sürdürmek yoluna gidiyorsan, zayıfsındır.

Peki ama ne yapmak lazım?

Gücü hak etmek, almak, hakkını vererek kullanabiliyor olmak lazım elbette. Bu konuyu ilerleyen sayfalarda etraflıca işliyor olacağız ama öncesinde gücün ne kadar büyülü, baş döndürücü, sarhoş edici bir yetki olduğundan da söz edelim...

Sarhoş Eden Güç

Kabul edelim ki güç sarhoş edicidir. Büyülü bir histir. Tarifsiz, baş döndürücü bir deneyimdir kişi için...

Düşünsene tanıdığın tanımadığın pek çok insan sana itaat ediyor, sen ne dersen yapmaya hazır, seni örnek alıyor, sana özeniyor, sana bayılıyor... Bazılarının kaderi iki dudağının arasında, kimse sana karşı koyamıyor, her isteğin yerine geliyor, her müşkülünü bir telefonla ya da bir selamla çözebiliyorsun, herkes sana akıl danışıyor, senden yardım istiyor, yardımının dokunduğu insanlar etrafında pervane olmuş, "Öl de ölelim!" diyorlar.

Hep takdir ediliyorsun, beğeniliyorsun, onaylanıyorsun, hayranlık duyuluyor sana. Seviyorsun seviliyorsun, kazanıyorsun kazandırıyorsun, büyüyorsun büyütüyorsun... İhtiyaçlarını kolaylıkla satın alabiliyorsun, hayatında canını sıkan her şeyi hiç ertelemeden hemen çözebiliyorsun, dilediğin an şartlarını değiştirip seni daha fazla memnun edecek koşulları sağlayabiliyorsun.

Harika değil mi?

Düşünmesi bile aklını başından alıyor insanın.

Kulağa çok hoş geliyor biliyorum.

Böylesi bir güce sahipsin ve bu gücü kullanabiliyorsun da üstelik. "Daha ne isterim ki?" diyorsun. Ancak güce sahip olmak ve kullanmak konusunda, işler pek de öyle su gibi rahatlıkla akıp gitmiyor.

Güç, baş döndürücü olduğu kadar tehlikelidir de... Verdiği kadarını alır da...

Hakkı verilemeyen, farkındalığı zayıf bir güç zehirler de...

"*Güç zehirlenmesi*" deyişini duymuşsundur mutlaka.

Güç, büyülüdür, baş döndürücü, tesirlidir ve bu yüzden çok insanı kolaylıkla kendine müptela edebilir, kendine bağımlı kılabilir.

Güçle sarhoşluğun peşinden nasıl bir süreç başlar sence?

Gücün güçsüzlüğü süreci başlar tabii ki.

İktidar koltuklarına, paraya, liderliğe, belli statülere, unvanlara, şöhrete tutsaklık başlar. Burada yine karar mekanizmaları değişmiş olur. Kararlarını yine sen veriyor olmazsın, kullandığın gücün yol açtığı tutkuların, ihtirasların, gücü kaybetme korkun, unvanını koruma endişen veriyor olur.

Toplumda çok dikkat çekici güzelliği, zenginliği, zekâsı olan kişilerin hayatlarını izle ve yüzde kaçının mutlulukla buluştuğuna bir bak. Zenginliğini ortaya seren birçok para zengini, kaybetme korkusu yüzünden endişe zenginine dönüşmüştür.

Güzelliğini çok gösteren gençliğini ve güzelliğini kaybetmemek, hep genç kalmak için çaba halindedir. Genç ve güzel bir tanıdığım vardı, yaşlanmaktan korkuyor ve "Dünya beni hep genç görsün, beni hep güzel hatırlasın, güzel bir kadın olarak hatırda kalayım" diyordu. Genç yaşta bir kaza sonucu öldü. Gazetede yayımlanan genç ve güzel resmi hatırlarda kaldı.

Birçok yönetici, üst rütbeli asker, emekli olduklarında kendilerini attan düşmüş gibi hissederler. Emir verecekleri kişi azalınca güçlerinin de azaldığı endişesine kapılarak, hızlı yaşlanma sürecine girebilirler. Bazen de güç ve kontrolcülük birbirine karışır. Oysa güvensizlik güçsüzlüktür. Gücü kabullenemeyen, onay almak için havasını dışarı gösterip atanlar, böbürlenmeye başladıkları için nazarı da çekerler, düşman da edinirler.

Zenginliğini, yeteneklerini ve güzelliğini sindirmiş insanın gösterişi sadeliktir.

Gücü hak etmek ve kullanmak konusunda nasıl bir tutum içinde olmak gerekiyor?

Hayatın, doğanın ve ilahi yasaların güçleriyle uyumlu olmayı öğrenmek gerekiyor elbette.

"Güç benim" dediğin an, o güç sana karşı güçlenip saldırır. Bunun yerine "Bu güç bana verilen bir güçtür ve ben bu güçle beraber gücü doğru yere, doğa için, insan için, hepimiz için kullanmak üzere hazırım" dediğinde yelkenlin dolar.

Diyelim ki hayal edebilme gücün var ve hayal ettiğini hayatında oluşturuyorsun. Sevgi, güzellik, konfor ve aşk hayal ettiğinde sonuçları sana huzur verir. Peki ya korktuklarını ve kaçtıklarını aynı güçle hayal edersen ne olur? Sonuçları seni mutsuz ettiği için bu gücü kullanmaktan kaçınmaya başlarsın, hatta günün birinde hayal bile edemez hale gelebilirsin. Bir tanıdığımın geleceği görme ve sezme gücü vardı. Rüyasında yakınlarının yaşayacağı bazı kayıpları gördü. Bunlar gerçekleştiğinde ise kendini suçlu hissederek güç alanını kapattı. Şimdilerde "Benim niye ruhsal yeteneklerim çalışmıyor, ben bu alanda niye güçsüzüm?" diye soruyor.

Kendi yüksek hayrın, faydan için gücünü kullanman demek, bütünün de yüksek hayrına kullanman demektir. Nefsi, sadece geçici arzuların için kullanman ise yaşamında çeşitli dengesizliklere sebep olacağından seni üzer. Gücü hangi alanda kullanacaksan sonuçlarının içine girip sana huzur verip vermediğine bir bak. Güçlü büyük salkımsöğütler, büyüdükçe uzadıkça boyunlarını daha çok eğerler. Güçlendikçe eğilmesini bilenler, güçten daha çok beslenir ve bir sürü varlığa da hizmet etme hakkı kazanarak, dua ve helallik zengini olurlar.

Gücü Kullanabilmenin Sırrı

Bana verilen güçleri, BİZİM için kullandığımda beni ve bizi mutlu eden bir hali vardır. Bir de sadece BENİM için kullandığımda beni ve BİZİ mutsuz etme hali de vardır.

İşte burada çok önemli bir yasadan söz etmemiz gerekir yolcu. Burada farkındalık kazanmadan dördüncü kapıyı açamazsın. Gücü hak etmediğini düşünen, gücü ve yetkiyi kaldıramayacağına inanan ya da yapacaklarıyla ilgili kendine güvenemeyen güçlenemez. Bu kişiyi hak etmediği bir güçle buluşturmaya kalkarsan önce seni ezmeye çalışır. Kibrinden ve gururdan para gücünü almaktan çekinen bir arkadaşını zorla zengin ettiğinde önce seni aşağılamaya kalkışır veya seninle bir yarışa girer.

Henüz birinci kapıyı geçmemiş birine ruhsal güçler sunulduğunda, kendini ayrıcalıklı zannederek psikolojik rahatsızlıklar yaşayabilir. Bu sebeple güç ayağını yere sağlam basan kişiyle köklenir, onu fayda için kullanabilenle çoğalır. Aceleyle değil sindirerek, liyakat ve enerjilere yön vererek seni besler.

Sahiplendiğin güç seni yakar, sahip çıktığın güç ise yolunu aydınlatır.

Gücü sana bir veren vardır. Bu emaneti al kullan, sonrasında ona teslim et. Akışın içinde seninle birlikte dans etmesine izin ver. İhtiyacın kadarının her an sana sonsuz kaynaktan verileceğinden emin ol. Bil ki sınırları zihninin inanç kalıpları koyar sadece.

Lütfen sen de şimdi bir karar ver ve sakinleş, kendine zaman tanıyarak yolunun açılmasını dile ve ilerlemeyi seç. Tünelin ucunda dördüncü kapıyı görene kadar yürü.

Güç tabii ki bir yandan kontrol, yönlendirme ve dizginleri elinde tutmanı ister. Kararlılık ve irade isteyen, sert gibi görünen bir mekanizması vardır. Diğer yandan da hayatı yönetmek yerine kendi duygularını ve düşüncelerini yöneterek hayatın ve doğanın yasalarına teslim olabilmeyi de kavrayan bir esnekliği, yumuşaklığı içerir.

Güç, çok önemli bir konu yolcu...

Her devirde sırlanmış, saklanmıştır ve sırrına vâkıf olunmaması için türlü biçimlerde bohçalanmıştır. Özellikle bilginin gücü.

Kitlelerin kolayca güce ulaşmasının, gücün farkına varmasının, güçle buluşmasının önüne geçilmiştir. Gücü doğru biçimde ve hakkını vererek kullanabilecek olanlara ulaştırmak gayesiyle, güç prensipleri koruma altına alınmıştır.

Sen de hayatının çeşitli aşamalarında bazı kararlar vermek durumunda kaldın. Kimileri küçük gibi görünen konularla ilgili kararlarındı, kimileri hayatının akışını etkileyecek önemli kararlardı değil mi?

Kararlarını verirken elbette elindeki bilgileri, tecrübeleri, belki sezgileri de kullandın.

Karar vererek bir ilişkiye başladın ya da bir ilişkiyi sonlandırdın. Karar vererek bir işe soyundun ya da işinden ayrıldın. İstifa ettin ya da işyerini kapattın.

Verdiğin bazı kararlar için muhtemelen "Bu çok iyi bir karar oldu, iyi ki böyle bir karar verdim, en doğru kararlarımdan biriydi" dedin. Ancak bazı kararların içinse "Keşke böyle bir karar vermeseydim, pişman oldum" dedin. "Keşke o an öfkeyle ağzımdan o sözler çıkmasaydı, keşke istifa etmeseydim, keşke ilişkimi sonlandırmasaydım."

Aslında olmuş olan her şey hayırlı olandır zaten ama zihinsel açıdan bazı kararlarını yargıladığın, eleştirdiğin de olmuştur.

Bazı kararlarına baktığında oradaki yönetici gücün duyguların olduğunu fark etmişsindir. Halbuki o an orada sadece bir hakkın vardır. Ağzından çıkan tek bir sözle oku atmış olursun. Ok yaydan çıktıktan sonraysa artık çok geç...

Bir enerji, bir titreşim, bir frekans, bir kelime, bir söz, bir ses, bir onaylama bile hayatında bir sürü deneyimlerin ateşleyicisi, başlatıcısı olur.

Bu ateşleyici seni yöneten güçtür işte. Dışarıdan değildir, içeridendir. Senin duygu trafiğinden çıkıp geliyordur. Duy gu trafiğinden gelen çeşitli itilimler, yönlendirici frekanslar, geçmişte yaşananların bilgisiyle ortaya çıkan duygulanımlardır bunlar.

Yönetici güç olarak ortaya çıktıklarında "Bu sözü ben mi söyledim?" diye bile düşünürsün. "Bu kararı ben mi verdim?"

Konunun çok da seninle ilgisi yokmuş gibi gelir ki öyledir de aslında. Kontrol edemediğin itkilerin, dürtülerin ya da duyguların, seni kontrol ediyordur hatta kararlarına da yön veriyordur.

Konuyla ilgili aklıma gelen bir anımı paylaşmak isterim:

Yıllar evvel asteğmen olarak görev yapıyordum. Bir arkadaşım, komutanına çok kızmıştı ve onu daha da üst bir komutana şikâyet etmeye karar vermişti. Dilekçe yazacaktı. Hiç beklemeden hemen o gün sinirle hazırladı dilekçesini. "Bana şöyle yaptı, böyle yaptı, buna hakkı yoktu..."

Olayın kendindeki yansımasını olduğu gibi anlattı. Ancak dilekçesini hemen aynı gün teslim edemedi. Çünkü askeriyede 24 saat kuralı vardı. Bir şikâyette bulunacaksan eğer, olayın üzerinden 24 saat geçmesi gerekirdi.

Arkadaşım "Olmaz" diyordu. "Çok saçma... Olay şimdi oldu, niye bekliyoruz, sıcağı sıcağına çözmek varken?"

Mecbur bekledi tabii. Olayın üzerinden 24 saat geçtikten sonra dilekçesini vermekten vazgeçmişti, çünkü artık o kadar da kızgın hissetmiyordu.

"Niye dilekçeni vermedin?" diye sorduğumda "Böyle bir şey yapmama gerek yok. Orada benim de bazı hatalarım var" dedi. Sonrasında üstüyle de barıştılar.

Senin de sezdiğin üzere, aslında dilekçe yazma kararı kendi iradesine bağlı bir karar değildi, duygusal bir itilimle şikâyette bulunmaya kalkışmıştı sadece. Bu bir karar değil, itilim... Yani duygusu tarafından yönetiliyordu o an.

Duygusal tansiyon meselesi önemli...

Ani inişler çıkışlar geri dönüşü olmayan eylemlere yol açabiliyor çoğu zaman...

Duygusal tansiyonunun inip çıktığı anları iyi yönetebiliyor olmalısın. Yükseldiğinde aklının, kalbinin sesini işitemiyor olursun ki böyle durumlarda eski deneyimler, kaygılar, travmalar devreye girer ve yönetici güce dönüşürler.

Bir konuda karar vereceksen "Şunu yapayım mı, yapmayayım mı, gideyim mi gitmeyeyim mi?" diye düşünürken öncelikle dış faktörlerin duygularının ve düşüncelerinin üzerindeki etkilerini ortadan kaldırmalısın. Ancak o zaman *karar alan* değil, *karar veren* olursun. Yani birinde karar alman dış faktörlerin tesiriyle sağlanıyordur, diğerindeyse hiçbir dış faktörün yönlendirmesine maruz kalmadan kararı veren sensindir.

Karar Verebilme Gücüne Nasıl Sahip Olunur?

Şimdi iki soru soracağım sana.

Okumaya biraz ara verip üzerinde düşünmeni isteyeceğim.

1. Senin için güç ne demek, ne anlama geliyor?

2. Bugüne kadar tanıdığın güçlü insanlar kimler?

Gücü tarif ederken kullandığın ifadelere ve anlamlara bak lütfen. Sahip olmakla, yönetmekle, özgürlükle, güvenle ilgili atıflar yapıyorsun genelde değil mi? İstediğin her şeyi istediğin an yapabilmek, özgür olmak, güvende olmak, kendini kimseye bağımlı ve mecbur hissetmemek, istediğin her şeyi istediğin gibi oldurabilmek, hükmetmek...

Güç tarifinin içinde bunlar da var muhtemelen.

Güçlü insanlar deyince aklımıza çoğunlukla peygamberler, krallar, imparatorlar, sultanlar, liderler, ulu düşünürler, filozoflar, kumandanlar geliyor aslında değil mi?

Çağımızda güçlü diye tarif ettiğimiz insanlar kimler? Varlıklı aileler, ünlüler, fenomenler, kitleler üzerinde tesiri olan isimler, iş insanları, oyuncular, şarkıcılar... Liste uzayabilir tabii ki...

Yani güç kavramıyla iktidar kavramı (*kitleleri yönetebilme ve etkileyebilme yetkisi*) çok zaman eşit algılanmış. Kişi ne kadar iktidar sahibiyse o kadar güçlü, ne kadar güçlü ise o kadar iktidar sahibi olmuş.

Tarih sahnesindeki firavunlara, krallara, devlet yöneticilerine, iktidar sahiplerine baktığımızda çoğu halkının gözünde neredeyse Tanrı'yı temsil eden bir güç olarak çıkar karşımıza. Bu güç sahipleri, güçlerini bazen halkın menfaati için kullanmışlar, bazen kullanamamışlar. Kullanamadıklarında ise ağır bedeller ödemişler. Yani verilen gücün bir de sorumluluğu olmuş...

Güç isteyene güç verilir yolcu.

Ancak sorumluluğunu kaldırabilenlere...

Sistemin kuralı bu.

Her gücün bir sorumluluğu vardır.

Güç, egoyla yakın ilişkilidir. Apartman görevlisinden tut her statüden yöneticiye, lidere hatta devlet liderlerine kadar hepsinin taşıdıkları güce ve sorumluluğa karşı oldukça yüksek egoları da vardır. Ego, bulundukları yerden ya da taşıdıkları güçten dolayıymış gibi görünür ama o noktaya ulaşıncaya kadar zaten yüksek bir egoya sahip olmak gerekiyor.

Bu sonuç egonun gücü müdür?

Evet...

Ego ne kadar güçlüyse güç alanı da o denli genişler. Güçlü olmak için güçlü bir egoya sahip olmak gerekiyor fakat güçlü egolara sahip olanların ödedikleri bedelleri de göz ardı etmemek lazım. Güç sarhoşluğu içindeki insanların yaşadıkları başlı başına bir kitap ya da film konusu...

Egoyu bir bıçak gibi düşün yolcu. Bu kesici aracı nerede kullanmak istersin? Kör bir bıçak zayıf bir ego sayılırken, keskin bir bıçak da güçlü egoyu temsil eder. Düşmekte olan bir kuş tüyü yanlışlıkla ona dokunduğunda bile sana zarar verebilir. Oysa kör bir testereyle saatlerce incecik bir tahtayı kesmek bile mümkün olmayabilir. Gücü tanıyan, onu nerede nasıl kullanacağını bilen için işler her zaman kolay ve mümkündür.

Bu sebeple egoyu tanımakla gücü kullanma yetisi birlikte paralel gelişmelidir. Bencil insan güçlendikçe kendini çevresindeki insanlardan soyutlar ve kendini üstün görmeye başlayarak yalnızlaşır. Kalabalıkların içinde bile birlik kuramaz. Gücünü korumak için kendince yalnızlık hapishanesine çekilir zaman zaman. Mutlu olması için davet edilen güç, onun gardiyanı olur. Çünkü gücün sadece ona özel olduğunu ve sadece zorlukla kazanılabileceğini düşünür. Kimi güç cimriliği ya da savurganlığıyla aynı şeyi hayatına yapar ve hamal olur. Kendi faydalanamaz, başkalarına biriktirir veya saçar. Onlar çantacılardır. Kendilerine emanet edilen bilgiyi, parayı ve yetkiyi kendi gelişimlerinde kullanamayıp başkalarına teslim ederler.

Çok okuyarak öğrendiğini zannettiğin bilgileri hayatının içinde uygulamamak da hamallıktır yolcu. Kazandığın parayı biter korkusuyla biriktirip cimrilik etmen de öyle...

Hak ettiğini düşündüğün kadarını alabilirsin. Oysa güç ortada kor bir ateş olarak durur. Dileyene dilediğinde korunaklı bir kap içinde sunulur. Şu anda sana aktarılan bu bilgi de bir güç değil mi? Peki neden herkes alıp güçlenemiyor? Neden kullanamıyor? Güç ortalıkta nasıl da saklanmadan gizlenmeyi başarabiliyor?

Alışverişte denge yasası burada da devreye girer. Bazıları buna ancak büyük zorluklar ve sadece çok çalışarak ulaşacaklarına inanırlar ama aslında kolaylıkla, bazen bir şükür ve kabul ya da bir dilekle buluşmanın kapısı açılabilir. Bu, karşılıklılık ilkesini de içerir elbette.

Kutsal kitaplarda firavunlar ile ilgili anlatımları hatırlıyor musun?

"Ben sizin yaratıcınızım, yeryüzündeki ve kâinattaki tek efendinizim" diyor ama peşinden yine Allah'a dua ediyor ve "Lütfen beni rezil etme" diyor.

Gökyüzüne bir ok atarak vurduğu kartalı gösterir firavun ve yere düşen kartalı işaret ederek "İşte" der. "Sizin bildiğiniz Tanrı'yla çarpıştım ve onu öldürdüm."

Ne var ki sonrasında küçücük bir sirkesineği firavunun burnundan içeriye girer ve beyninde vızıldamaya başlar. Firavun öyle çaresiz kalır ve acı çeker ki kafasını taşlara vurarak öldürür kendini.

Bu kadar eskilere gitmeye gerek yok elbette güçten söz etmek için. Günümüzün güçlü insanlarına da bakabiliriz.

Kitleler üzerinde yönlendirici etkisi olanlara bakalım mesela. Bir paylaşımıyla seni bir markaya yönlendirebilen fenomenler, ünlüler, tanınmış güç sahibi insanları düşünelim mesela. İsimleri önemli değil... Tesirleri hakkında konuşuyoruz burada. Bir sosyal medya paylaşımıyla senin bir konuya odaklanmanı ve o konuda reaksiyon vermeni sağlayabiliyor. Tepki göstermene, fikir üretmene yol açabiliyor, sende bir kıvılcım ateşleyebiliyor. Onun yerinde olmayı arzulayabiliyorsun içten içe, onun sahip olduğu şeyler seni etkiliyor, sende de olsa ne güzel hissederdin diye düşünüyorsun, haklısın.

Ama ona verilen gücü sen uykuda olduğun için kaçırmış değilsin. İsteyene istediği güç verilir, sistem bunu sorgulamaz. Ama onun bu güce sahip olarak ödediği bedellere de bak. Alma-verme dengesini hatırla lütfen. Almak için vermen gerekir. Onların bu gücü ellerinde tutabilmek için ne verdiklerine de bakmalısın. Sen aynı alma-verme dengesi içinde yer alabileceğinden emin misin?

Güç talep ederken en çok bu noktaya bakıyor olacağız yolcu.

Egoyla güç arasındaki ilişkiyi de göz ardı etmeden yapıyor olacağız bunu.

Ayağın dünyaya, hayata ne kadar sağlam basabiliyorsa o derece kökleniyorsun, egon da güçleniyor. Egon güçlendikçe köklerinin taşıyabileceği ağırlıkta binalar inşa edebiliyorsun üzerine.

Güce sahip olmak kadar kullanabiliyor olmak da gerekiyor.

Güç nasıl kullanılır?

Yaşadığımız çağa ve dünyanın şimdiki yönetim sistemlerine baktığımızda, güç sahiplerinin neredeyse hiçbirinin sahip oldukları gücü bütünün hayrına kullanamadıklarına tanık oluyoruz.

Çok insan "Eğer güç böyle bir şeyse ben o gücü almıyorum, benden uzak olsun, güçlenirsem başıma bu adamların başına gelenler gelecek, o zaman güç dışarıda kalsın" diyerek gücü almamayı tercih ediyor.

Güç sahibi insanların egoları elbette yüksektir. Bunu kabul ederek güce sahip olma ve gücü kullanabilme meselesinin üzerinde durmaya devam edelim. Güçlü ego, iyi bir şeydir, kötü değildir. Egonun kötü olduğu bilgisi kitlelere yanlış dayatılmış bir bilgidir. Bu insanlar güçlü egolara sahip olmasalardı nasıl liderlik edeceklerdi kendi toplumlarına, ümmetlerine, halklarına?

İlerleyen sayfalarda sana aktaracağımız bilgiler sırlanmış, saklanmış, üzeri örtülmüş bilgilerdir çünkü böyle olması icap ediyordur zaten.

Neden?

Pek çok diktatörün, liderin ve yöneticinin güç sahibi oldukça toplumu üzerinde o gücü nasıl kullandığına bak lütfen. Pek azı halkının gerçek faydasına işler yapmıştır değil mi? Çoğunluğu hırslarına, daha fazlasına ve en büyük olmaya takılmıştır. Hatta büyük savaşlara ve sefalete bile yol açmıştır.

Güçten söz ederken egonun büyümesi gerektiğini de kabul etmemiz lazım. Bir güç talep ettiğimizde o gücün sorumluluğu ve üzerimizde yaratacağı etkiler hayat sahnesinde bize seyrettirilir. Gücü kullanırken dikkatli ve bilinçli olmamız istenir çünkü.

Gücünü bütünün hayrına kullanmayı talep ederek alan çok insan yolun sonunda narsisleşmiş ve bencilleşmiş olabiliyor.

Başlangıçta bir ütopyanın kahramanı olma arzusuyla güç sahibi olmayı talep ederken, çok sonra kendini bir tiran olarak bulabiliyor. Emin ol çok insan şu an dönüşmüş olduğu halinden çok daha masumdu başlangıçta güç talep ederken.

Başlangıç noktasındaki masum halinden sıyrılıp bencil ve yıkıcı bir güç sahibine dönüşen kişiler gücü talep ederken topraklarını yeterince temizlememiş olanlardır.

Kolaylıkla anlaşılması için örnekleyerek açıklayacağım:

Diyelim ki senin bir toprağın var. Toprağında bir bahçe oluşturmak istiyorsun. Bahçende maydanoz, domates, salatalık, patlıcan olsun istiyorsun. Ancak bunun için toprağını yabanıl otlardan temizlemen gerekiyor önce. Çünkü toprağındaki bazı içerikler bu canlıların sağlıklı yetişmesine imkân vermeyecektir.

Ben de bir ara domates yetiştirmek istemiştim ve bu süreçte kurtboğan otu diye bir ot olduğunu öğrendim. Meğer çoğunlukla domateslere o gelirmiş ve gelişmesine engel olurmuş. Topraktaki yabancı otlar temizlenmeden domates yetiştirilmezmiş.

Demem o ki kişi de kendi toprağını yeterince temizlemeden, doğru ilaçlamadan güç talep ederse sağlıklı gelişemez. Niyet ne kadar doğru, yapıcı ve bütünün hayrına bir niyet de olsa, toprağın kendi geçmişinden taşıyıp getirdiği yabanıl otlar, travmalar, yanlış kodlamalarla dolu bir bilinçaltı, sürece çok zarar verebiliyor.

Günümüzün yönetim sistemlerine bak mesela. Çoğu güce tapan insanlar ve bütünün hayrını tamamen unutmuş gibiler değil mi? Güçleri ellerinden alınsa emin ol yakıp yıkıcı bir öfke çıkacaktır ortaya. Çünkü bu insanlar kendilerini gücü kullanan, değerlendiren, yöneten kişiler olarak görmüyorlar, gücün kendisi olduklarına inanıyorlar. Oysa başlangıçta çoğu gücü kullanmak ve değerlendirmek talebiyle yola çıkmışlardı, sonrasında gücü emanet aldıklarını unutup gücün kendisi oldukları yanılgısına düştüler. Daha önce de altını çizdiğim güç sarhoşluğu, güç zehirlenmesi budur işte.

Gücünü unvanlarından alan kişi olmamalısın, o unvana sahip çıkacak gücü yönetebilen kişi olmalısın.

Gerçek güç budur.

Diyelim en yüksek rütbeli generalsin... Omuzlarındaki apoletler, yıldızlar söküldüğünde geriye ne kalıyor? Hâlâ kendi içinde aynı güce sahip çıkıp yönetebilecek kabiliyetteki insan mısın, yoksa yıldızları söküldüğünde çaptan düşen, hiçliğe düşen kişi misin? Varlığın; taşıdığın unvanlara, apoletlere bağlıysa eğer bu durumda senin güçlü biri olduğundan söz edemeyiz. Korku içinde olduğundan söz edebiliriz ancak. Sahip olduğu unvanları kendi varlığı zanneden ve bunları yitirdiğinde yok olacağına inandığı için deli gibi kaybetme korkusu yaşayan, kaybetme korkusu yüzünden hırçınlaşan, etrafına zarar vermeyi göze alan biri vardır karşımızda. Bu güçlü olmak değildir. Gücü kaybetme korkusuyla daha da güçsüzleşmektir.

Hatırla ki güç de can gibi sana emanettir yolcu.

Can bile sende emanetken, emanet bir cana verilen güç sorumluluğu kalıcı olabilir mi?

Cana verilen bütün yetenekler ve bütün güçler emanettir.

İnsanın bütün dengeleri burada bozuluyor işte.

Kendinin her şeyin sahibi olduğunu sandığı noktada.

Gücünün de sahibi olduğuna inandığı an tekrar güçsüzleşmeye başlıyor. Gücün güçsüzlüğünü deneyimliyor bu kez.

"Bu benim bileğimin gücü, benim güzelliğim, benim bilgim, benim zekâm, benim yeteneklerim, benim cesaretim..."

Bu noktadan itibaren artık güçlü olmak yoktur, gücü kaybetme korkusu vardır ki bu da bir tür zayıflıktır.

Konuya sadece unvanlar, mevkiler, statüler açısından bakma lütfen. Güç çok ama çok geniş bir kavram. İstersen güzellik kavramı açısından da güç olgusunu birlikte değerlendirebiliriz.

Kadınlar güzelliği en büyük güçlerinden biri olarak kabul ederler, bunu değerlendirirler ve yönetirler değil mi?

18, 20, 25, 30, 35 yaş boyunca gücün zirvesinde olduklarını kabul edelim mesela. Sonrasında ne oluyor? 40'la birlikte birtakım çizgilenmeler, sarkmalar, ifadede sertleşmeler başlıyor olsun...

Gücünün sarsılmaya başladığını sezen kadın bunun üzerine birtakım operasyonlara kalkışıyor. Estetik ameliyatlar, düzeltmeler, müdahaleler. Halbuki kadın gücünü olgunlaşmasıyla kazandıklarına bağlamak yerine görüntüsündeki tuzaklara aldanıp bunları düzeltmek peşinde koşuyor. İnan ki yolcu, kadının olgunluğuyla kazandığı gücü kullanmaya devam etmek yerine görüntüsünü onarma kaygısına düşmesiyle iktidar sahiplerinin koltukları altlarından alınırken yaşadıkları ve yaşattıkları panik arasında çok da fark yok.

Güç Alanları

Hepimizin güç alanları vardır yolcu... Herkesin kendini daha güçlü hissettiği yerler vardır. Bu alanlarda güçlü olmayı seçmişizdir. Buradaki gücü taşıma, değerlendirme ve yönetme becerilerimizi, egomuzu geliştirmişizdir.

Kiminin çok güçlü aile bağları vardır. Güçlü aile bağlarına sahip olmak için yatırım yapmıştır, onlara zamanını ayırmıştır, sosyal yaşamından esirgediği boş vaktini aile için kullanmayı tercih etmiştir, maddi imkânlarını onlara açmıştır vs. Bunları gerçekleştirmekten kaçınıp "Benim aile bağlarım hiç güçlü değil, ben de güçlü aile bağları isterdim" diye yakınmak yersiz değil mi?

Ne demiştik?

Güç talep edene güç verilir. Yeter ki talep edilen gücün karşılığını vermeye razı ol. Güçlü aile bağları talep ediyorsan, bu dengenin nasıl sağlanabileceğine de bak.

Kiminin çok güçlü arkadaşlık bağları vardır, kiminin hafızası çok güçlüdür, kiminin çok güçlü bir iş hayatı vardır, parayla sağlam bir ilişkisi vardır, kiminin kalemi güçlüdür, kiminin mizahı, kiminin güçlü duyguları ve sezgileri vardır, kiminin yaratım gücü... Kiminin güçlü ruhsal yetenekleri vardır, kiminin konuşma kabiliyeti güçlüdür.

Herkesin kendini güçlü hissettiği, daha doğrusu güçlü olmayı tercih ettiği alanları vardır.

Tabii ki bütünsel açıdan güçlü olmak da mümkün. Hem maddesel açıdan güçlü hem ruhsal... Hem zihinsel açından güçlü hem duygusal... Hem aile yapısı güçlü hem kendi içinde bütün ve tam... Hem kalemi güçlü hem hafızası...

Ancak bir kez daha altını çizmekte fayda var ki güçlü olmak ya da güce sahip olmak çoğunlukla korkutucu geliyor insanlara. Evet herkes güç sahibi olmak istiyor gibi görünüyor ama aslında fazlasıyla korkuyor güçlü olmaktan...

Servet sahibi olmayı çok isterdi belki ama servetini korumak uğruna vermek zorunda kalacağı kararları uygulamaya hiç ama hiç razı değil aslında.

Tanınan, bilinen, çok kazanan bir sosyal medya fenomeni olmak isterdi belki ama kitleler tarafından eleştirilmeye, hırpalanmaya, sansasyonların içine çekilmeye, linç edilmeye hiç ama hiç katlanamaz. Buna maruz kaldığında hayat sona erer onun için, belki bir daha bakkala bile gitmek istemez.

Gücü alanın o güçle nasıl yaşadığı bilgisi çoğu kişi için genellikle korkutucu... O yüzden aslında çok insan çok da güçlü olmak istemiyor. Gücün sorumluluğunu taşıyabilecek uygunluğa sahip olmadığı inancında...

Yeri gelmişken bir hikâye anlatmak isterim:

Adamın biri sabah akşam dua ediyormuş.

"Tanrım ne olur bana mucizelerini göster ne olur bana kendimi iyi hissettir."

Melekler sürekli bilgi veriyormuş Tanrı'ya:

"Bir adam var, sürekli dua ediyor. Ve hep bir mucize umuyor."

Hikâye bu ya, Tanrı geri çevirmemiş adamın talebini. "Cennetten bir elma verin o adama" diye buyurmuş meleklerine.

Cennet meyvesiyle ödüllendirilen adam çok mutlu olmuş tabii. Elinde meyvesiyle dolanıyormuş her yerde. Gördüğü herkese gösteriyormuş elmayı. Üstelik nasihat de veriyormuş:

"Benim gibi olun, Tanrı'dan isteyin, çok isteyin" diyormuş.

Sonra bir gün Mecnun'la karşılaşmış. Ona da nasıl bir insan olması gerektiğini anlatmaya koyulmuş. Çok ibadet ederse cennet katından bir ödülü hak edeceğini anlatmış.

"Cennet katından ödülümüz ne olacak ki?" diye sormuş Mecnun.

Adam da elindeki elmayı göstermiş.

"Ha o mu?" demiş Mecnun. "Ondan bana da verildi zaten..."

"Nasıl olur?" demiş adam çok şaşırmış. Mükâfat sadece ona değil, başkalarına da verilmiştir. Para ile imanın kimde olacağı bilinmez derler ya. Kimde ne kadar güç olacağını da bilemezsin.

Lise zamanımda judo milli takım kampına gitmiştim. Tek gözü kör bir antrenör vardı, geçmişte çok iyi bir boksör olduğu anlatılıyordu. Merak edip sordum tanıdıklara ama kimse ya bir şey bilmiyordu ya da anlatmak istemiyordu. İyice meraklanmıştım. Sonra Montreal Olimpiyatları'nda antrenörün yan odasında kalan bir arkadaşından gerçek hikâyesini öğrenebildim.

Ülkemizi temsilen olimpiyata gitmiş, öncesinde pek çok şampiyonluğu varmış. Çekilen kurada ilk turda Kübalı bir boksör çıkmış ona. Adamın yüzüne bakınca rahatlamış. Arkadaşlarına dönüp "Bana kolay bir tur denk geldi, boksa yeni başlamış bebek yüzlü zayıf bir rakibim var" demiş. Maç gecesi boksörün başında doktorlar bekliyormuş çünkü tek gözünü kaybetmiş. Kübalı boksörün yüzünün bebek gibi olması, gücünü çok iyi saklayabiliyor olmasıydı tabii ki... O müsabakalarda bütün karşılaşmaları nakavtla kazanarak olimpiyat şampiyonu olmuş bebek yüzlü boksör. Kimin hangi konuda ne kadar güçlü olduğunu bilemezsin.

Her birimiz mükâfatlandırılırız yolcu bunu hep hatırla. Talep ettiğimiz bize mutlaka verilir. Ancak verileni taşıyabilme gücünde ve mütevazılığı içinde olmayı da becerebiliyor olmalıyız değil mi?

Aksi halde sarhoş edici olabilir.

Elde ettiği güçle kibre sapan ve artık kendini diğerlerinden ayrıcalıklı zanneden kişi, herkesten farklı görünmeye çalışabilir ki bu, işleri onun açısından daha da zora sokar. Kaybetme korkusu günden güne artar. Böylece kendinden de uzaklaşmaya başlar. Oysa ilahi yasalar açısından biri diğerinden daha üstün ya da daha değersiz değildir.

İlahi yasalar karşısında hepimiz eşitiz, biriz. Yasaların eşitliği ve birliği içinde, zamana tabi olduğumuz yer içerisinde; öğrendiğimiz, anladığımız, idrak ettiğimiz ve geliştiğimiz süre içerisinde, yasaları kullanışımıza göre bir tepki alıyoruz. Onun için davranışlarımıza göre değerlendiriliyoruz.

Gücün alınamaması ya da kabul edilememesinin ardında **insanın kibri** vardır. Kibir potansiyeli vardır. Elde edeceği gücü doğru yerde doğru şekilde kullanamayacağının korkusu vardır. Hani derler ya "Görgüsüze beylik vermişler, o da gitmiş babasını asmış" diye. Tam da öyle aslında...

Alacağın yetkiyle ne yapacağın meselesi önemli...

Talep ettiğin güçle ne yapacağının bilgisine sahip misin?

Yok eğer değilsen "Keşke bu güç bende olmasaydı" sonucuna da varırsın ki en çok da bu korku yüzünden insanlar güç sahibi olmaktan sakınırlar kendilerini.

Konuyu desteklemesi açısından bir hikâye anlatmak isterim:

Adamın biri ormanda acı içinde inleyen bir ayı görmüş. Hemen yanına gidip ayının ayağına batan koca dikeni çıkarıvermiş, hayvanı rahatlatmış.

Ayı minnet duymuş adama. "Bundan böyle sen nereye ben oraya" demiş. "Ben de sana bir iyilik yapmak isterim."

Adam ne kadar reddetse de ayının inadıyla baş edememiş. "Peki" demiş. "Öyle olsun."

Birlikte yürümeye başlamışlar ormanda. Sonra bir ağacın altına uzanıp uyumaya karar vermiş adam, çok yorulmuş. Ayı da onu korumak için başında nöbet beklemiş.

Adam uyurken alnının ortasına bir karasinek gelip konmaz mı?

Ayı telaşlanmış. Adamın rahatsız olmasını istememiş. Yerden bir taş alıp sineğin üzerine indirivermiş. Adam uykusunda kanlar içinde kalıp ölmüş.

Tabii ki güç sahibi olmak kadar gücü nasıl kullanmak gerektiğini de bilmek önemli.

Diyelim ki sen de çok bilgiye sahip olmayı talep ettin.

Sistem de talebine karşılık verdi. Talep ettiğin sana sunuldu.

"Kâinatın bilgisini sana verdik, artık peygambersin, güç sende" dendi.

Ne yapacaksın bundan sonra?

Kendini gerçekten bu gücü kullanabilecek yetkinlikte hissediyor musun?

Talep ettiğin bilginin sorumluluğunu taşımaya ne kadar hazırsın?

Üstelik bilgiyi talep ettikten sonra hayatın bu bilgiye yer açacak şekilde yeniden düzenlenip kurgulanmaya başlayacak. Belki altüst olacak. Düzenin değişecek. Yepyeni bir yaşam kurgusu dizayn edilecek. Çünkü talep ettiğin bilginin sana ulaşmasının yolu bu... Talep ettiğin şeye göre hayatın içinde yeniden dizayn edileceksin. İstediğin bilgiyle birlikte başlayacak olan bütün bu yeni düzenlemelere razı mısın?

Güç talep etmek çok kolay yolcu.

Gücü istersin ve verilir.

Peki ya sonra?

Sonrasına da vâkıf olmak önemli...

Şunu hep hatırla yolcu:

Güç verilirken, hangi alanda güç istiyorsan "o alanla ilgili güçlüklerle bir kader oluşturularak" güç artırılır.

Bir spor salonuna gidip de "Kollarımın güçlü olmasını istiyorum" dediğinde spor eğitmeni ne yapar?

İşe ağırlıklarla başlar değil mi?

Ağırlığı giderek artan dambılları kaldırıp indirmeye başlarsın. Kollarının gücünün artması için sistemli güçlüklere maruz kalması gerekir. Böylece bir süre sonra sahiden de güçlü kollara sahip olursun.

Kol kaslarının gelişmesi için hamal olmak zorunda da kalabilirsin lüks bir spor salonunda keyifle ağırlık da çalışabilirsin. İkisi de güçlük...

Duygularının güçlenmesini istiyorsan, duygularının güçlenmesine imkân verecek birtakım olaylar ve deneyimler yaşamaya başlarsın ki talep ettiğin duygu halleri içerisinde gelişebilesin.

Duygularını geliştirebilmek için kayıplar, ayrılıklar, yoğun baskılar da yaşayabilirsin, yumuşaklıkla, farkındalıkla mekanizmalarını görerek de iyileştirebilirsin.

"Sen talep et, istediğin şey hop kolaylıkla kucağına gelsin" diye bir şey yok yolcu. Önünde sonunda hep bir emek var. Farkındalık var. Bilinç var.

Ne olursa olsun hep hareket edeceğiz, çalışacağız, emek vereceğiz ve her alandaki güçlerimizi artıracağız.

Güçlü olmak egonun güçlenmesiyle olur, egonun güçlenmesi de köklenmekle...

Bunu hep hatırla lütfen.

Güçlü kök, güçlü ego demek...

Güç talep ediyorsan o alanda emek veriyor olmalısın. Çünkü eğer sen çalışmazsan, sistem seni zaten çalıştırır. Ama bu kez sistemin yöntemlerini sorgulama hakkın olmaz. Talep esastır yolcu, talep ettiğin her şeyi sistem sana verecektir. Ama sen çalışmazsan, "güçlendirme operasyonu" sisteme kalır. Gidip spor salonunda dambıl çalışmaktan kaçınırsan, neden bu güce sahip olmak için hamallık yapmak zorunda kaldığını sorgulayamazsın.

"Öfkeden kurtulmak istiyorum" diye talep etmek kâfi değildir. Bunun için emek vermezsen daha da öfkeleneceğin deneyimler yaşamak durumunda kalırsın.

Güçten Korunmak İsteyenler Korku Tohumu Ekerler

Gücü kabul etmeyenler ya da gücü alamayanlar, hangi alanda gücü almıyorlarsa o alanda kendilerini zayıf bırakırlar. Ruhsal alanda manevi bir yolda ilerliyorum diyen bir sürü spiritüalist, maddenin yani dünyanın gücünü almaktan uzak kaldılar.

Maddenin gücünü kabul edelim yolcu. Maddenin gücü, ruhun gücünden ayrı değildir, etle tırnak gibidir. Yani bir taraftan bedenini, sağlığını güçlendirmeye bak diğer taraftan hayatını, maddi imkânlarını güçlendir. Hem ruhsal yeteneklerini güçlendir hem fiziksel becerilerini. Bilgide de güçlen... Öğrenmeye aç kendini. Farkındalıklarının çeşitli alanlarda gelişmesi üzerine çalışmalar yap.

Sana faydalı olup olmayacağını sor.

"Ulaşmak istediğim yer açısından benim için doğru basamaklar, doğru adımlar hangileri?"

Hayatını inşa ederken, yaşamına yön verirken, herhangi bir işe ya da oluşa başlarken hepsi için gücü kullanırsın. Gücün olmadığı yerlerde kendini zayıf hissedersin, zayıf hissettiğin yerde cesaretsiz hissedersin, cesaretsiz hissettiğin yerlerde de bir şeye başlamadığın için bir yere de varamazsın.

Öyleyse bir yere ulaşmak istiyorsan önce, karar vereceğin halin ve durumun içine hayalinle dal. Olmuş gibi bak...

Gör bakalım verdiğin kararla buluştuktan bir yıl sonra hatta birkaç yıl sonra kendini nasıl hissediyorsun?

Rahat mısın?

İyi misin?

Huzurun artmış mı yoksa azalmış mı? Önce neyle buluşmak istiyorsun?

Önceliğini belirlersen sonrası kendiliğinden gelir. Ama sonrasını da tabii ki senin önceliklerin belirler.

Öyleyse hayatındaki belirsizlikleri aşabilmek için yapacağın ilk şey önceliklerini belirlemek...

"Hayattaki önceliklerini sırala" desek sana en başa ne yazardın? Neyin ne için gerekli olduğunu bilemediğinde hayatının efendisi olamazsın. Önceliklerine bir kez daha bak yolcu ve hayat sinemasının içinde kendine nasıl bir rol verdiğini gör. Başrolde misin, yardımcı mı? Yönetmen misin, izleyici mi? Kaderin de belirleyeceğin bu olgulara göre inşa edilmekte.

Bazılarının zaman içerisinde cesaretleri kırılır. Bazı alanlarda gücü almayı kabul edemediklerinde hayatlarına başarısızlıklar, kayıplar, rahatsızlıklar ya da sorunlar davet ederler.

Ben 17-18 yaşlarındayken havuza çok yüksekten atlardım ve tehlikeli taklalar atardım. Uzakdoğu sporları yapıyordum, akrobasiyi de çok seviyordum. Gözüm çok karaydı. Çok tehlikeli dikliklerdeki dağlara tırmanırdım. Risk almaya, adrenaline bayılırdım.

Kayseri'de DSİ'nin bir havuzu vardı. Arkadaşlarımızla yüzüyoruz. Ben yine ters takla atarak havuza dalmak istedim. Ama öncesinde havuzu kontrol etmemiştim. Gayet güzel ve uygun görünüyordu. Kendimce birtakım hesaplamalar yaptım, yüksek bir tramplene çıktım. Suyun bir karış içinde demirler varmış. Ters saltoyla havuza girdiğim an başımı vurdum. Bir gün müşahede altında kaldım. Ondan sonra yüksekten atlamaktan daha çok sakındım. Oraya bir korku tohumu koymuştum. Cesareti ve özgürlüğü onaylayan da bendim, şimdi önlem almayı onaylayan da bendim. Yaşadığım olay beni kendi cesaretimden korudu aslında. Çünkü giderek cesaret sınırlarım genişliyordu. Çok başka sonuçlara da götürebilirdi beni. Kendime güvenim de enerjim de çok yüksekti, yine de dizginlenmeye ihtiyacım vardı ve bunu böyle bir senaryo ile yaptım.

Tedbirler oluşturmamız için hayatımızda birtakım şeyler yaşanır. Aşırılıklara kaçmaktan özgürleşmek için koyduğumuz ama başarısızlık gibi, kayıp gibi görünen deneyimleri de kucaklamak gerekiyor. Çünkü diğer yandan bize verilecek olan gücün ve yeteneğin koruyucusu da olmalıyız.

Bu korumayı da tabii dileyeceğiz.

Sakın "Ben hallederim" deme yolcu.

Halledemezsin! Önündeki konuyu başarıyor gibi görünsen de yeni zorluk ve halledemeyeceğin sınavları çağırırsın. "Ben" dedikçe "Haydi yap bakalım" denir. "Kayığımı, ben yüzdüreceğim" dediğinde küreklere kendin asılmak durumunda kalırsın. Yardım dileğinde veya bir işbirliği adımı attığında yelkenlerini Allah'ın nefesi doldurur. Akıntılar ve rüzgâr hedefine ulaşmana yardımcı olur. Sistemin bileğini bükemezsin, onunla savaşamazsın, onu yenemezsin. Fakat yardım alabilir, işbirliği yapabilir ve korunabilirsin.

Hiçbirimiz savaşmak için ya da birilerini yenmek için gelmedik bu dünyaya. Olan her şey, hayra hizmet eder. Bir şeyin vakti geldiyse ölümünü de hazırlar, gidişini de hazırlar, doğumunu da hazırlar. Bu noktalarda şahitliğin ve dengede olmanın en büyük güç olduğunu hatırla.

Güç, gücü kullanmadan gücü güzel bir şekilde hayatına yansıtabiliyor olmandır.

Savaş gerçekleşiyor olduktan sonra kazanmak, kazanmak değildir. Savaşın başlamasına fırsat vermemektir güç.

"Ben öyle güçlüyüm ki karşıma elli kişi çıksa alt ederim" dersin ama minicik bir kedi gelir tırmalar seni başa çıkamazsın. Ufacık bir böcek kim bilir neler yapabilir sana.

Hani güçlüydün!

Hani elli kişiyi alt ederdin!

Gücün değerini bilmek, muhafaza edebilmek ve sorumluluğunu alabilmek durumundayız. Gücün sorumluluğu, gücü nerede ve nasıl kullanman gerektiğini bilmek, ayağının yere sağlam basıyor olması neyle ilgilidir?

Tabii ki doğru ve iyi bir topraklanmayla ilgilidir.

Kadında göbekteki güç küresi sola döner, erkekte ise sağa döner. Bu sebeple güç eril bir enerjidir: Erkek gücü alamadığında dişilleşir. Kadın da diğer merkezlerdeki gücünden ziyade kontrol ve yönetime odaklandığında erilleşir. Kadının gücü sevgi, şefkat ve su gibi yumuşaklıktan, erkeğinki ise irade ve kararlılıktan gelmelidir. Bu oran bozuldukça dengeler de bozulur. Kadın anne gibi şefkat kucağı erkek ise koruyucu bir şemsiye olmalıdır.

Yumuşaklık güçsüzlük ve zayıflık değildir. Hatta suyun yumuşaklığı en büyük güçlerdendir. Sert olan kırılır, yumuşak olan esneyerek yola devam eder.

Göbek merkezli karın bölgen bedeninde gücün evi ve de merkezidir. Bu sebeple gücü nerede kullanırsan kullan onu tekrar merkezine emanet et. Örneğin egzersiz yaptın diyelim, son olarak bacak hareketleri ve kas çalışmasıyla bitirdiğinde güç evine geri dönmediği için rahatsızlık yaşarsın. Zihninde yoğunlaştığında ve düşüncelerde kaldığında, uyuma zorluğu yaşayabilir veya yorgunluktan bitap düşebilirsin. İster son egzersizi karın hareketleri olarak yap, ister ellerini karnına götürerek masaj veya ovuşturmalar yap veya imajinasyonun ile göbek deliğine karın bölgene odaklan. Her halükârda gücü evine geri çağırmalısın. Gücü sık sık evinden uzağa yollayanlar göbek kaçması diye bilinen bir rahatsızlık da yaşarlar. Merkezden kaçan gücü tekrar göbekte toplamak için de göbeğine yoğun baskı ile çevirmeler, daireler yapman icap eder. Özellikle bel rahatsızlıkları ve cinsel güçsüzlük yaşayanların karın kaslarını kuvvetlendirmesi gerekir. Göbekten nefes alıp verme, karnı balon gibi şişirip bırakma, göbek dış halkalarından merkeze doğru parmak uçları ile vura vura göbekte güç odaklama iyi gelecektir.

Gücün merkezi kaburga altından göbek deliği altına kadar giden bir küre alanıdır. Her enerji merkezinin kendi gücü olsa da beslendiği kaynak burasıdır. Düşünce gücü, sevgi gücü, yaratım gücü, fiziksel güç, duygu gücü, dönüşüm gücü, bağlantı gücü, hayat gücü, ruhsal güç gibi.

Güç Meditasyonu

Şimdi kendine loş bir ortam hazırla lütfen. Gerekirse perdeleri ört. Dilersen mum da yakabilirsin, ateş elementiyle buluşabilirsin. Ateşin gücünü hisset.

Mum kullanamayacaksan, yerine sarı ya da turuncu renkli bir eşya alabilirsin. Bulunduğun ortamda gürültü olmasın. Kendini kalabalık seslerden muhafaza et.

Yatıyor olmak yerine oturarak çalışmayı tercih et.

Hazırsan devam edelim.

Önce ellerini kaburgalarının altına yerleştir.

Kaburgalarının altındaki güç merkezini hisset. Buradaki gerilimi azaltmak için masaj yapıyormuş gibi hafifçe dokun. Bu bölgeyi kontrolcülüğünle baskıladın, sıktın hep... Yani kolay güvenmediğin için, daha fazla yönetmek ve idare edebilmek için kastıkça bu bölgeye nefes ve oksijen de yollamadın. Bu yüzden hem kendi hayatında hem başkalarının hayatında daha kontrolcü birine dönüştün. Görselde de belirttiğim bu alan yumuşayıncaya kadar masaj yapmaya devam et.

Sonra ellerini bir yukarı bir aşağı salla. Bunu yaparken ağzını hafifçe açarak yavaş ve derin nefesler alıp ver. Ufak ufak dairesel masajlar yapmaya devam et. Avuçlarından enerji aksın buraya. Göbek deliğinin biraz üzerinde bulunuyor olacak ellerin. Karaciğerin, safrakesen, miden, dalağın, pankreasın bu alanın içinde. Ağzın yine hafifçe açıkken bu kez göbeğine ve göbeğinle kaburgalarının arasına nefes alıp vermeye başla. Buraya biraz özen göstermelisin çünkü kaburgalarım altı ile göbeğinin arası, güç merkezinin bulunduğu yerdir.

Güç Meditasyonu Çizimleri

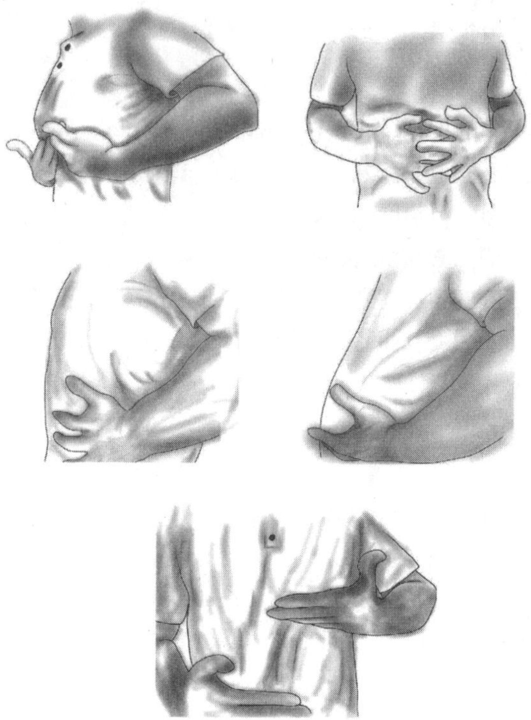

Ağzın açık derin nefes alıyorsun. Kesik kesik 3-4-5 kademede alıyorsun nefesini, sonra rahat veriyorsun, bu kadar.

Sonra tek seferde al nefesi ve ver. Derin ve hızlı nefesler alıp ver. Bunu giderek güçlendir. Her nefes alıp verişinde göbeğinle kaburgalarının arası biraz daha rahatlasın, buradaki enerjiyi daha fazla hisset.

Şimdi bu bölgeyi şişirirken yavaş yavaş göbeğinin altına da nefesini yolla. Karnının alt tarafını da şişir.

Birkaç nefes sonra karnına geleni bu sefer daha yukarı, göğsüne ve boğazına doğru da yolluyor olacaksın. Nefesi önce karnına, karnından böbreklerine ve daha aşağıya, leğen kemiğine doğru gönder ve karnını şişir. Sanki tüm boğazın, göğüskafesin, karın boşluğun, alt karnın, cinsel organlarının içinde bulunduğu bütün alt batın bölgesi ve leğen kemiğinin içi kocaman bir balon artık. Ağzından aldığın nefesle bu balonu kocaman şişir, enerjiyi yükselt ve bırak. Gücü içine çekiyorsun.

Şimdi 10 kez, hızlı bir şekilde ağızdan nefes alıp ver lütfen. Bunu hızlı bir pompalama olarak düşün. Sanki içeri çok yoğun bir enerjiyi, çok hızlı bir şekilde göndereceksin, sonrasında daha yüksek bir frekansla yola devam edeceksin.

Tamam, artık derin nefesler alıp vererek ve dinlenerek devam ediyorsun. Şimdi zihnin sakin, gevşek ve rahat.

Bu sefer yavaş yavaş burnundan nefes alıp vermeye geçiyorsun.

4. BÖLÜM

IV. GÖNÜL KAPISI

Kabul Yasası

Dördüncü kapıda kalmayı seçip rüyadan rüyaya dalan yolculara ne oldu dersin?

Dördüncü kapıda kalan ve uykunun büyüsüne kapılanlar önceleri pek memnunlardı hallerinden. Rüyaların oyalayıcı gücü zamanla bir hissizlik yarattı onlarda. Kendilerini ve rüyalarında buluştuklarını yeterince sevmediklerini fark ettiler. Daldan dala, gönülden gönüle konmak yorucu geldi. Tatsızlıkları itiraza, itirazları isyana dönüştü. Sebebini bilemedikleri bir huzursuzluk, hepsini pişmanlık duygusuyla birlikte ezip geçti. Rüyaları kâbus gibidir artık. Şimdi kim uyandıracaktı derin uykularından onları? Uzaklardan bir kurtarıcının geleceği umuduna sarıldılar bu kez. Kurtarıcının bir an evvel gelmesi için yalvarıp yakarmaya başladılar. Hem kendilerine hem de kendilerinde olan bitene karşı körleştiler.

İnsan, doğduğu andan itibaren bir ilişkiler silsilesi içindedir. Her daim bir paylaşım, alışveriş ve temas söz konusudur. Hepimiz bir ilişkiler yumağıyız. Doğayla, hayvanlarla, bitkilerle, insanlarla, kendimizle, nesnelerle, eşyalarla... İlişki, sadece temastan ibaret değildir aynı zamanda alışveriştir. Alışverişin niteliği, ilişki kurma biçiminin niteliğine bağlıdır. Nitelikli bir ilişki için elbette farkındalık, bilinç, bilgi ve emek gerekir. Kendi haline terk edilmiş temastan nitelikli, farkındalıklı bir ilişki ya da alışveriş beklemek çok da gerçekçi olmayacaktır.

Dördüncü kapı önemlidir yolcu...

Burası kabul edebildiğinde açılabilecek bir kapıdır. Bunu da gönüllülük ile yapman esastır.

Burada zorla hiçbir şey olmaz. Her şey severek yapılmalı ve olmalıdır... Zorla değil, mecburen değil, çaresizlikten değil... Gönülden olmalıdır, farkındalıkla olmalıdır.

Bu yüzden ilişkilere çok daha yakından bakıyor olacağız. Çünkü insanın hayatı, daha önce de belirttiğim gibi ilişkiler silsilesi içindedir. Evinde, işinde, sokakta, her yerde her şeyle hep bir ilişki deneyimi içindedir. Sadece hayatındaki insanla, ailenle, arkadaşlarınla, komşularınla, tanıdıklarınla, yeni tanıştıklarınla değil kavramlarla ve eşyalarla da ilişkilerimiz var. İşinle ilişkin, yemekle ilişkin, hayvanınla ilişkin, kitaplarınla ilişkin, eşyalarınla ilişkin, kendinle ilişkin...

Dolayısıyla ilişkiler etrafımızı dört bir yandan sımsıkı saran görünmez bir ağdır diyebiliriz. İlişkiler ağındaki akımın sağlıklı, akışkan ve verimli olmasına özen göstermek ve bu alanda farkındalık edinmeyi arzu etmek son derece değerlidir.

Geçmişte bıraktığın ilişkilerinden öğreneceklerini öğrenip hepsini anlayarak ve faydalarını görüp kabul ederek kapatabilmek, halihazırda yaşadığın ilişkileri iyileştirmek, sonrasında daha iyilerini sipariş etmek ya da oluşturmak için kabul kapısından geçmen gerekir.

Biliyorum, şimdi hem geçmişe bakıyorsun hem elindekilere. Evet, bazı ilişkiler çok güzel şeyler öğretmiş, kıymetli deneyimler katmış sana ama bazıları belli ki zorlamış, yormuş, canını acıtmış.

İlişki Kurma İhtiyacı

Düşün bakalım yolcu:

Kiminle, neden bir ilişki kurma ihtiyacı hissettin?

Neden başka insanlarla bağlar oluşturdun aranda ve onlarla nasıl bir anlaşma içindesin?

Her durumda hayat aynasını hatırla!

Karşındaki insanda, yaşadığın ilişkide hep kendini seyredersin, kendinde olanın yansımasını görürsün. Senden yansıyana bakıyor olursun.

İlişkilerde seyrettiğin insanlara bakıp inkâr yoluna gidebilirsin, hiç şaşırmayız, hep böyle olur. "Yok canım bunlar beni hiç yansıtmıyor, ben asla böyle biri değilim" diyebilirsin. Öyle değil işte.

"Bu sistem doğru olsaydı karşımda böyle bir insan olmazdı" diyebilirsin. Zihnin seni haklı çıkaracak veriler sunabilir. Ama emin ol hiç kimse seninle tesadüfen buluşmadı.

Dördüncü kapıda ilişkilerin mekanizmasını anlayacaksın yolcu.

Bizi hayat boyu çeşitli insanlarla buluşturan nedir hiç düşündün mü?

Bağ oluşturma ihtiyacı nereden geliyor?

Sözlerin Ardındaki Güç

İnsanlarla sözlü iletişim kuruyor gibi görünsek de aslında sadece sözleri aktarmayız, sözlerin ardındaki görüntülerin taşıdığı tesirleri de aktarırız. Sadece sözleri dinlemeyiz yolcu, sözlerin içinde aktarılan duyguları, bilgileri, halleri ve enerjileri de alırız. Aynı sözler kimine iyi gelir kimine hiç iyi gelmez. Çünkü söz zarfları, içlerinde manyetik alanların, duygu, düşünce ve auranın renklerini de taşır.

Dinleme yaparken edindiğin bir sürü tesir sayesinde karşındaki insanla bağ kurmaya ya da kurmamaya karar veriyorsun.

Arkadaşlarını, sosyal ortamlarını, sevgililerini, eşlerini hep bu mekanizmalarla seçtin, öğrendiğin kalıplarla sana seçtirildi. (*Ailenin mekanizması farklıdır, aile ilişkilerini ayrıca ele alıyor olacağız.*)

Hepimiz bağlar kurarak, bağlar geliştirerek birtakım ilişkiler aradık, ihtiyacımız olan ilişkilerle de buluştuk. Buluştuğun her ilişki ihtiyacın olan ilişkiydi.

Evet, şikâyet ettiklerin de.

"Şu komşu bana hiç uygun değil ama geldi burnunun dibine yerleşti" dediğin bir ilişki düşün mesela. "Ayakkabıları kapının önüne bırakıyor, gürültü yapıyor, kavga ediyor" diye yakınıyorsun komşundan.

Kendinden yansıyanı izlediğin gerçeğini hatırladığında sana komşuna değil, kendine bakmanı önerir sistem.

Sor bakalım kendine bu komşuya neden ihtiyacın vardı?

Bu ilişkide belki de sen kendi alanını belirleme konusunda bir şeyler öğrenebilmek için davet ettin o komşuyu hayatına. Belki de öfkeye duyduğun ihtiyacı bu şekilde nötralize ediyorsundur. Ateşini boşaltıp dışarı kusabileceğin insanları çağırmışsındır. Bu yüzden öfkeleneceğin kişiler burnunun dibinde bitivermiştir.

Şimdi düşün lütfen, hem şikâyet edeceğin birini yakınına alıp onunla ilişkide olacaksın, hem şikâyet ettikçe onunla bağını güçlendirerek ilişkiye devam edeceksin. Bu çok tuhaf bir mantık gibi görünüyor değil mi?

İlişki kurup da kızmaya ve öfkelenmeye devam ettiğin insanlara bak.

Kızmak ve öfkelenmek de bağ kurmaktır. Görüşmek istemediğin akrabana, eşine, sevgiline, neden hâlâ kızmaya devam ediyorsun sence? Çünkü öfke duygusuyla arada bir bağ inşa ediyorsun ve böylece bitmiş gibi görünen, aslında görüşmediğin insanlarla bile ilişkini sürdürüyor oluyorsun.

Öfke bağı devam ettiği sürece, görüşmesen de ilişki devam eder, sonlanmaz.

Ayrılmış eşler, eğitimlerimize geldiklerinde çoğunun ya çocuklar üzerinden ya da başka konular üzerinden bitmeyen bir öfke bağıyla, boşandıkları insanla hâlâ bağlarını sürdürmeye devam ettiklerini görürüm. Durumdan şikâyet etmeye başladıklarında, "Beni bırakmıyor, hep sorun çıkarıyor" dediklerinde tek bir soruyla yüzleşmelerini beklerim.

"Bu bağı neden devam ettirme ihtiyacındasın?"

Benim bir tanıdığım vardı... Kocasından sürekli şikâyet edip dururdu. Bir zaman sonra eşi öldü. Aradan beş yıl geçtiği halde hâlâ adamdan şikâyet etmeye devam ediyordu. Kendisini bu denli öfkelendirmeyi başaracak başka birini bulamadığı için eski eşine öfkelenerek onunla kurduğu bağı devam ettirme ihtiyacındaydı.

İlişkilerin Niteliği İhtiyaca Göre Belirlenir

Bazen bizi kandırıp dolandıracak, yalan söyleyip güvenimizi sarsacak insanlar aradık ve hayatımıza aldık. Bu deneyimlerin hiçbiri sebepsiz değildi.

İlişkilerimizi ihtiyaçlarımıza göre inşa ettiğimiz sözlerle hayatımıza nasıl davet ettiğimizi anlatabilmek için "**söz**" konusuna tekrar geri dönelim yolcu.

Ne demiştik:

Her birimiz aslında kelimelerimizin içerisine, kendimizden bir parça koyarak, bir tesiri, bir enerjiyi, yaşadığımız bir hali birbirimize aktarırız. Hatta bunun da ötesinde her birimizin özgün renkleri ve desenleri vardır, bu özgün renklerle, desenlerle konuşuruz.

Kelimelerimizin ve görüntülerimizin içine kendimize özgü renklerimizi de ilave ederek birbirimize aktarırız. Yani sadece ağzımızdan dökülen kelimelerden ibaret değildir iletişimimiz.

Bazen çok güzel kadınlar, çok hoş erkekler bile insanın hoşuna gitmeyebiliyor değil mi? Bunun sebebinin ne olduğunu tam olarak kendine bile açıklayamayabiliyor insan. Halbuki oradaki boşluğun nedeni tam da şimdi sözünü ettiğim **renktir** işte.

Kusursuz görüntülere rağmen "Bir şey eksik sanki ama ne?" diye sorduğun ve aradığın şey, bu... O kusursuz görünen insanlarda sana hitap edecek bir **renk** yoksa eğer, o mükemmel fotoğrafına rağmen kişiyi itmeye başlarsın.

Demek ki aslında insan, ilişkide bir şey arar!

Peki bu aradığı şey ne?

İşte bunu diyebilmek için, yani ne istediğini bilmek için aslında sen de geçmişte belki de ne istemediğini öğrenmek üzere bir sürü hal ve durumla buluştun.

Ne istemediğini bilmeyen kişi, ne isteyeceğini de bilemiyor.

Sen de bazen iş arkadaşlıklarında, akrabalıklarında, komşuluklarında, bazen özel ilişkilerinde, evliliklerinde hep *ne istemeyeceğini* görmek üzere birtakım eylemlerde ve seçimlerde bulundun.

İlle de öğrenmiş olmuyor tabii insanlar. Çünkü **itiraz etme ve kızma** duygusu devam ediyorsa, bu zaten öğrenmeye karşı geliştirilmiş bir dirençten kaynaklanmaktadır.

Ancak öğrenmeye karşı direnç göstermeyi bırakırsan, yani geçmiş ilişkilerinin öncelikle sana ne kattığını, sana ne anlatmak için yaşandığını anlamaya başlarsan işin rengi değişir.

Deneyimler, duyduğun ihtiyaca göre sendeki bir durumu sana anlatmak için şekillenerek, kristalleşerek bir ilişki formunda karşına gelip, "Ben senim ve şimdi sana seni bu çok kızdığın, öfkelendiğin insanın suretiyle anlatacağım" diyebilir.

Sürekli öfkeni kusarak bağını sürdüreceğin insanı da ihtiyacından dolayı hayatına çağırmışsındır ve aranızdaki öfke bağını sürdürmeye devam ederek, farkında bile olmadan ilişkinizi beslemeye devam ediyor olabilirsin.

Çok insan bunun mümkün olamayacağını iddia eder biliyor musun?

"Böyle bir kişiyle benim ne benzerliğim olabilir, benim bu aileden doğacak hiçbir tarafım hiçbir benzerliğim yok" derler ki ben bu itirazları yapan sayısız insanla çalıştım.

Aileleriyle hiç görüşmeyenler bile vardı aralarında. Ailesiyle arasındaki bağı ve benzerliği aktardığımda bunu katiyen kabul etmediler. "Görmüyor musun, bak onlara bana neler yapıyorlar?" diye çıkıştılar bana. "Benim annemin şöyle kusurları var. Babamın böyle kusurları var. Bense ne kadar masum bir kurbanım ve Allah burada beni sınıyor ama ben çok yanlış bir yerde doğmuşum" diye şikâyet edenlerle görüştüm.

Sonuç ne oldu biliyor musun?

İlginç şekilde anneannelerinin, annelerinin, babaannelerinin, dedelerinin, babalarının neredeyse bire bir aynı kaderlerini yaşadıklarını gördüm.

O kadar aynıydılar ki aynı olduklarını göremeyecek kadar birbirlerini itiyorlardı.

Şimdi sen de aile üyeleri arasında en çok kimi ittiğine bak lütfen!

Kimi kendinden çok uzağa koyuyorsan, en çok ona benziyorsundur.

Biliyorum, düşüncelerin derhal itiraz edecek buna.

"Ben anneme yakınım, annemi daha çok seviyorum, ikimiz de babamı uzağa koyduk" diyen çok insan gördüm. Belki sen de buna benzer yaklaşımlar içindesin ama dikkat et. **Uzağa koyduğun, senin fazla benzediğindir. Yakın olduğun ise zıddındır.**

Burası önemli işte... Çünkü burada bir mekanizma ortaya çıkıyor:

İnsanlar aslında kendilerinin aynı olanlarla anlaşamıyorlar zaten... Benzerleriyle anlaşabiliyorlar.

Ben de bir eğitmen ve şifacılık sevdalısı olarak hayatıma giren insanları şifalayarak kendi yaşadığım alanları onlara aktararak kendim gibi yapmaya çalıştığımı gördüm zamanla. Hayatıma aldığım insanları kendim gibi yaptığımda oluşan bu aynılık, zaten ister istemez bir *itme* meydana getiriyordu aramızda. **Yani sen eğer kendinden bir tane daha üretiyorsan o mutlaka uzağa gidecektir...**

Mekanizma ve prensipler her yerde herkes için hep aynı çalışır, hiç değişmez.

Aynılık iter, benzerlik çeker.

Demem o ki hayatına bir eş, sevgili, partner seçerken ilişkide zıtlığın ve benzer noktaların birbirini çekerek tamamladığı ilkesini hep hatırla. Kendinden bir tane daha yapma.

Aynı yolda, aynı evde, aynı durumun içerisinde bir sevgiliyle bulunuyor olsan da konularınız/alanlarınız birbirinden ayrı ama birbirini tamamlıyor olmalı. **Eğer sen kendinden bir tane daha yapmaya kalkarsan, bu aynılık her zaman ayrılıkla sonuçlanır.**

Aynılıklar ayrılık, benzerliklerse buluşma getirir.

İlk Bağ, İlk İlişki, İlk Aşk

İlişkiyi ve bağ kurup sürdürmeyi ilk nerede, nasıl ve ne şekilde öğrendiğin, hayatının geri kalanında kurduğun bütün ilişkileri ve bağları etkilemiştir. Bugün yaşadığın ilişkileri iyileştirmek, gelecekte de istediğin ilişkileri inşa edebilmek için ilk aşka, ilk bağa geri dönüp, orada neler olduğunu tam olarak anlamak gerekir.

Bu yüzden konuyu anneyle bebek ilişkisi üzerinden anlatacağım:

Düşün ki sperm ve yumurta anne karnında döllendi. Annenin karnında, anneden beslenerek bir hayata doğdu. Bebek rahme düştüğü andan itibaren dışarıya doğana kadar aslında annenin karnına doğdu önce. Yani anneyle bir ilişkisi başladı çoktan. Aralarında bir alışveriş başladı...

İkisi arasındaki alışveriş her ne kadar tek taraflı gibi görünse de öyle değil. Baktığında bebek annenin canından, kanından, nefesinden, enerjisinden beslenerek kendini büyütüyor. Oysa anneden alıp beslendiği gibi anneyi besliyor da.

Bebek annenin hormonlarını düzenler. Annenin bütün beden yapılarını yeniler, ona duygu açısından, hormonlar açısından bambaşka çeşitli haller hediye eder. Yumuşatır, sevgiyle doldurur. Hayata yepyeni köklenmenin ve bağ kurabileceği bir sürü halin kapısını açar. Bu ilişkide bebek de anneyi besleyen taraftır. Bebek, sömürürcesine anneden alarak kendini besleyen değildir yani... Hatta babayı bile besleyen bebekler vardır ya da bu beslenmeden, kendine de alabilen erkekler vardır.

Bebeğin beslenme ve besleme süreci doygunluk seviyesine geldiğinde, artık alacağı vereceği kalmadığında, zaten rahmin de içine sığmayacak kadar büyüdüğünde eğer dışarıya doğmak yerine anne karnında devam etmeye karar verirse ne olur?

Yeni bir hayata, yeni bir alışverişe, yeni bir ilişkiye ve ilişkilere, yeni bir bakış açısına geçişe izin vermiyorsa ve "Benim burada öğrendiğim hal benim için en uygundur, ben bu ilişkinin içerisinde devam etmek istiyorum, bu ilişkiyle ömrümün sonuna kadar yaşamak istiyorum" derse, bir zaman sonra annesinin karnında ölür. Hatta kendi öldüğüyle de kalmaz anneyi de zehirleyerek öldürür.

Diyelim ki anne bebeği doğurmak istemezse, çok sevdiği gebelik sürecinin devam etmesine karar verirse ne olur?

Bu kez anne hem bebeği hem kendini öldürmüş olur.

Evet, artık konuyu hangi bakış açısıyla kavraman gerektiğini anlıyorsun yolcu.

Bu durumda şöyle düşünebiliriz değil mi?

Form değiştirme vakti gelen bir ilişkiyi sürdürmek zorunda hisseden taraflarımız, aslında hem kendimize hem karşı tarafa zarar veren tarafımızdır.

Diyelim ki bebek doğmayı kabul etti ve artık başka bir sürece başka bir ilişki alışverişine evrildi.

Tabii ki yine beslenebileceği yeni bir yol, hatta yepyeni bir sistem bulur. Doğduğu an ilk nefesi içine çektiğinde ciğerleri yanar. Ağlamaya başlar. Ağlayıp bağırdıkça içindeki ateş de gezinmeye başlar.

Bebek annesinden süt emdikçe annesinin süt bezleri de gelişir sütü çoğalır. Bebek emmediğinde annenin süt bezleri zayıflar. Bazen de süt içeride kaldığında şişerek ağrılara yol açar.

Yani anneye zarar verir. Anne vermek zorundadır. Kadının bir çıkıntı organı olarak memeleri eril ve vermeyle ilişkilidir. İlişkilerde de vermek konusunda tereddüt eden, bencillik gösteren kişi veremediğinde tıpkı annenin sütünü bebeğine veremediğinde göğüslerinin şişmesi, sonra da sütünün azalması gibi, kişi de şişer, tutmayı biriktirmeyi seçer, yaşamın içindeki genişleme alanları daralır, sonunda da birçok alanda kısırlaşır.

Alışveriş, güzel bir denge içinde gerçekleşiyorsa ilişki besleyici ve bereketli olur. Bebek hep almak ister. Hepimiz bebekken hep almak istedik. Annemiz bizim dünyamızdı. Hayattan ve annemizden emmek istedik. Bebek için anne demek, meme demekti.

İnsanın aslında ilk âşık olduğu şey, annesinin memesidir. (*Anne, kavramını bakım veren kişi anlamında kullanıyorum. Herkes biyolojik annesiyle büyümemiş olabilir tabii ki.*)

Hepimiz beslendiğimiz ilk kaynağı çok sevdik, onunla bir bağ kurduk, bir sevgi bağı... Hep alışveriş içinde olduk. Sonra anneden ayrılıp başka ilişkiler geliştirdik.

Kimi için bu ilişki formunu bırakıp yeni bir ilişki formuna geçmek hayli kolay oldu ama kimi için pek de kolay olmadı. Kimi annesinin memesini bırakmak istemedi. Bağımlı bir ilişki geliştirdi. Türlü yöntemlerle memeden uzaklaştırıldı. Uzaklaştırılırken yalancı memeyle (*emzikle*) tanışmak zorunda kaldı belki. Bu kez de yalancı meme bağımlılığı geliştirdi.

Bu deneyimler silsilesi içinde öğrenilen ilk ilişkiler, ilk aşk ve edinilen ilk algılar, ilk kodlamalar kişinin tabii ki yetişkinlik hayatını bile etkilemeye devam etti.

Memeden emziğe geçerken her birimiz bir ilişki bağımlılığını bazen kuvvetlendirdik, bazen de bırakmayı öğrendik. Sonra yine anneye muhtaç ya da bize annelik edecek birine muhtaç şekilde yaşamımızı devam ettirdik.

Alışveriş ve beslenme söz konusu olmadığında hayatımızı devam ettiremeyiz. Alışveriş ve beslenme yaşamsal ihtiyacımızdır. İnsan alışverişe muhtaçtır. Beslenmeye muhtaçtır. Doğduğu andan ölene dek...

İlişkiler alışveriştir, beslenmedir.

Anneyle kurduğumuz ilk bağlarda kimi bu süreci güven içinde, mutlu ve huzurlu yaşadı. Saygı bağıyla sürüp gitti alışverişleri. Kimi kızgınlık ve öfke bağı kurdu annesinden aldığı beslenmenin/alışverişin biçimiyle.

"Niye beni uzun emzirmedin anne?"

"Niye beni daha fazla beslemedin?"

"Niye bana sevmediğim şeyleri yedirdin, içirdin?"

"Niye hakkımı ona verdin?"

"Niye beni yeterince onaylamadın?"

"Niye beni sevgi ile beslemedin?"

"Niye yeterince vermedin?"

"Niye uzun süre aç ve yalnız kalmama izin verdin?"

Kimi de bu türden kaygılı, öfkeli, huzursuz, güvensiz bağlanma biçimleri geliştirdi. Bizi besleyen ilk kaynakla kurduğumuz bağ, hayatımız boyunca en iyi bildiğimiz bağ kurma şekli oldu. Burada bir inanç kalıbı oluştu. Bu inanç kalıbından dolayı, yani sen hayata böyle baktığın için hayat da sana gülücükle bakmak yerine üzgün, kızgın, güvensiz ve endişeli bir ifadeyle bakmak durumunda kaldı.

Hayatla kurduğumuz ilişkiyi annemizden öğrendik, bize annelik edenlerden öğrendik...

Bu yüzden annenin, senin üzerinde hayatla kurduğun bağlar açısından çok önemli bir rolü vardır. Herhangi bir zafiyet rahatsızlığında, güçlenmen için annen seni yemeğe yönlendirdiğinde, hayat boyu obur olabilirsin. Bu ve benzeri durumlarda, içten içe gizlice annene kızmaya devam edersin. Bu anlamda içeride anneyle helalleşmen önemlidir.

Hayatımızdaki ilk eril ve dişil modellerden kendimizin ruha ve maddeye bakan taraflarımızı öğrendik, onlarla nasıl bir ilişki kuracağımızın kararlarını verdik. Anneyle kurduğumuz bağ zaman içinde bedenimizle, dişil enerjiyle, kadınlarla kurulan bağa dönüştü. Babayla kurduğumuz bağ da zaman içinde otoriteyle, yaratıcıyla, rahmanla, eril enerjiyle, gelecek ve zaman ile kurduğumuz ilişkilerin yönünü oluşturdu.

Buluşmak İstediğin İlişki Hangisi?

Başkasında en çok aradığın özellik, kendinde en ihtiyaç duyduğundur

Yaşları 20, 30, 40, 50, 60 olduğu halde hatta belki anneleri artık hayatta bile olmadığı halde anne tarafından beslenme ihtiyacı duyan kadınlar ve erkekler, hayatlarında bu ihtiyaçlarını karşılayacak nitelikte ilişkiler kurmaya devam ediyorlar. Tabii ki tam tersi yönde işleyen mekanizmalar da var. Yani iyi ve nitelikli bir annelik görmedikleri inancına karşılık başkalarına annelik, ebeveynlik yapabilme dürtüsü kazanmış çok insan da var. Etraflarında annelik edecekleri insanlar yaratıyorlar.

Bu noktada aslında yaratanla kurdukları ilişkideki içsel mesajlar çıkıyor ortaya.

"Bak" diyor yaratana içsel olarak... "Sen bana iyi annelik edecek birini vermediğin için ben şimdi senin bütün çocuklarına annelik edip sana nasıl anne olunacağını göstereceğim."

Şuuraltında yatan ses budur.

Pek çok kadın, kendisi anneden yeterince annelik alamadığı inancına şuuraltında ulaştığı için, bazen çok iyi bir anne olarak çocuklarına, bazen yaşam içindeki özel ilişkilerinde, onlara annelik gösterme çabasına giriyor. Kocasına annelik etme güdüsü olan kadınlar kendilerini çocuk hisseden ya da bir anneye ihtiyaç duyan erkeklerle eşlenmek durumunda kalırlar.

Anne olmayı seçenler daha önce de söylediğim gibi çoğunlukla kendi annelerinin onlara çok iyi anne olmadığına inanırlar ya da annelerini örnek olarak "Senin gibi olacağım" kararını verirler. Elbette erkekler arasında da bu kararı verenler var.

Mesela benim babam...

Rahmetli babam kendi babasını henüz iki yaşındayken kaybetmiş ve babasız büyümüş kadınların elinde. Her ihtiyacı olana babalık etme güdüsünü aslında tam olarak bu yıllarda edinmiş.

Bütün köyün babasıydı babam. Herkesin derdiyle ilgiliydi ve çözümcüydü. İşi olan babama gelirdi hemen. Kimin devletle bir işi olsa, bir ihtiyacı çıksa, bir başvuru ihtiyacı doğsa, doktor lazım olsa, iş ve işçi gerekse hemen babama gidilirdi. Babam bütün sorunların sorumluluğunu alır hepsini de çözerdi.

Şuuraltındaki mesajı sen de duyabiliyorsun artık değil mi?

"Sen beni babasız büyüttün ama bak ben şimdi herkese baba oluyorum" diyordu şuuraltı.

Tabii ki o zamanlar çocuk olan Ünal da şöyle derdi: "Babam o kadar herkese baba olmuş ki bana ne zaman babalık yapacak?"

Kimseyi benden ayırmaz herkes için akardı. Elbette ondaki yerim özeldi, ailenin tek çocuğuydum, onun bu yönü beni zaman zaman kızdırırdı. Ben de onu görüp onun gibi olma yoluna girdim bir ara... Sonra bir de baktım ki Malatya'da dernek başkanı olmuşum... Babamın işlerini yaparken buldum kendimi. "Ünal" dedim. "Sen ne yapıyorsun burada? Hani böyle değildi öğrenip fark ettiklerin, daha başkaydı?" Bunu fark edince dernekten istifa ettim. Ama sonuçta benim de seyrettiğim baba modelinde, çevresine şefkatle himaye ve baba olmak vardı.

Hepimizin yaratanla kurduğumuz bağda yaşadıklarımız vardır. Hayatımız boyunca verdiğimiz kararlarda hep içsel olarak yaratanla konuştuk.

Kimi ona "Sen beni yeterince kollamadın" dedi şuuraltında kimi de "Sen beni çok şımarttın."

Herkesin mesajları farklı tabii:

"Sen kardeşlerime daha çok bana daha az veren bir anneyle, babayla beni buluşturdun."

"Sen beni yeterince desteklemedin, sevmedin."

"Sen beni her işe bir sıfır yenik başlattın."

"Sen beni hep kararsız kıldın."

Yani en temel ilişki nedir aslında biliyor musun?

En içte yaratanla kurduğumuz ilişkimizdir.

İşte burası önce kendimizle sonra da diğer herkesle ve her şeyle olan ilişkimizi belirliyor.

Hepimiz tamamlanma arzusuyla bizde olmayanı tamamlamaya çekiliriz. Yani sen de sende olmayanı arıyorsun aslında, sende var olanı değil.

Şimdi senden aradığın ilişkiyi tarif etmeni isteyeceğim.

Bir ilişkiden ne bekliyorsun yolcu?

Buluşacağın ilişkide ilk önceliğin ne?

Olmazsa olmazların ne?

Eline bir kâğıt ve kalem al lütfen, sıraladığım soruların cevaplarını ver.

İster aradığın özel ilişkiden ne beklediğini yaz, ister aile, ister herhangi başka bir ilişkiden neler beklediğini.

Ben ilişkiden şunu bekliyorum, bunu bekliyorum diyerek yazmaya başlayabilirsin.

Ben aynı soruyu bir anneye sormuştum. "Kızını kime vermek istersin?" demiştim o da "Önce sigortası olsun" dedi. "Ne demek sigortası olsun?" diye açıklamasını istedim. "Garantisi olsun" dedi. "Bir şey olduğunda bana da kızıma bakabileceği ek geliri olsun..."

Aslında büyük resme baktığında temelde güven aradığı görülüyor değil mi?

Kendi de kızı da bundan sonraki hayatları da güvende olsun istiyor. Çünkü ne kendine ne kızına güveniyor. Yaratanla kurduğu ilişkinin temelinde de "Sen beni yeterince kollamadın, güvende tutmadın" duygusu var.

Bir ilişkide en çok istediğin şey ne yolcu?

Güven mi?

Değer mi?

Sevgi mi?

Korunma mı?

Konfor mu?

Gösteriş mi?

Tat mı?

Çünkü en çok istediğin en ihtiyacın olandır.

İlişkide eşitlik isteyen, kendini eşit görmeyendir. Karşı tarafı üstün ya da aşağı görendir. Kendine gerçekten saygı gösteren kişi, dışarıda saygı aramıyor zaten. Saygıyla buluşuyor.

İlişkide ilgi görmek isteyen, kendiyle gerçekten ilgilenip ilgilenmediğine bakmalıdır.

İlişkiden beklediklerin en fazla ihtiyaç duyduklarındır yolcu. Ancak karşı taraftan beklediğin her şeyi önce kendine borçlu olduğunu anlıyor olmalısın artık. Burada başkasını değil kendini düzelteceksin. Başkasından beklediğin her şeyi kendine geri verdiğinde zaten ıstedığın ılışkıyı ınşa etmış olacaksın.

İlişkilerde çoğunlukla karşı taraftan beklenen duygular ve davranışlar üzerinden sana örnekler vermeye devam edeceğim şimdi. Muhtemelen senin listende de aşağı yukarı bunlar var;

***

"Karşımdaki insan benim için fedakârlıklar yapsın."

Kendini feda ederek, kâr elde etmek doğru bir hesap değil. Çünkü kimse kendini feda ettiği bir şeyin karşılığında uzun vadede kâr elde edemez, büyük bir kazanım sağlayamaz. Günün sonunda kaybeder aslında.

Karşı taraftan fedakârlık bekliyorsan, fedakârlığı nerede öğrendiğini aramalısın yolcu.

Fedakârlığı nereden öğrendin?

Bu kâr ve zarar hesabı içinde kendinle nerede hesap kitap yapıyorsun?

Kendine karşı alışveriş dengesinin neresinde hesabın var?

İşte burayı iyileştirmen gerekiyordur.

***

"Benim alanıma saygı duysun."

Karşı taraftan alanına saygı duyulmasını istiyorsan, sen kendi alanını şimdiye kadar korumadığın için alanına saygı duyulmasını bekliyorsundur yolcu.

Yani sen kendi alanına saygı duymuyorsan, gelecek insan senin alanına saygı duyamıyordur. Kendi sınırını bilmeyen, kendi alanını koruyamayanlar başkalarının alanlarına da saldıran ve haddi aşanlardır. Sınırlarını, özgürlük alanlarını bildikçe kendini tanır insan. Sınırını bilmek gücünün, yeteneklerinin, zaman ve mekânın, aklının hızının da sınırını bilmektir.

Neden ilişkilerinde sınır ve saygıya odaklanma ihtiyacı duyarsın? Hayat aynasında buraya bak ve sor kendine. Neden yeterince değer görmüyorum? Yani sana verilmiş olan kıymetleri görmüyorsan, görmezden geliyorsan, kendindeki değerleri değersiz görüyorsan tabii ki bütün bu kıymetli alanlarına değer vermeyen kişiler gelmiştir hayatına...

Bugüne kadar dostluklarında, arkadaşlıklarında, ilişkilerinde, ailende, iş ilişkilerinde değer görmediysen, kendini değer görmeye layık bulmadığın için değer ve saygı alamamışsındır.

"Hayır ben elimden geleni yaptım ama onlar bana kayıtsız kaldı, bana değer vermedi" diye savunmaya geçme hemen. Zihnin bu konuda çok usta biliyorum ama işin aslı öyle değil.

Sen kendine değer veriyor olsaydın, değer görürdün.

"Acaba gerçekten ben kendime değer verdim mi?" diye sor lütfen.

Mesela: "Ben kıymetli zamanımı nerede, kimler için kullandım?"

"Nerede kime hayır diyemedim, dur diyemedim ve ona zaman harcadım?"

"Neden ona bu benim zamanım, istediğin şeyi yapamam, çünkü kendime ayırdığım bu zamanda başka şeyler yapacağım demedim?"

Bu bencillik değildir yolcu... İnsanın önceliğini kendinden yana kullanması bencillik değil, özsaygıdır, öz değerdir. "Sadece kendimi düşünmek zorundayım" diyen insan başkalarıyla ilişki kuramaz zaten. Bencillik şuursuzca ve yıkıcı biçimde kendi çıkarlarına odaklanmaktır. Öncelik öyle değil...

Dikkat edersen anlattığım konularda kendimizle olan ilişkiyi iyileştirmeye odaklıyız. Karşı tarafta bir şeyleri değiştirmenin peşine düşmüyoruz. Çünkü kendimizle olan ilişkimiz iyileştikçe dışarıdaki koşullar değişir. Dönüşecek olan kendimiziz yolcu, başkası değil...

"Karşımdaki insan beni sevsin ve sevgisini göstersin."

Bu talepte bulunuyorsan mesela, aile hayatın içinde muhtemelen yeterince sevilmediğini düşündün ama en önemlisi yaratıcının seni yeterince destekleyip sevmediğini hissettin. Bu yüzden sadece sevilmeyi değil sevildiğini görmeyi de talep ediyorsundur artık.

"Bana sevgisini göstersin" diyorsundur çünkü sen kendine olan sevgini göstermediğin bir hayat yaşıyorsundur.

Şunu hep hatırla yolcu, hayatla kurulan en önemli bağ, sevgi bağıdır.

Yani sana verilen hayata ne kadar değer verip, kıymetini biliyorsan, hakkını teslim edebiliyorsan, o kadar sevebiliyorsun... Senin için kıymeti olmayan bir şeyi sevmiyorsun. Hayatının değerini kabul edebildiğinde sana değer verenlerle buluşmaya başlarsın.

Bugüne kadar değer görmediğini hissettiğin ilişkiler, arkadaşlıklar, dostluklar yaşadıysan eğer sen bu hayatı sana vereni, sana yaşam hakkını tanıyanı yeterince sevmediğin içindir.

Hayat zamandan ve mekândan oluşur. Zamana da mekâna da önem vermen çok kıymetlidir.

Şimdi düşün bakalım yolcu, sen kıymetli zamanlarını bugüne kadar nerelerde kullandın? Kimlerle kullandın? Zamanın ne kadarını verimli, ne kadarını verimsiz geçirdin?

Verimsiz geçirdiğin tüm ilişkilerin, kendine değer vermediğin içindi.

Her dakikan, her saniyen çok değerli yolcu. Öyle ise her insana ayıracağın zaman da kıymetlidir. Sadece değer verdiklerine, değer gördüklerine ayırabilirsin zamanını.

Geçmişte kendine ne yaptığına, kendine nasıl baktığına bir kez daha göz at şimdi lütfen.

Zamanı doğru kullanamamak, doğru değerlendirememek, ilişkilerden beslenememek neyle ilgiliymiş?

Kendine ve sana bu hayatı verene, sana yaşam hakkını sunana karşı sorumluluklarını yerine getirmemenden, bütün bunların değerini bilememenden kaynaklanıyormuş değil mi?

Bundan böyle en çok bu noktaya sorumluluk duyarak ilerleyeceğiz.

İlişkilerde sevgi, ilgi ortaktır ve karşılıklıdır zaten. Ancak bir tarafın özellikle "Bana sevgisini göstersin" talebinde bulunması, sevildiğine bir türlü ikna olamamasıyla ilgili...

Yaratanla kurduğun ilişki bak ne kadar önemli aslında.

Sevemediğinde sevilmediğini hissediyorsun. Sevilmediğini düşündüğün için de sevemiyorsun... Yeterince anlayamadığın için anlaşılmadığını zannediyorsun.

Bu sadece senin takıldığın bir nokta değil yolcu, merak etme. Sayısız insan aynı kısırdöngünün içinde.

Sen bu cenderenin içinden çıkmak için emek verenlerdensin. Bu yüzden kendine güvenini koruyarak bizimle ilerlemeye devam et bu yolda.

***

"Bana güven versin, kendimi güvende hissedeyim, sadık olsun."

Buluşmayı arzu ettiğin ilişkiyle ilgili güven ve sadakat talebin varsa asıl sadık olacağımız yer burasıdır yolcu.

Yani önce sen aslına sadık olacaksın. Özüne sadık olacaksın. Bu hayat içerisindeki planına, programına, gideceğin yere sadık olacaksın, sana verilenlere, sezgilerine, gönlüne, özüne verdiğin söze sadık olacaksın.

Sen bu yolda aslına ne kadar sadıksan, yolunda ve ilişkilerinde o denli sadakat içinde ilerleyebilirsin.

Fakat bu noktada kavramları doğru aydınlatmak lazım. İnsan zihninde algılanan sadakat ile sistemin sadakati biraz farklılık gösteriyor.

Daha önce verdiğim anne çocuk arasındaki ilk bağlanma biçimi örneği üzerinden devam ederek açıklayayım:

Çocuk, annesinin memesinden ayrılmak istemiyor, doğduğu andan beri kurduğu bu muhteşem ilişkiyi sürdürmeye devam etmek istiyor. Bunun adı artık sağlıklı bir bağlanma değil, bir bağımlılıktır değil mi? Bırakma zamanı geldiği halde bırakmamakta direnç göstermek sadakat değildir, kopamamaktır.

Sen, alanını doğru belirlediğinde, kendi alanının ne olduğunu görüp fark edebildiğinde artık o memeyle kurduğun bağı kesebilecek makası eline alırsın.

İlişkilerin içinde elbette vefa vardır. Vefa, sevgidir, saygıdır. Bırakmak zamanı geldiği halde ilişkiyi kesmemek ve devam ettirmeye çalışmak bir hesap kitap işidir ki kim bir konuda hesap tutuyorsa günün sonunda hesabı ödeyen taraf olur. Bu da ilahi bir yasadır.

Bir ilişkiyi ille devam ettirmek için direnç göstermek, fayda almadan sürdürmeye çalışmak sadakat değildir. Çok insan, aralarındaki alışveriş bittiği halde ilişkiyi bazen vefakârlıktan dolayı sürdürmeye çalışıyorlar. Oysa ilişkiyi kesmek birine zarar vermek değildir.

Sen, sana verilmiş olan hayat hediyesini geliştirmek ve iyileştirmek üzere bir fener gibi yürüdüğün yolunu aydınlatırken ve gelişirken, etrafını da aydınlatacak hale gelme arzusuyla ilerlemeye devam ederken, tabii ki sana engel teşkil eden bir ilişkin varsa bununla da bağını kesmelisindir. Bazen geçmiş ilişkin yenilenerek de devam eder. Memeyi bırakman annenle ilişkini kesmen değildi. Farklı bir beslenme şekline geçebilmendi. Büyümeyi kabul edebilmendi. Yenileyemediğin ilişkide yenilirsin.

***

"Beni anlasın."

İlişkilerinde yeterince anlaşılmadığını düşünen ve bundan yakınan çok insan var.

"Beni anlamıyor, beni dinlemiyor, beni duymuyor..."

Bu serzenişler belki sana da yabancı değildir yolcu, olabilir.

Anlamamak, yeterince dinlememekten kaynaklanır. İyi dinleyememek, iyi anlayamamayı getiriyor.

Bazen ben de yaşıyorum bunu. Mesela yardımcılarıma bir şey söylüyorum, o an başka şeyle meşgul olabiliyorlar, tabii ki ne söylediğimi anlamamış oluyorlar. "Beni dinlemediler tabii" diye düşünüyorum. Hiçbir şeyi anlamadılar ve hiçbir şey olması gerektiği gibi olmadı, takip etmek ve düzeltmek gerekti. Bu durumda durup kendime soruyorum sonra:

"Ünal sen nerede hayatı dinlemedin?"

Belki yolda yürürken bir selam aldım ama görmedim, duymadım, dinlemedim, onunla helleşmedim... Belki hayatla muhabbeti kestim. Ve daha bir sürü şey...

Hayatla muhabbeti kestiğinde seninle iyi bir muhabbet halinde olmayanlarla buluşuyorsun yolcu.

Anlaşılmak önemlidir yolcu, anlayabilmek de öyle...

Bu yüzden anlayışlı birini istiyorsun hayatında. Anlaşılmak istiyorsun, biri seni anlasın diye bekliyorsun ama durup sor bakalım kendine:

Sen kendini anlıyor musun, yaşadıklarını anlamlandırabiliyor musun? Dinleyebiliyor musun yoksa dinler gibi mi yapıyorsun?

Anlayabilmek için orada olmalısın, oradaysan dinleyebilirsin. Yani biraz sonra gerçekleşecek başka bir şeyin hesabının içindeyken orada değilsindir ve aslında dinlemiyorsundur.

Dinlemek çok önemlidir.

Dinlemek dişildir ve içeriye alabilmektir.

Bak bakalım sen ilişkilerini ne kadar içeriye alabiliyorsun?

Dinlemiyorsan hiçbirini içeri alamazsın. Alamıyorsan alışveriş yapamazsın. Alışverişin yoksa o ilişki artık bir çatışmadır.

Bugüne kadar her türden ilişkilerinde yaşadığın çatışmaların sebebi, senin öncelikle yeteri kadar almayı kabul etmemenle ilgiliydi.

"Bana yeterince zaman ayırmıyor, ilgi göstermiyor, beni anlamıyor, bana bir şey vermiyor" diye yakınıyorsun diyelim.

Sen kendinle yeterince ilgili misin acaba, buraya bakmanı öneririm.

Sen kendinle, kendi gelişiminle, yetişmenle, iyileşmenle, gelişmenle, ilerlemenle yeteri kadar ilgileniyor musun? Kendine bu anlamda emek veriyor musun, zaman ayırıyor musun? Neyi isteyip neyi istemediğini soruyor musun kendine? Bütün bunlardan sonra kararlarını gözden geçirip uygulayabiliyor musun? Sen varlığından sana akanı, aktarılanı duyabilmek için sana gelen tesirleri içeriye alıyor musun?

Yani dinliyor musun yolcu?

Sen dinliyor musun ki dinletebilesin kendini?

Sistem, dinleyebileni dinlenir kılar. Dinleyemeyen dinletemez kendini, almayan veremez, vermeyen alamaz.

Peki nasıl ve ne şekilde dinleyeceğiz alabilmek için?

Tabii ki hali okuyacağız.

Dinleyebilmek için orada olman gerekiyor. Aklın, ruhun, zihnin, bedenin, ilgin, odağın orada olmalı... Hızlıca dikkat dağıtan, odak bozan çağımızda ilişkilerin bozulup çatırdamasının temelinde aslında dinlememek ve anlamamak, yani temelinde "ORADA OLMAMAK" yatıyor.

Orada olmak, orada olanla buluşmak demek...

Kendinle, kendinde olarak orada mevcut olmak demek.

Anahtarını elinde tutuyor olsan da içinde olmadığın arabayı kullanamazsın yolcu. Aracın içinde olmadan, olanı dinleyemezsin. Olanı dinlemediğinde, seni dinleyenle buluşamazsın. Seni dinleyen olmayınca anlaşma olmaz. Anlaşma olmadığında da çatışma olur.

Dinlemek ve Orada Olmak İçin Meditasyon Çalışması

İster dışarıda doğada ister evde sessiz ve sakin bir köşede sırtını dik tutarak otur. Önce etrafını sessizlik içinde izle, soluk alıp verişini normalleştir. Ardından ağzından seri şekilde yirmi ile kırk arası soluk alıp ver. Bir dakika dinlenip üç tekrar yap. İki dakika dinlendikten sonra yatay pozisyona geçebilirsin. Boynunu biraz geri alıp boğazını ve ağzını dişlerin ile birlikte iyice aç. Büyükçe bir nefes burnundan alıp, ağzından uzun "Haaa" sesiyle çıkararak nefesini dışarı ver. Her seferinde daha güçlü ve daha çok nefes al ve daha uzun bir "Haaa" sesiyle nefesini ver. Sesini dinle. Tınılarını, sesindeki iniş çıkışları fark et ve çatlakları düzelterek devam et. Beş on dakika arası 21 gün tekrarlayabilirsin. Neler değişecek seyreyle.

Sevgi Yasası

Hayatındakileri ve hayatı ne kadar seviyorsun?

Kendini seviyor musun?

Peki ya yaratıcıyı?

Yaratılanı sevmek ile yaratanı sevmek birdir. Sen de O'nun yarattığı olarak sevilmeyi hak edersin. Kendini sevemediğinde sevilmeye layık görmediğinde başka bir şeyi de sevemezsin ve "mış" gibi yaparsın. Değeri gördükçe senden sana ve evrene açılan güzelliklere şahit oldukça yüreğin titrer. Titretir içeriden akan. Kaynatıp kaynaştırıverir ayırdıkların ile seni. Sevgi bağları oluştukça gönülden gönüle köprüler kuruluverir. Sarar neşe, kahkaha, şükür ile selamlaşmalar ve muhabbetler başlar.

Gözlerinin arkasına saklanmayı bırak. Karanlığın içinde gözlerinde şimşek çakanları ara. O simsiyah noktalarının içinden sana seni seyrettirenlerle buluş. Samimiyet okyanuslarının içinde hakikatle buluşurken, sevdiğin ile seni ayrı yerlere koyduğunu fark edersen, kaldır perdeleri aradan aksın yaratan.

Dışarı ve içeri, sen ve ben, aşağısı yukarısı kayboluverir. Sen, ben, biz, hepimiz "Bir" olduğunda önce yok olur, sonra yeniden var oluruz. Sevgi, sen izin verdiğinde, sonsuz olur. Neyin içine girerse O olur, sevgi olur. En küçüğün içindeki zerre ve sınırsız büyük olur. Sevgide derinleştikçe kabuller artar ve cennetlerin anahtarları sunulur.

5. BÖLÜM

V. SÖZ KAPISI

İfade Tamiratçılığı

Turkuvaz kapıda devin kafesinde tutuklu kalan yolcu, her gün en ağır hakaretleri işitti, aşağılanıp korku ve tehditle köle gibi çalıştırıldı. Hakaretlere ve aşağılanmaya dayanamayıp öfkelendiğinde deve bağırıp karşı çıktı ve vahşi biçimde katledildi. Kanlar içinde yerlere serildi. Oysa dev hakaret etmiyordu, karşısındaki insanın zihninden geçenleri seslendiriyordu sadece.

İnsan ne söylediğini çok zaman işitmiyor yolcu. Ağızdan çıkanı kulaklar duymadığında, kişi ifade enerjisini nerede nasıl kullandığını, ağzından çıkanla nasıl bir kader yarattığını çoğunlukla hatırlayamıyor. Sonrasında karşılaştığı her olumsuzlukta ise ya kaderi suçluyor ya sistemi... "Ben bu kaderi, karşılaştığım bu olayları, bu insanları onaylamıyorum" diyor ama aslında sadece onayladığını hatırlamıyor.

Ağzından çıkanı kulağı duyuyorsa, ifade enerjisiyle ne yarattığının farkındaysa eğer insan, yaşadığı her şeyin altında kendinin ifadeyle atılmış bir imzası bulunduğunu biliyordur.

İfade çok önemlidir yolcu. Her harfin, kelimenin, cümlelerin, sesinin tonunun, renginin hatta kalbinin o anki titreşiminin sözün gücüne, oluruna etkisi vardır.

İfade, kaderi yazan kalemdir. Üstelik geçmişi de kapsar geleceği de. İfadeyle sadece bir gelecek inşa edilmez, geçmişe bakışını da değiştirilebilirsin.

Herkesin günlük hayatında kullandığı, diline pelesenk olmuş, hatta çoğu zaman söylediğini bile fark etmediği birtakım kelimeler, ifadeler vardır.

Günlük hayatında kullandığın belli başlı kelimelerle ve kemikleşmiş ifade kalıplarınla şimdiye dek kendine nasıl bir hayat inşa ettiğini anlayacak, bundan sonrası için nasıl bir ifade planı oluşturman gerektiğine karar vereceksin bu kapıda.

Bu seviyede talep etmenin mekanizması hakkında konuşmadan evvel, dilden dökülenin önemi üzerinde durmak zorundayız.

Sözlerde ve ifadelerde yaratım enerjisi vardır, bu yüzden kulaklar ağızdan çıkanı iyi duymalı ve iyi bilmelidir.

Çok önemsizmiş gibi görünen, günlük hayatın içinde akıp giderken durup üzerinde düşünmeye hiç değmeyecek bir konuşmanın içinde seyreden ifadelere yakından bakalım mesela.

Diyelim ki telefonda bir arkadaşınla konuşuyorsun ve onu eve davet ettin, kapatırken de "Bekleriz" dedin ya da "Beklerim" dedin.

Bu ifadeyi sık kullananlardansan, bu kelimenin yaşamında yarattığı etkilerin de farkında olmalısındır.

"Bekleriz, beklerim" ifadesini doğru yerde, bilinçli olarak kullanmıyorsan, ağzına her geldiği gibi her şeyin önünde ya da arkasında bilinçsizce, farkında olmadan kullanıyorsan, hep bekliyorsundur yolcu. Hep bekletiliyorsundur da. Burada mesele evine davet ettiğin kişi değildir. O son derece samimi ve istekli bir enerjiyle sana gelmeye kalksa bile ya yolda bir şey olur gecikir ya yolda bir şey olur gelemez. Konu onunla ilgili değildir. Sen beklemeyi seçtiğin için gecikiyordur misafirin.

Sonrasında ne olacaktır dersin?

"Ağaç ettin beni burada, nerede kaldın, of bütün günüm gitti, böyle de olmaz ki ama" diye sürüp giden serzenişler başlayacaktır sende değil mi? Hiçbiri olmasa bile kendi değerini bilmeyen, bekletilmeyi kendi içinde onaylayan tarafın ortaya çıkmış olacaktır, kendini artık iyi hissetmiyor olacaksındır. Değersizlik hissediyor olacaksındır.

Bekletilmek isteyen, kızmak isteyen, bekletildiği için isyan ve öfke halini çağıran sensindir burada. Kullandığın bütün kelimelerin şuuraltında bir karşılığı vardır yolcu ve şuuraltın her kelimenin yaratım enerjisinin farkındadır ama şuur üstünde ağzından çıkan kelimeler bilinçli olarak işitilemediğinde ne yarattığını fark etmemiş oluyorsun.

Şunu hep hatırla lütfen:

Senden çıkan titreşimler, hayat aynasından sana yansımakta olan kaderindir.

İfade ve yaratım mekanizmanın nasıl işlediğini bu noktada çözersen, hayatını ve kaderini nerede ve nasıl onayladığını da anlıyor olacaksın birazdan.

Çok insan "Yaratan zaten benim içimi bilir, neyi nasıl ifade etmem gerektiğini neden düşüneyim ki?" der ve ifadeyle yaratım yetkisini kullanmaktan men eder kendini. "Talep etmeme gerek yok ki, yaratan beni benden daha iyi bilir" düşüncesiyle ifadeden kaçar. Bakış açısı doğru mudur, doğrudur aslında. Ancak ifadeden ve talepten kaçmak, çok kıymetli bir yetkiden feragat etmek olacaktır.

Neden?

Çünkü "Ol!" demeden hiçbir şey olmaz.

O titreşimi, o eylem emrini ve o kararı onaylamadan hiçbir şey cereyan etmez. Her şeyi "Ol!" diyerek oluştururuz. Bu yetki tüm insanlara istisnasız tanınmıştır.

Bir grup çalışmamda "Gösterdiklerimi herkes yapabiliyor mu?" diye sordum. Genç bir kadın "Ben yapamıyorum" dedi. Nedenini sorduğumda kendini yeterli görmediğini, yeteneksiz olduğu için başaramayacağını düşündüğünü ifade etti.

Bunun üzerine sahip olduğu inanç kalıbını kırmak isteyip istemediğini, şu ana kadarki başarısızlığının gerçek sebebini öğrenmek isteyip istemediğini sordum kendisine. Yanıtı "Evet istiyorum" olunca, yeni çalışmada dönüşümün kapıları açıldı. Annesi, o çok küçükken ölmüştü. Ardından babasını da kaybetmiş. Önce anne ve babasına sonra da ona bu kaderi verdiğine inandığı yaratana çok öfkeliydi. Büyümeyi reddediyordu. Yaptığımız çalışmada annesi ona "İlk nurum" diye seslenmiş ve kızını sarıp sarmalayarak büyümeye izin vermesi gerektiğini hatırlatmıştı. Bu ruhsal deneyimin şahitliğiyle başarabileceğine olan inancı gelmişti sonunda. Yeni biri olarak istediği her şeyi başarabilir hatta evren tarafından destek de alabilirdi. Olumsuz ve engelleyici ifadeye ihtiyacı sona erdiği için artık "Başarabilirim, yapabilirim!" demeye başlamıştı. Şimdi başarıları katlanarak artıyor elbette.

Sana ifadelerini derhal değiştirmen gerektiği söylenmiyor bu kapıda, kullandığın kelimelere dikkat etmen, farkında olman, neden sıklıkla kullandığını anlaman, neye ihtiyacın olduğu için bu kelimelerle kendine bir deneyim inşa ettiğini görmen isteniyor. Bu yüzden sıklıkla kullandığın kelimeleri değiştirmeye kalkmak yerine, önce neye ihtiyacın olduğuna bak, sonrasında aynı kelimeleri kullanmaya devam edeceksen de doğru yerde kullan.

Elbette konuyu daha derinlikli anlamana yardımcı olması açısından birkaç örnek verelim. *Kaderin Kodu* adlı kitabımda sözdeki yaratım gücü üzerine kaleme alınmış özel bir bölüm bulunmaktadır. Dilersen orada da farklı örnekler bulabilirsin.

Yok

Hayatında tam da doğru yerde **yok** kelimesini kullanmıyorsan, bir yerde kendini yokluğa düşürüyorsundur yolcu, bir şeyi yok etmek istiyorsundur. Bir alanda bir şeyi yok etmek istemektir sürekli yok demek... Mutlaka olan veya olacak olan senin için hayırlıdır. Yine de bu kelime çok yönlü bir kılıç gibidir. Hemen bu alana bakmalısındır. Neyi neden yok etmek istediğine bir daha bak. Buna neden ihtiyaç duyduğunu görmelisin çünkü...

Kimi servetini yok etmek ister, kimi bedenini, kimi ilişkisini, kimi hayatını, kimi çevresini, kimi eskisini, kimi olumsuz gördüğü bir inşayı, kimi geçmişini...

İlle kötü bir şey yok ortada... Mühim olan bilmek ve farkında olmak.

Bu kelime hayatında bir şeyi yok ediyor mu?

Ediyor... Sen buna ihtiyaç duyduğun için sürekli yok diyorsun.

Buna neden ihtiyaç duyduğunu anlamak çok değerli...

Bir arkadaşım vardı bu kelimeyi çok kullanırdı. Ona sadece bir kere söyledim, bir daha da konuşmadım. O öyle bir devrim yaptı ki kendinde, o noktada bir şeyi yok etti ve bambaşka bir deneyim yarattı. Yok kelimesini sürekli kullanıyor olmak hep olumsuzlara, yok edişlere yol açıyor demek değil. Mühim olan nerede nasıl kullandığını bilmek, bilincinde olmak, neyi neden yok etme ihtiyacı içinde olduğunun farkında olmak...

Bir kelimenin neler vaat ettiğini gör!

Ben belki bir şeyi bırakamıyorumdur ve bırakabilmek için bu alanı patlatacağımdır, burada bir infilak gerçekleşecektir sonunda. Ama patlatmaktan ziyade yumuşatarak da bırakabilirim değil mi? İlle infilak etmek zorunda değil. Bırakamadığım şeyi (*iş, sevgili, eş, düşünce, alışkanlık, geçmiş vs.*) patlatmak zorunda değilim.

Bazen öyle farklı deneyimlere şahit oluyorum ki! Kimsenin hayatta istemeyeceği bir şeyi kişi aslında öyle istemiş, öyle servis etmiş ki aslında her ne yaşıyorsa tam da istediğine ulaşmış, onu yaşıyor. Bu bazen taciz, tecavüz, birinin kaybı bile olabiliyor. Her birini ifadenle, sen oluşturursun yolcu. Kendine çekersin demiyorum sen yansıttığında yaratıyorsun zaten o deneyimi. Sözüne dökülen zaten senin potansiyelinden yansıyandır.

Hiçbir şey ifadeye geçmeden, "Ol!" demeden olmaz. Düşüncede yarattığın sen "Ol!" demediğin sürece düşüncede kalır. Bir şey sen "Ol!" diye ifade ettiğin için olur.

Sorun yok, hallederiz

"Sorun yok hallederiz..." Bir kelime zikrine geliyorsa fikrinde olduğu içindir. İster düşüncelerinden temizleyerek ifadelerine git istersen de sözlerinde yakaladığın olumsuzlukların takibiyle fikirlerinde temizle. Dualar dahil olmak üzere olmasını istediklerine odaklan ve sadece gerçekleştiğinde sana huzur verecek sözlere yönel. Sistemin şakası yoktur, ne buyurursan olmaya programlanmıştır. Tabii herkesin gönlünün gücü nispetinde göğün katlarına çıkış söz konusudur. Eskiden tamirci ustalarımızdan birinin ağzında "Sorun yok" deyişi vardı. İki sözünden biri: "Sorun yok hallederiz..."

Adam sorun çıksın diye çalışıyor, hayatına da sorunlar peşi sıra geliyordu adeta. "Sorun yok" diyen sorunu çağıran kişidir. İnsan durup dururken neden sorundan söz eder sence? Ortada hiçbir şey yokken neden sorun varmış gibi davranır ve dillendirir, hiç düşündün mü? Çünkü aslında "Soruna ihtiyacım var" der. "Sorun çıksın ki ben o sorunu çözeyim ve sen de benim değerimi anla."

Değersizlik psikolojisinin ürünüdür sorun yaratma ihtiyacı. Hareket etmeyen, eyleme geçebilmek için soruna ihtiyaç duyanların çözümüdür.

Hayat sana karşı bir sistem değildir yolcu, seni destekleyen bir sistemdir. Öyle mükemmel bir düzeni vardır ki her birimize ifadeyle yaratım yetkisi verilmiştir. Her ifadenle, hayatını ve kaderini oluşturursun. İfadelerini tamir etmen demek, hayatını ve kaderini tamir ediyor olman demektir.

Öf!

Her kelimenin her harfin bir frekansı var. "F" üfürmek aynı zamanda bir organın sesi ve titreşimidir. Karaciğerin sesidir. Karaciğer eğer içindeki odunları yakıyorsa "F" sesi üfler. Yani öfke... Ateşin yanması, öfkeye duyduğun ihtiyaçtan dolayıdır. "F" sesini öfkeleneceğin olayları çağırmak için kullanırsın. Bolca "Öf!" çekersin.

İnsan neden sürekli "Öf!" der ve öfkeyi çağırır hayatına sence?

Bir alanda demek ki harekete geçme ihtiyacı vardır, durağanlaşmıştır ve bundan dolayı öfkeyi, ateşlemeyi başlatacak kıvılcımı çağırır hayatına.

"Sakın öfkeyi çağırma hayatına" diyebilir miyiz bu durumda?

Diyemeyiz.

Madem öfkeye ihtiyacın var nerede eyleme geçmiyorsun oraya bakarsın. Geleceğinle ilgili plan mı yapmıyorsun, geleceğinle ilgili durağan enerjide misin? Hayatına bir sürü ilhamlar geliyor ve sen onları eyleme geçiremiyor musun? Nerede eylemsiz ve hareketsiz kaldığına bak. Bir şeyi bitirmekte mi yavaşsın yoksa?

Öfke, herhangi bir şeyi bitirmek için sana eylem ateşi verebilir ve durağanda kaldığın yeri aktifleştirebilir. Diyelim ki sen bu alanı fark ettin ki bu çok önemli çünkü fark etmediğinde giderek karaciğer bozulacaktır, sevgi azalacaktır, hayat tatsızlaşacaktır.

Kullandığın ifadede uyandığın an burada tamirat yapma yetkin vardır yolcu. Hayatında hareketsiz, eylemsiz, durağan kaldığın yeri fark edip iyileştirdikçe, ifadende uyandıkça zaten diline "Öf!" gelmeyecektir. Hatırla ki ifadenin içinde uyanan, hayat rüyasında da uyanıyor.

Eğer ateşin hiç yoksa ki ateş sadece öfke değildir. Neşe de, hayat coşkusu da, sevinç de ateştir. Bir işi aşkla yapmak da ateştir... Ama hırs da bir ateştir, öfke de ateştir. Mühim olan senin hangisini seçmek istediğin?

Acil, Hadi

Acele ediyormuş gibi görünenler hayat içerisinde telaş yapanlar sürekli bir şeylere "Çabuk, hemen, acil, hadi" diyerek koşturuyor gibi görünenler, aslında hayatın birçok alanında çok yavaş oldukları için, kımıldamadıkları için, belli bir alanda hızlılarmış gibi davranıp oyun oynarlar kendilerine.

Bu ifadeleri sıklıkla kullananlar, kendilerini nerede neden yavaşlattıklarına bakmalıdırlar yolcu. Yatayda kaldığın yeri bulmalısındır.

Mesela pek çok kadın işiyle çok ilgili olduğu için eşini, dişiliğini, evini, anneliğini yatayda bırakabiliyor, bu alanda harekete geçemeyebiliyor. Hep acil işleri vardır, hep acele bir yere yetişmesi gerekir. Erkekler de iş hayatlarına çok düştüğünde hayattan alacağı tatlara, sevgiye akamayabilir. Herkesin yatayda bıraktığı alanlar olabilir. Kendisi için gerekli olanı görmezden geliyor olabilir. Bunlar kendini erteleyenlerdir. Kendini ertelemeyi bırakıp gerçekten ihtiyacının ne olduğunu anlarsan ihtiyacın kalmaz.

Şimdi sana bir soru yolcu.

Senin neye ihtiyacın var?

Gözlerini kapa ve düşün lütfen.

İhtiyacın olanı bulduğunda bunu dillendir ve ifade et.

Bilmiyorum

Bilmiyorum, önemli bir kelimedir. Doğru yerde kullandığında bilmeye açılan kapıdır. Sen "Bilmiyorum" dediğinde, bilmediğin konuyu bilmen için bir kapı açılır sana. "Biliyorum" dediğin an kapıyı kapatırsın.

Yeniye kapı açabilmek için "Bilmiyorum" ifadesini kullanmak sihirli bir anahtardır. Sen her yerde "Biliyorum" dersen bilgi kapısını kapatırsın. Sen zaten "Ben oldum" diyorsundur "Biliyorum" derken.

Bu anahtarı iyi kullanmalısın yolcu.

Hayat sana bir yenilik sunarken bir perde aralarken sen konuya "Biliyorum" diye yaklaşırsan bildiğin kadarı sana sunulur. Çok sihirli bir anahtardan söz ediyoruz farkındaysan. Sadece bu tamiratı yaparak bile çok büyük dönüşümler yaratabilirsin hayatında.

"Biliyorum" demek ben oldum demektir. "Senin yardımına ihtiyacım yok" demektir. Dikkat et hayatının yüzde 99'u "Biliyorum" demekle geçiyordur. "Ben bu yemeği biliyorum, daha önce yedim, çok kötü, ben bu tip insanları biliyorum tanışmaya gerek yok, ben o konuyu duydum, okudum, biliyorum. Ben o filmi daha önce gördüm, ben o yollardan daha önce geçtim."

Dikkat edersen bildiğini iddia ettiğin her alanda, hayatın sana yenilikler sunmasının, yeni deneyimlerle güzellikler aktarmasının önünü kesersin. Aynı nakaratları yıllarca içinde döndürüp durursun.

Bildiğini sandığın için bildiğini tekrar tekrar yaratarak devam edersin hayata.

Nefret ederim

"Biliyorum" demekle benzerdir aslında... "Ben deneyimledim, yedim, bunun tadı şöyledir ve ben nefret ederim."

Bildiğiyle hareket etmek budur işte... Bildiğini bırakan için "Nefret ederim" yoktur, her şeye yeniden bakar çünkü. Sen her şeye yeniden bakabilmeye karşıysan o konuda bir kanaatin vardır ki kanısı olan kandırılır.

"Ben şu kişiden, şu yemekten, şunu yapmaktan nefret ederim, geçmişte bunu yaşadım iyi biliyorum" demek yaşadığım şeylerin devam edeceğini biliyorum demektir. Sen eğer bu kanaatteysen ve kanaatlerinin değişmeyeceğine inanıyorsan hayatın da değişmeyeceğine inanıyorsundur. "Böyle gelmiş böyle gider" diyorsundur.

Bu ne demek?

"Benim sana bakışım hiç değişmez" demek.

Oysa sen dönüştüğün an emin ol her şey ve herkes değişiyor.

Bakarız, Yaparız, Ederiz

"Bakarız" demek konuyu yaymak ve bir bilinmeze ertelemektir. Tembellik ve erteleme enerjisi içerir.

Net bir ifadeyle "Yapalım!" demiyorsan, "Ol!" demiyorsan, "Olsun!" demiyorsan, bunun yerine hep "Bakarız..." diyorsan, yani hayata bir eylem emri vermiyorsan, hareketsizsindir, durağandasındır. Kımıldamaya niyetin yoktur.

En önemlisi de kendini erteliyorsundur yolcu. Kendini neden ve nerede ertelediğine bakman gerekiyordur.

"Öncelik benim" diyebilmelisindir. Eşin, ailen, çocuğum, işin önceliğin değildir, olmamalıdır da. "Ben varsam onlar var, ben yoksam hiçbiri yok" diyebilmelisin. Bu bencilce bir tutum, şımarıkça bir yaklaşım değildir. Sen kendi alanını hakkıyla koruyup kendi alanına aktığın zaman bütüne en faydalı halini yaşarsın... Bunun bencillik olduğunu iddia edemez kimse, bu kendi merkezinde olmaktır sadece.

Yaratımlarının önemini kavradığında ifadelerine özen göstermeye başlayacaksın. O kadar önemseniyorsun, o kadar ciddiye alınıyorsun yolcu. Ağzından çıkan her söz, bir yaratım enerjisiyle kaderine dönüşüyor.

Sonra kelimesiyle bile neler yarattığına bak mesela... Sonra diyorsan hiçbir deneyim ve gerçeklik yoktur. Her şey hep belirsiz bir sonraya, gerçekleşmemek üzere bırakılıyordur. Oysa "Şunu bitirdikten sonra" diyerek bile ifadeni tamir ettiğinde, ortaya bir eylem planı koyarsın ve orada bir yaratım başlar.

Bana uyar

Burada bir taklit var sen de farkındasın artık biliyorum. Bu ifadede başkasının fikrine uyma hali söz konusu. Özgünlük yok. Kendi özgün ve özgür düşüncelerin, tasarımların nerede o halde?

Belki hayatının şu döneminde kendine rol modeller alıyor olabilirsin, örnekler oluşturma ihtiyacı içinde olabilirsin, tamam, böyle devam et ama ifadeni bir noktadan sonra özgünlüğe dönüştür ki özgürlük kapın açılsın.

Olabilir

"Ol!" kelimesi yaratmak için kullanılır ama burada bir belirsizlik içeriyor değil mi? Doğru yerde kullandığında "Ol!" etkisiyle "Olsun!" diye kullanırsın bu kelimeyi ama sürekli "Olabilir belki..." duygusu içinde kullanıyorsan, hayatında belirsizlikler oluşturursun. Nerede netleşemediğine, nerede karar vermediğine, güç çakrasını nerde kullanamadığına bakmalısındır.

Gücü kendi iradenle kullanabilecek hale geldiğinde ifade tamir olur ve sen "Olsun!" demeye başlarsın artık.

Aynen

Bir şeyin aynısını talep etmektir. Karşındaki kişinin eylemini, fikrini, aynen hayatına çekiyorsundur. Yine kendinin değil de geçmişte ya da dışarıda seyrettiğin bir yansımanın seni yönetmesine izin veriyorsundur. Geçmişi tekrar etmek isteyenler çok kullanırlar bu kelimeyi. Fark eden kişi geçmişten özgürleşir "Aynen" demek yerine kendi iradesiyle doğru kelimeleri kullanır.

Burada olumlu kelimeleri sıralamak peşinde değiliz yolcu. Sistemin nasıl çalıştığını doğru anlamanın peşindeyiz. Olumlu ifadeleri peş peşe sıralamaya çalışmıyoruz. Her kelimeyi doğru yerde, farkındalıkla, bilinçli olarak kullanmanın önemi üzerinde duruyoruz.

Konuşmadan önce dinlemek çok daha önemlidir bu yüzden. Kendini dinle, dışarıyı dinle... Ne yarattığına bak, insanların ifadeleriyle kendi hayatlarında neler yarattıklarına bak, hepsini seyret.

Yaratanın yaratma yetkisini kullandığının bilincinde ol. Neye "Ol!" diyeceğin çok önemli. Tabii ki çok dikkatli konuşmalısın. Çünkü ağzından çıkanlarla bir kader inşa ediyorsun.

Hitap ve Talep

Talep üst makama yaptığın bir hitaptır. Sözlerin sihrini, mekanizmasını bildikçe sistemle ilişkilerini iyileştirebilirsin. Hitap saygı ve sevgiyle iletildikçe kalemi yüreğin devralır ve kalbin konuşmaya başlar. Gönülden dile gelenler kolaylıkla sunulur sana.

Talebe ile talep etmeyenler arasında çok fark vardır. Biri kolaylık ile bırakmış boş bir bardak gibi doldurulmaya hazırdır. Diğeri ise zaten doludur, biliyordur, yaşadıklarını sırtında taşıyordur ve yeni bir şeye ihtiyacı bulunmamaktır.

"Benim artık kimseden ve hiçbir şeyden beklentim yok, hiçbir şey istemiyorum, ihtiyacım yok" demek, son zamanlarda çok insanın içine düştüğü bir bilgelik tuzağıdır.

Halbuki beklentisizlik bilgelik değildir.

İhtiyacını bilip gereğince dile.

Beklenti başka şey, almak başka...

Kabını her zaman geniş tut yolcu. Hayatında zenginlikler olsun.

Dervişler, içteki zenginliği örtmek için çul giyerdi. Onlardaki kerametleri görenler de çulu rütbe zannederlerdi.

Talep et ve al

"İstemiyorum, beklemiyorum, ihtiyacım yok" demek; çok tatsız, cansız, işlevsiz bir nokta. Oysa hayat son derece işlevsel, capcanlı, sürekli devinim içinde, akışkan bir deneyim.

Güzellikleri dolu dolu al. Kimseden bir şey alamayan, kendinden tat alamayan, kendinden verim alamayan insandır. Ruhundan, varlığından, yeteneklerinden hiçbir şey alamıyor demektir.

Çok insan da "Bana hiçbir şey verilmiyor" diye yakınır. "Ne istiyorsun?" diye sorarsın cevabı yoktur. "Bana bir şey verilmiyor işte" der yine.

Ama sen bir şey istemiyorsun ki zaten hayattan. Hayat sana istemediğin, talep etmediğin, onaylamadığın, hazır olmadığın neyi versin ki? Sen herhangi bir şeye ihtiyacın olduğunu bile düşünmüyorsun zaten.

Talep et yolcu.

Talep edene, talepleri verilecektir.

Bazıları da "Allah zaten benim ne isteyeceğimi bilir" der. "Buna göre bana bir şeyler versin işte..."

Ne yazık ki sistem böyle çalışmıyor ama... Sana ancak talebin verilebiliyor, yani "Ol!" dediğin olabiliyor hayatında.

Talep edebilmek için alabilmeyi, duyabilmeyi ve dinlemeyi açmak gerekir. Duymak ve dinlemek üzerinde yeterince durmuştuk zaten. Hayatının küçücük bir noktasında, tek alanda bile içeri almayı, kabul etmeyi başardığında emin ol ki yaşamının pek çok cephesinde almaya başlayacaksın.

Hayatına bir ilişki alamıyorsan da bunun sebebi dinlememek ve duymamaktır. Kendini ve ihtiyaçlarını duyamamak...

Merak etme, dördüncü kapı tam da bu kilitli kapıları açmanın anahtarlarını sunuyor sana yolcu.

Sen yeter ki talep etmenin, duymanın, dinlemenin, açmanın ve almanın mekanizmalarını anla, benimse ve uygula...

Yıllar evvel bir çalışma yapmıştık. Bir kadın şu an 50 yaşında olduğunu, artık evlenmek istediğini ama halihazırda hâlâ bir damat adayı bulamadığını söyledi. "Şimdi bir tane çalışma yapacağım, bir idrak oluşturacağız ondan sonra bam diye evlenecek miyim yani?" dedi.

"Deneyelim" dedim.

Tahtaya taleplerini ve kendinde dönüştürmesi gereken alanları yazarak ilerledik. Çalışmamız sonra erdi.

"Şimdi oldu mu yani?" dedi. "Eve gidip koca mı bekleyeyim?"

"Kısmet" dedim. Uğurladım hanımı.

Çalışma yaptığımız mekân, apartmanın giriş katındaydı o zamanlar. Dışarı çıktığında biri bekliyordu onu. Zaten bu apartmanda oturuyormuş, içeri girerken de yaptığımız çalışmayı görüp merak etmiş, çok ilgilenmiş, durup izlemiş. Bu arada kadından da çok etkilenmiş. Zekâsı, espri anlayışı, neşesi... Hoşuna gitmiş adamın. Üstelik ilgisini hemen de belli etmişti kadına.

Kadın ne yaptı dersin?

İnanamadı...

"Yok canım" dedi. "Dalga geçiyor benimle. Genç ve yakışıklı adam, ne yapacak beni? Eğleniyor aklınca..."

Adam telefon numarasını da vermek istedi ama kadın almadı. Arkasını dönüp gitti. Sonraki buluşmada neden böyle yaptığını sordum, "Genç adamın benimle işi olmaz, başka hesapları vardır onun, göz var izan var" dedi.

"İyi de sen her şeyi yargılamışsın zaten" dedim. "Hani bir şeyler olsun istiyordun? Hani bir talebin vardı senin? Demek ki yokmuş aslında. Bir talebin varmış gibi yapıyormuşsun sadece. Sen bir şey almak istemiyormuşsun ki sözde talepler oluşturarak kendini manipüle ediyormuşsun."

Kimse senden beklenti içinde olmanı talep etmiyor zaten yolcu. Burayı iyi anla... Senden bir talep oluşturman ve bunu almaya hazır olman bekleniyor. Çünkü talep ettiğin sana verilir.

Şu ana kadar buluşmayı talep ettiğin ilişkide neler istediğini yazıp üzerinde düşünerek devam ettik. Biraz da ne istemediğin hakkında konuşalım mı? Bir ilişkide en hoşlanmadığın, en istemediğin şeyler ne? Ne olursa o ilişki senin için devam edemez artık?

Hadi gel, konuyu biraz da bu açıdan irdelemeye devam edelim...

Birtakım yüksek ihtimalli örnekler üzerinden konuyu aydınlatıyor olacağım. Sen de üzerine ekleyeceğin diğer kriterlerinle kendinle ve taleplerinin perde arkasıyla ilgili okumalarını nasıl yapman gerektiğini anlıyor olacaksın.

***

"Evlilik düşünmüyordu ayrıldım."

Diyelim ki bu yüzden devam etmeme kararı aldın.

"Evlenmeyi düşünmediği için o insanı uzağa koydum, hayatımdan çıkardım" cümlesi, aslında senin kendine karşı uyguladığın bir pazarlama biçimi... Çünkü "Evlilik düşünmüyor" sonucuna gelene kadar daha bir sürü şey var önünde. Yani sorumluluk da almıyordur değil mi? Senin için sorumluluk almaktan kaçıyordur, senin açından yeterince büyümemiştir, senin açından sana yeterince değer vermiyordur, senin açından senin alanına saygı duymuyordur, hatta belki dışarıda başka bağları, bağımlılıkları vardır.

Bunlar senin gördüğün şeyler, senin bakışın, senin yorumun... Ama bunların içerisinden bir tanesini seçip alıyorsun ve onu kendine bahane ederek "Ben evlenecek birini arıyorum ama o evlenmeyi düşünmediği için bu ilişkiyi sonlandırdım" diyorsun.

Şimdi burada **kendini kandıran tarafını** öncelikli olarak görmen gerekiyor.

Sen eğer gerçekten biriyle evlilik yapmak istiyorsan ve buna hazırsan, yargıları da bir kenara bırakırsan zaten evlilikle buluşabiliyorsun. Şu ana kadar evlenecek kişiyle buluşmak istemediğin için aslında henüz evlenemedin.

Bunu anladığında, yani şuuraltında aslında neden evlenmek istemediğinin cevaplarını bulduğunda ivme kazanacaksın. Kendini manipüle etmek zorunda kalmayacaksın.

***

"Kendi gibi olmadığı için bu ilişkiyi sonlandırdım."

Karşındaki insanın kendi gibi olmasını istiyorsun ama bakıyorsun ki başka birini oynuyor, rol yapıyor.

Eğer karşında böyle bir insan seyrediyorsan, sence kendinde neyi görmelisindir yolcu?

Evet:

Acaba sen karşındaki insana gerçek kendini gösterebiliyor musun?

Biliyorum çok insan "Ben olduğum gibiyim, hep samimiyim, neysem oyum" der. "Ben çok dürüstüm, dobrayım, kendim gibiyim..."

Ama dikkat et, fazla adaletçi olanlar, adaleti kollayanlar, kendilerine karşı adaletli değillerdir.

Burası önemli...

Sen kendi varlığına, kendi haline, kendi özüne gerçekten ne kadar samimi olursan o kadar kendi gibi davranan insanlarla buluşursun zaten...

Başkasından beklediğin öncelik samimiyetse, sen nerede kendine, kendi varlığına ve yoluna karşı samimiyetten uzak kalıyorsun, ona bak.

Sen ruhuna ve varlığına ne kadar samimisin?

***

"İlişkim heyecansızdı, birlikte olduğum insan soğuk ve sıkıcıydı, bu yüzden ayrıldım."

Artık sistemin çalışma prensibini biliyorsun yolcu. Hadi nereye bakman gerektiğine kendin karar ver bu kez ve doğru soruları sor.

Aynen öyle:

Bu durumda "Ben hayatı ve kendimi soğuk, sıkıcı ve heyecansız buluyorumdur. Dolayısıyla yeni deneyimlere açık olmadığım için hayatın heyecanlarını yaşayamayan heyecansız bir kişiyle buluştum" diye bakmak gerekir.

Kendini keşfetmeye, keşiflerin ve bilinmezliğin heyecanına açarsan, paradigma değişir. Bir bebeğin ya da çocuğun hayatı öğrenme coşkusuna ve merakına kavuştuğunda yaşamın da heyecanla dolar.

Bunun için ne yapman gerekir?

"Ben bunları zaten biliyorum ya, daha ne bileceğim ki?" yaklaşımından vazgeçmen gerekir. Kendini nerede heyecansız, soğuk ve cansız bıraktığına dikkat et. Sen hiçbir şeyi zaten bilmiyorsun, deneyimlemediğin öyle çok şey var ki. Kim seni her şeye hâkim olduğuna ikna etti? İnsan an'ın içinde inşa olana henüz hâkim değil.

***

"Çok cimriydi, sürekli para hesabı yapıyordu, onunla yola devam edemedim."

Cimrilik eden biriyle beraberdin diyelim ki. Sen parayı kullanmak istiyorsun, parayla bir şeyler yapmak istiyorsun ama hayatındaki insan tutunduğu şeyi bırakamıyor. Parasını kullanamıyor, harcamaktan korkuyor. Parasıyla sana bir şey almaktan kaçınıyor. Evine bir şey yapamıyor.

Gerçekten de elindekinden verirken canını veriyormuş gibi hisseden insanlar var. Sadece dar gelirliler değil, pek çok varlıklı insan bile son derece cimri...

Peki ama neden?

Cimrilikle, saçma enerjisi ortak çalışır. Tutmakla saçmak ortak enerjidir ve birbirini besler. Cimriysen de paranı saçıyorsan da ortak frekanstaki biriyle buluşursun.

Parayı değerlendiren, zenginleştiren, doğru yerde kullanıp artıran bir enerjiyle, yanı bereket enerjisiyle buluşabilmek için, içeride bereketlendiren bir yapın olmalıdır.

Meseleyi sadece para üzerinden değerlendirmeyelim. Alanımızı daha da genişletip alma-verme dengeleri üzerinden de inceleyerek mekanizmanın genel olarak matematiğinin ne olduğunu görelim istersen.

Mesela bir kadın erkekten aldığıyla ne yapıyor? Çocuk üretebiliyor. Bir spermden trilyonlarca hücreli bir yapıyı bereketlendirerek, bir çocuk meydana getirebiliyor. Bir erkek kadınından aldığı belki bir tebessümle, bir şefkatle, sevgiyle evinde ya da işinde zenginlik yaratabiliyor. Aldığı destekle hayatı bereketlendiriyor.

Erkek eğer zenginleşiyorsa, dişisi tarafından beslendiği için zenginleşir. Erkeğin dişisi annesidir, kız kardeşidir, sevgilisidir ya da karısıdır (*ya da kendi içinde bütünlüğü kurup dişi tarafını besleyen bir erkekten de söz edebiliriz ki bu çok özel bir durumdur*).

Saçmaya duyulan ihtiyaçla, cimriliğe duyulan ihtiyaç aynıdır demiştik. İkisi birbirine benzer. Biri -2 bir ise diğeri +2'dir. **İkisi de değer bilmemekten kaynaklanır.**

Erkek ilişkide cimriyse, dişileşir/ kadınsılaşır. Alma ve tutma enerjisini çalıştırır. Erkek cömertleştikçe aslında bir şey verebiliyor demektir. Veremeyen erkek eril olamayan erkektir.

Kadın da eğer saçıyorsa, dişiliğini ve kadınlığını saçıyordur. Bu durumda kadın da, erkeğe dişiliği veremeyecektir.

Gerçek bir buluşmada erkeğin cömert, kadının da o cömertlikten faydalanan/alan olması gerekir. Alma hesabı, bir kâr hesabı değildir, hak ediş ve liyakatle alışveriştir. Eğer bir kadın erkeğinden alamıyorsa o erkek dışarıda başka kadınlara vermek durumunda kalır. Eğer bir erkek dışarıda başka bir kadına yöneliyorsa, hayatındaki dişi yeterince ondan alamadığı için dışarıya yönelme ve verme ihtiyacı doğacaktır. Bir erkeğin kadını dışarıda başka bir erkeğe yöneliyorsa orada da erkek dişiye yeterince verememiştir, yeterince besleyememiştir. Erkek yeterince veremediğinde, dişisine akamadığında dişi alabileceği bir enerjiye yönelebilir.

Cimrilik, bırakamamaktır ve alamamaktır. Bir erkek eğer bırakamıyorsa alamıyordur da... Bu onun eski bağımlılığından kaynaklanıyordur çoğunlukla. Cimri erkekler aşırı anneci erkekler olurlar genelde. Annesine düşkün erkek, aşırı tutumlu ya da cimri bir profil çizer kadınla ilişkisinde. Anne baskısı onu anne sözü dinler, yani geçmişin sözünü dinler bir yapıya ulaştırmıştır. Onda hâlâ hep geçmişin sözü geçiyordur. **Erkek sadece annesinin sözünü dinliyorsa aslında maddenin ve dünyanın sözünü dinliyordur. Yani dinin maneviyatını değil, şeriatını görüyordur. Paranın sağladığı konforu değil rakamları görüyordur.**

Kadının dışarıya gitmesinde de erkeğin dışarıya gitmesinde de önce aynaya bakarız yolcu, karşı tarafa değil. Aynada okuduğumuzu doğru değerlendirmeliyizdir. Hiçbir şey tek taraflı değildir bu dünyada.

Kim Ne Yaşıyorsa, İhtiyacı Olduğu İçin Yaşıyordur Dışarıya Göre, İçeriyi Şekillendirme

Tutumunu, düşüncelerini ve hislerini dışarıdan gelecek tepkiye göre belirleyen insanlar elbette ki kendilerine yabancılaşmış insanlardır. Aslında kim olduklarını, özlerini, potansiyellerini hiç bilmezler çünkü hiçbirini kendilerine odaklı deneyimlememişlerdir, dışarıya göre şekillenmişlerdir.

Dışarıya göre şekillenme meselesini el âlem kavramı üzerinden anlatmak daha kolay olacak.

El âlem ne der?

Belki birileriyle aslında görüşmek istemiyorsun, ilişkini kesme ihtiyacı duyuyorsun ama bunu yapamıyorsun. Neden? El âlem ne der sonra diye düşünüyorsun. Ya da tam tersi, belki birinden çok hoşlanıyorsun, onu çok beğeniyorsun, oraya doğru bir çekim hissediyorsun ama bu enerjinin gelişmesine ve seni götüreceği yere odaklanmıyorsun, durduruyorsun. Çünkü ona yönelirsem el âlem ne der diyorsun. Bu el âlem çetesine karşı içeride bir öğrenilmişlik vardır ve bu ilişkileri çok yoğun bir şekilde etkiler. Yani aslında verdiğin karar senin kararın değildir, dışarının kararı önemlidir.

Bundan birkaç yıl evvel bir danışanım, düzenlediğimiz detoks kampına katılacaktı, gelmeden önce aradı ve "Ben erkek arkadaşımı çağırabilir miyim?" diye sordu. "Tabii" dedik. Sonra çekincelerinin olduğunu fark ettik. Daha fazla soru sormaya başladı. Erkek arkadaşı kendisinden biraz gençti ve "Ünal Bey sorun olur mu acaba?" dedi. "İnsanlar başka türlü yorumlamasın, kafalarında başka bir imaj canlanmasın şimdi, yanlış anlaşılmalara yol açar mı?"

İfadelere dikkat et yolcu...

Dışarıya ne kadar odaklı olduğunu görüyor musun?

"Başkalarının ne düşüneceği önemli değil" dedim. "Sen kendini nasıl görüyorsun? Sen kendinle ilgili ne hissediyorsun, mühim olan bu."

Eğer başkalarının gözüyle kendini görüp değerlendirme sistemi, bir öğrenilmişlik olarak kişide çalışıyorsa, işte zaman kurulan ilişkilerden fayda alınamaz, çünkü kalbin sesi işitilemiyordur.

Bazı insanların el âlem kontrolüne ihtiyacı vardır. "Annem ne der, babam ne der, bizim ailemize bu işler yakışmaz, bizim ailenin kuralları vardır, bizim çevremiz bu işleri pek onaylamaz" baskısı, bazı insanlar açısından yaşamlarını kolaylaştırıcı bir faktördür. Kendi iradelerini kullanamadıklarında dışarının iradesiyle derlenip toparlanma olanağı sunar.

Bu tip insanları özgürlüğe, kendi iradelerini kullanmaya davet ettiğinde ters tepebilir. Dokunmamak en iyisidir. Taşın altında elin kalabilir...

Biz burada dördüncü kapının anahtarını arayan ve bulmak için kendi iradesini işe koşan, şuuru açık, cesareti güçlü bir yolcunun, kendine yaptığı yolculuğa iştirak ediyor olduğumuzdan, konumuz iradesini kullanmamayı tercih edenler değil.

Sensin...

Unutma ki yolcu **kim ne yaşıyorsa ihtiyacı olduğu için yaşıyordur**.

"Babam bana baskı uyguladığı için böyle bir insanla evlendim, yoksa katiyen evlenmezdim" diye yakınanlar da emin ol ki aslında tam olarak bu evliliğe ihtiyaç duyuyorlardı. Bu yüzden o baskı lüzumluydu. Babasının yönetiminde bir karar almaya ve bunun sonunda da babasını suçlayarak haklı çıkmaya ihtiyacı vardı.

İrademizle kararlarımızı almamız çok önemli yolcu. Dördüncü kapıda, öğrenilmişliklerden çok gerçekten kendinin ne istediğini bilmen çok değerli...

Gerçekten bir ilişkiden ne bekliyorsun?

Bir ilişkiden ne talep ediyorsun?

Bir ilişki bana ne fayda sağlamalı?

Bu sorular üzerinde düşünmeni isteriz yolcu. Şunu bil ki her ilişki bir fayda sağlıyor olmalıdır. Hayır, konunun çıkarcılıkla hiç ilgisi yok. **Fayda ve çıkar aynı şeyler değil...**

Fayda karşılıklı beslenmedir. Bir ilişkinin seni besliyor olması gerekir, tüketiyor ya da senden çalıyor olmamalıdır. Sohbetinden faydalanıyor olabilirsin, düşüncelerinden besleniyor olabilirsin, varlığıyla neşe ve coşku buluyor olabilirsin, enerjisiyle gelişiyor büyüyor olabilirsin. İlişki, üretime ve gelişime dönük bir alışveriş biçimidir. İki tarafın birbirine akması, karşılıklı iyi geliyor olmasıdır. Dolayısıyla ilişkide alışveriş ve fayda çok önemli iki kavramdır.

O halde bu noktada başka bir bilgi devreye girer:

Sana faydalı olmayan bir ilişkinin içinde olmana gerek yok.

Biliyorum, bir yanın karşı çıkıyor bu bilgiye. "Hiç öyle şey olur mu? Aramızda bir alışveriş olmasa da o benim kırk yıllık dostum, eşim... İlkokuldan beri beni tanıyan insan. Aramızda yılların hatırı var" diyeceksindir belki. Ama öyle değil...

Bak bakalım sana faydası var mı? Aranızdaki besleyici alışveriş sürüyor mu? Birlikte mutlu hissediyor musunuz? Bu bağ, sana lezzet veriyor mu?

Yoksa eskilerden sohbet etmek, anılar denizinin içinde yüzmek, bolca şikâyetle ve dedikoduyla ilişkiyi sürdürüyor olmak mı hoşuna gidiyor? Sizi besleyen şey geçmiş mi?

Burası çok önemli yolcu. Eğer yeni bir şeyler üretemiyorsan yavaş yavaş o insanla ilişkin azalır, hatta bağlarınız kopar.

Senin de ilkokulda, ortaokulda, lisede, üniversitede çok sevdiğin iyi arkadaşlıkların olmuştur. Belki çoğuyla ileriki zamanlarda görüşmek de istemişsindir. Ama hiçbiriyle tekrar eskisi kadar iyi ve güçlü bağlar kuramamışsındır. Aynı şeyler aile içinde de olmuş olabilir. Halanı, dayını, teyzeni, amcanı, kuzenini çok seviyorsundur, onlarla hep birlikte olmak sohbet etmek istiyorsundur ama aradan biraz zaman geçince bir de bakmışsındır ki canın aramak bile istemiyor. Ara sıra aklına geldiğinde bahaneler uydurup görüşmüyorsundur da.

Neden?

Çünkü varlığın, o ilişkiden bir fayda alamıyordur, bir bağlantı kuramıyordur.

Sana zarar veren, senden çalan, seni yoran bir ilişkinin içindeysen buna ihtiyacın var mı diye bakmalısın yolcu. İlişkiyi eskinin aşinalığıyla, alışkanlığıyla mı sürdürdüğüne bak. Tekrar tekrar aynı kişileri yargılayıp durmak, geçmişi suçlayarak kendini temize çekmek için mi oradasın gör. Geleni geçeni yargılamak kolay. Bu da bir ilişki türüdür ve bu tip ilişkilerde **temel amaç kendini görmemektir**. Kişinin sürekli başkalarını eleştiriyor, dedikodusunu yapıyor olmasının sebebi, kendisinden kaçma isteği, kendini görmeme ihtiyacıdır. Kendi kusurlarını görmemek için başkalarının kusurlarına odaklanmasıdır. Suçlama potansiyelleri de yüksek olduğu için kendilerini suçlamak yerine başkalarını kolayca suçlama yoluna giderler.

Şunu hatırlamanı isteriz yolcu:

Kendinde suçlamayı ve yargılamayı ortadan kaldırdığında başkalarını yargılamaya ihtiyaç hissetmezsin. Sistem bu kadar basit... **Sen, seninle mutluysan, seninle olan da seninleyken**

mutlu olur. Sen seninle mutlu değilsen, kendinle ilişkinde huzursuz ve tatsızsan, senin kendinden alamadığın tadı, başkası da senden alamayacaktır.

"O değişirse ilişki de değişir" düşüncesinin bir sanrı olduğunun farkındasın artık değil mi? Hiçbir şey onun değişimine bağlı değil... Sen kendini mutlu edemediğin için, kendini mutlu edemeyen biriyle buluşmuşsundur. Hepsi bu...

Şimdi dördüncü kapıyı geçebilmen için birkaç sır vereceğim. Daima sana iyi gelen mekânlarda sana iyi gelen insanlar ile ol. Gönlünü daraltan sıkan kişiler ve ortamlardan uzak dur. Gönlünün rızasının ifadesi, yüreğinin ferahlaması ve genişleyerek hafiflemesidir. Bu kabul ve cennet kapısından huzura geçiştir. Huzurlu olduğunda huzuruna davet edilirsin. Huzurdan huzursuzluğa düştüğünde ise şeytanın huzurunda ve sofrasında bulursun kendini. Olanın güzelliklerini görebildikçe, fark ettikçe şahitliğe geçersin. Bu tanık olma halinde itirazlar ve isyanlar bitmiş, yerini derin bir kabul almıştır ki kapı kendiliğinden içten içeri doğru açılıverir.

6. BÖLÜM

VI. DÖNÜŞÜM KAPISI

Perdelerin Ardı
Hedefi Görme

Altıncı lacivert kapıda, köpek ve atın uçurumdan aşağı ittiği üç yolcu güçlükle yukarı tırmanmıştı. Muhteşem saray ve mücevherlerle bezeli kapının önünde yine toz dumana katılıyordu. Kapının önündeki yemek kaplarına her gün ata et, ite de ot konuluyordu. Bir taraftan canlarının çektiği yemeğe saldırıyordu hayvanlar, diğer taraftan da kendilerine verileni korumaya çalışıyorlardı. Bu yüzden iki taraf da hem aç kalıyor hem de kavgadan yoruluyor, yaralanıyordu. Kalbin ve aklın gıdalarını doğru şekilde görebilenlerin geçebileceği bu kapıdan nasıl kurtulacaklarını düşünüyorlardı.

Geride kalan yolcular bu kapıdan çıkmayı başaran genç yolcunun ne yapmış olabileceğini tartışmaya başladılar.

Akılları ve kalpleri karmakarışıktı. Hangi ses kalplerinden hangisi zihinden geliyordu ayırt edemiyorlardı. Bu yolculuğa çıkmayı kabul ettikleri için hem kendilerine hem de o genç yolcuya çok kızgındılar. Oysa içeride denge kurmadan bu dönüşüm kapısından geçiş yoktur. Bu kapıdan geçemeyenler de tıpkı diğerleri gibi bir kurtarıcı beklemeye başladılar.

Yaşam hedefi çok kıymetlidir yolcu. Çünkü önce o hedef belirlenmiştir. Dünyaya gelmeden evvel, burada bu yaşamı deneyimlerken kendine bir amaç oluşturmuş ve o amacı onaylamışsındır. Geleceğine yerleştirdiğin hedefe ulaşmak için kendine bir geçmiş seçerek doğmuşundur yeryüzüne. Aslında şimdi burada bütün yapıp etmelerin, çoktan belirlediğin ve seçtiğin geleceğe, hedefe ulaşmak içindir.

İş ki o hedefin ne olduğunu hatırla!

Yüksek amacının, yaşam amacının ne olduğunu hatırlayamadığında bugün karar vermekte zorlanır, eyleme geçemezsin. Kararsızlıklar ya da yanlış kararlar bu yüzdendir. Yaptığın şeyden tat alamamak, yapmadığın şeyden bile pişmanlıklar duymak o yüksek amacı, o büyük yaşam amacını hatırlayamıyor olduğundan dolayıdır.

Çok insan tam da bu yüzden hedef belirlemekte çok zorlanıyor. Kulağa çok kolay gibi geliyor biliyorum.

Kendine bir hedef belirle ve ilerle...

Ama işin mekanizması çok daha derin.

Altıncı kapı, diğer kapılardan geçip buraya dek gelmiş olan için aralanmaya hazırdır yolcu, merak etme.

Burada, bu kapıda kendinin belirlediği geleceğini, o yüksek yaşam hedefini hatırlamaya başlayacaksındır.

Kişi eğer bir hedef bulamıyorsa, karar alamıyorsa, ne yapacağını kestiremiyorsa, hayatta ne yöne doğru ilerleyeceğini bilemiyorsa, çakralar sisteminde görüsünü açmadığı içindir. Bir şeyi görmek istemiyordur yani. Bazen görse de karar veremiyordur, yani kararlar konusunda net değildir. Netlik yoksa eğer orada bir sis vardır, bulut vardır ve o buluttan dolayı netleşemiyordur gelecek görüsü.

Çakralar sisteminde ikinci enerji merkeziyle ilgili bir endişe hali varsa, ikinci çakra iyi çalışmıyorsa kişi şaşkınlık yaşar. Şaşkınlık ve karar verememe hali, bedende böbreğin iyi süzememesi, böbreküstübezlerinde sorun, panik atak ve bunların doğurduğu endişeyle birlikte kişi de hayata güvenemediği için kendi güç merkezini kilitler. Karar veremez olur.

Karar veremeyen kişi iradesini kullanamıyordur ki kendi iradesini kullanamayan kişi başkalarının iradesinin altına girer. Şu anda toplumun yüzde doksan dokuzu tam olarak bu deneyimin içinden geçmekte. Hatta sadece ülkemizde değil dünya ülkelerinde iradeler ele geçirilmiş durumda, insanlar başkalarının hedeflerine hizmet ediyorlar.

Neden?

Çünkü kendi hedefleri yok.

Daha güvenli olsun diye maaşlı iş arıyor çok insan... Kitleler buna sevk ediliyor. Buraya yönlendiriliyorlar. "Sana iş buluruz. Sana bir gömlek giydiririz. Beyaz yaka olur, mavi yaka olur ya da bir forma olur, biz onu sana biçeriz" deniyor dışarıdan. Ancak bunlar hep dışarıdan yani başka bir iradeden dayatılan seçimler.

Kendi sistemimizi içeride kuramadığımızda dışarıdan yönetilmeye başlarız. Sonra da şikâyet ederiz "Hayat hiç istediğim gibi değil, memleket istediğim gibi değil" diye.

Peki sana desem ki bunların aslında hepsi senin elinde ama sen bu yeteneğini ve gücünü kullanmıyorsun, bunun nasıl mümkün olabileceğini hatırlamak ister misin?

O halde devam edelim:

Sadece sende, bende, bizde değil. İstisnasız hepimizde bu yetenek var. Sen de o yetenekle doğdun, evet. Kendi seçimlerinle hayatını oluşturma gücüyle buradasın yolcu, eğer cennete dönüştüremiyorsan hayatını atladığın bir nokta vardır. Sistem çok basittir çünkü, karmaşık değildir.

Hedef demek gelecek demektir, gelecekle ilgili bir şey çağıramıyorsak kendimize, eril ve dişil prensiplerle ilgili, otoriteyle ilgili, ruhla ilgili, yaratanla ilgili alışveriş dengemizde bozukluk vardır. Babayla sorun yaşıyorsan geleceği göremezsin, gelecek sislidir. Eğer anneyle ilgili sorun yaşıyorsan sürekli dönüp geçmişe bakıyorsundur ve bu yüzden önünü göremiyorsundur yine, bir hedef koyamıyorsundur geleceğe.

Şimdi sana bir formül sunulacak yolcu.

Bunu nerede nasıl kullanırsan çalıştırıyor olabileceksin.

Basit bir mekanizma kuracağız, eksiklerini tamamlayarak hedefini belirleme ve o hedefe ulaşma sistemini inşa etmene yardımcı olacağız.

Hepsinden önce şunu hatırlamalısın yolcu:

Sen bu hayata bir hedefle geldin. Hatırlasan da hatırlamasan da...

Bu dünyaya doğmanın bir sebebi var. Bunu her gece rüyanda sana hatırlatsalar da sen hayat içinde bunu genelde unutursun. Ama emin ol her birimizin içinde bu kodlar var, sende de öyle...

Diyelim ki 80 yıllık ömrün vardı, tamamlandı ve gidiyorsun. 80'inci yılındasın. Giderken "İyi ki şunları yapmışım, iyi ki son noktayı koymuşum, tam da hedeflediğim şeyi yapmışım. Bu benim bıraktığım izdir" diyeceksin.

Düşün bakalım, buradan helalleşerek gitmeden evvel ne yapmış olursan eğer bu cümleyi kurabilirdin?

İşte bu hedefinin o ana kadarki tepe noktasıdır.

"Bunu yaptıktan sonra rahat rahat ölebilirim" dediğin yer senin yaşam piramidinin zirvedeki taşıdır yolcu. Orası sen doğmadan evvel kararını verdiğin, ama sonra unuttuğun yaşam amacındır.

Eski insanlar "Hacca gitmeden ölmeyeyim" derlerdi hatırlar mısın? "Oğlumun mürüvvetini görmeden ölmeyeyim!"

Komik geliyor olabilir kulağa farkındayım ama bu da bir hedeftir yolcu. O hedef bugün atacağın adımları, vereceğin kararları etkiler çünkü. Gelecek, şimdi burada geçmişi değiştirir.

Seni mutlu edecek, seni tatmin edecek olan hedef ne, düşün lütfen?

Seni en fazla doyuracağına inandığın şey ne ise kalbinde onu hissedebilmek için hedefini belirlemek ve yönünü bulmak durumundasındır.

Bu bizim, hepimizin en temel görevimizdir.

Bu dünyaya niye geldiğini bilmiyorsan, neden bu anne babadan doğduğunu bilmiyorsan, niye yaşadığını bilmiyorsan, o yaşam piramitleri ve basamaklar hiçbir şey ifade etmiyordur tabii. Bu hayattan ne almak istediğini bilmiyorsundur çünkü. Ne almak istediğini bilmeyen ne istemek gerektiğine karar veremiyor o zaman.

Bu hayattan beklentin ne senin?

Bu hayat sana ne versin yolcu?

Durup düşündün mü hiç?

Sadece nefes almak, sadece yemek içmek midir yaşamak senin için? Buysa eğer diyecek fazla bir şey yoktur zaten. Eninde sonunda yaşıyor insan değil mi? Ekmek veren su veren bulunuyor elbet.

Piramidin ucundakini bilmek için yüreğini ve hislerini de açman gerekiyor yolcu. Seni gerçekten doyuracak şeye ulaştığında "Bu dünyadan artık rahatlıkla geçip gidebilirim" dediğin noktaya da ulaşmış oluyorsun. Bunu yapamayanlar rahatlıkla geçemiyorlar dünyadan. Kabir azabı dedikleri nokta da orasıdır zaten... Kişi hedefiyle buluşamadığı için devam ediyor sistem... İşin bir de bu tarafı var tabii...

Gideceğimiz hedefin adı dönüş yolu.

Çünkü sen o geleceği zaten belirledin, yüksek amacının ne olduğuna buraya bedenlenmeden önce karar verdin. Sonra o geleceğe yürümek için kendini bir geçmişin içinde buldun. Dolayısıyla dönüş yolunu arıyorsun şu an. Daha önce gittiğin yere dönmenin yollarını arıyorsun.

Bu hayata ne için geldiğini, asıl hedefinin ne olduğunu hatırlamanın adı bu yüzden dönüş yoludur.

Dönüş yolunu hatırlamıyorsa insan, yolda dağılıyor çoğunlukla. Basamak basamak en kestirme yoldan ilerlemesi gerekiyorken yolda yaşadığı kayboluş yüzünden hedef noktasına ulaşamıyor.

Çok önemli bir prensip geçerlidir burada:

Diyelim ki şifa istedin ve o an içinde gerçekleşti dileğin. O anda duanın kabul olması hemen buluşacağın anlamına gelmez. Şifalar anda gerçekleşir ama ne zaman buluşacağına kendin karar verirsin. Burası çok ince bir nokta.

İstedin, gerçek oldu ama ne zaman buluşacaksın?

Tabii ki dönüş yolunu bulduğunda.

Yönünü içeriden bulacağını hep hatırlamalısın yolcu. Kalbin, duyguların ve sezgilerin açıldıkça gerçekleşecek bu...

Piramidin zirvesindeki yüksek yaşam amacına ulaşmak için piramidin alt basamaklarına taşlar döşeyerek ilerleriz. Bu yüzden de çoğunlukla ara hedefler koyarız kendimize. Nobel Edebiyat Ödülü'nü almak için uçak bileti satın almayız hemen değil mi, kitap yazarız önce?

Ara hedeflerimiz olur çoğunlukla. Önce şu okulu bitireyim, bir meslek seçeyim, şu işi yapayım, bir eş seçeyim, şu şehirde yaşayayım, şu ülkede kalayım, şu insanlarla temas içinde olayım, şu girişimlerde bulunayım, şunları öğreneyim, şunu bir deneyeyim önce...

Bütün bunların hepsini piramidin tepesindeki o hedef yaptırır aslında. O hedefin sezgisi yaptırır. Çünkü geleceği sen çok önce var ettin. Buradaki bütün yapıp etmelerin o geleceğe ulaşmak üzeredir.

Önce gelecek var oldu, o geleceğe uygun bir geçmişin var şimdi senin. Her birimiz bu dünyaya doğarken aslında bir gelecek hedefi için, geçmiş bir kader oluşturarak dünyaya geldik.

Sen hayatının senaristi olarak bu sinemadan izleyicilerin hangi duyguyla nasıl çıkacağını hayal ettin çoktan. Sinemadan çıkarken neler olacağına karar verdin. Arada bir sürü olaylar yaşanacak filmde ama çıkarken izleyicinin ne hissedeceğini, bu filmde ne bulacağını seçtin sen. İşte o senin bu dünyadan ayrılırkenki hedefin...

Bu yüzden o ana babadan doğdun sen, bu yüzden o okulları okudun, bu yüzden o meslektesin.

Zihnin tek boyutlu ve lineer çalıştığı için anlamakta zorlanıyor olabilirsin, çok doğal.

Ama önce gelecek mi oldu?

Zaman lineer değildir.

Yaşadıklarımızı, belirlediğimiz bir hedef için yaşıyorsak ve o hedef neyse, onu yeniden hatırlamak için, içimizde susturduğunuz alanı açmamız gerekir.

Zihnimizle susturduğumuz bir yer var. Orayı açabilirsek, içimizden gerçekten o hedef çıkacak.

Hedefi hissetmekle ilgili geliştirdiğimiz mekanizmalar vardır. "Ben mi yapacağım şimdi onu? Ben kim orada olmak kim?" gibi...

Bu arada sistemin bir sürü yasası çalışmaya devam eder yolcu. Emin ol herkesin yedeği var... Bu hedefe ulaşmak üzere senin de bir sürü yedeğin var yani. Evet sen bulursun o hedefi, sen ulaşırsın ama bulamasan da bulacak yedeklerin var. Her işi yapacak biri var. Sistemin işi boş kalmaz.

Doğarken sen "Bunu ben yapayım, bununla ben buluşayım" dedin, evet. Bir hedef belirledin, bir gelecek seçtin, sona o geleceğe giden dönüş yolunu bulmaya geldin.

Şimdi oraya nasıl gidelim diye bakıyoruz.

Hedefine giden kestirme bir yolun varken sen yanlış yollara sapıyorsan hedefinin ne olduğunu sormuyorsundur, muhtemelen artık bunu sormaya cesaretin yoktur. Oysa ilhamla, sezgiyle ve yönlenmeyle sen bu soruyu sorduğunda hayat cevabı verir, soranlar iyi bilir. "Gerçekten neyle buluşayım, neyle buluşmak beni mutlu eder?" Soru bu...

Korkuları bıraktıkça hedef netleşecektir. Önce gücünün yettiği kadar bir alan gösterilecektir sana. Sonra bir adım daha ve bir adım daha... Gücün yettikçe adım adım yaklaşacaksın hedefe.

Hedeflerini gerçekleştirmediğinde piramidin alt katına geri döner süreç... Sistem seni aşağıya alır. Bu yaşam okulundan mezun olabilmek için, okulun icaplarını, yani bu boyutun gerekliliklerini yerine getirmek gerekiyor.

Bunun için hayatın ritmiyle buluşmak gerekiyor, hayatın içinde tam olarak bulunmak gerekiyor. Bu hayatla buluşabiliyorsan, bağlantı kurabiliyorsan, basamakların her adımında yardım gelir yolcu.. Tek bir kural var burada:

Adımı atarken orada ol.

Tek kural bu.

Başka bir şeye ihtiyacın yok. Sistem sana "Benimle buluş, orada ol, arkaya dönme" der. Orada olursan nereye gideceğini bilirsin. Bütün dönüşler onadır. Dönüş yolunu bilen kendi hedefiyle bir ilerleme gerçekleştirir.

Dünyaya enkarne olduğumuzda, ruhumuzun ışığı, su ve beden kristalinden içeriye girdiğinde, yedi tane çakra oluşturuyor, yedi tane karakter, yedi enerji merkezi, yedi tane frekans bedeniniz oluşuyor. Işığın geldiği yer, bir yaşından sonra kapanıyor. Bıngıldak kapanıyor yani. Sen karanlıkta, geldiğin kökten, kırmızıdan köklenerek, sonra bu hayatın değerini ve kıymetini bilmeyi öğreniyorsun.

Önce topraklanıyorsun yani. (*Kök çakra, kırmızı.*)

Topraklandıktan sonra sertliği ve katılığı yumuşatabilmek için hayatı soluyorsun, yumuşatıyorsun, yaratıyorsun, üretiyorsun. (*Cinsel çakra, turuncu.*) Üretmeyi öğrenmek durumundasın yolcu.

Bu yaratma merkezinde korkuyu da, endişeyi de, güveni de beraberinde yaratıyorsun aslında. Korkuyu yarattığın an, artık geleceğe geçmişin tekrarlaması olarak aktarım yapıyorsun. Ama güvendiğinde ise, geleceğini kendi adına karar verebileceğin bir zemin olarak meydana getiriyorsun.

Ateşe, ateşlendirmeye, ısıtmaya geldiğinde; gücünü, kudretini, karar verebilme yetkini keşfederek bunu uyguladığında ise artık hayatını cennete çevirebiliyorsun. *(Solar çakra, sarı.)* Alışverişi kabul ediyorsun burada. Hayattan bir şey almayı ve hayata bir şey vermeyi kabul ediyorsun.

Hayatın sana verdiklerini kabul ettikçe, o sana bir adım ötesini veriyor. Ona karşı direnç gösterdikçe ise, elindekini de alıyor hayat. Bir şey kaybettiğinde direndiğin için kaybedersin. (*Kalp çakra, yeşil.*)

Sonra havalandırdın, dillendirdin ve dolayısıyla ifadelerinle yaratmaya başladın. (*Boğaz çakrası, mavi.*)

Hangi hedefi istiyorsun yolcu?

"Ben bunu yaparım, bunu yapamam, bu bana çok büyük, bu bana çok kötü" diye dillendirmeye başladın. Dillendirdiğini görmeye başlıyor sistem. "Eğer istersen sana dönüştürmenin yollarını açarım" diyor. Hiçbir engelin yok, "Hayal ettiğin şekliyle ben sana o geleceği veririm" diyor. "Senin kodlarına öyle bir şey yerleştirdim ki hayal ettiğin her şeyi sana verebilecek bir mekanizman var. Fakat kendini hayal gücünde sınırlayan sensin.

Hayalinde sınırı sen koyuyorsun "Yaparım" ya da "Yapamam" diye. Çünkü geçmişe dair korkuların var, endişelerin var, güvensizliklerin var. Bunlar olduğu için sen "Bu hedefe gidemem" diyorsun.

Oysa emek verdiğin her şeyle buluşabilirsin yolcu. Tabii ki bir fıtratın var senin de. Tabii ki sende bir istek hasıl olmalıdır. Bir şeyi başkasında görüp de, "Ah ben bunu yapayım bari yüksek hedefim olarak" diyerek gerçekleşmiyor.

"Bak bu insan ne güzel taklalar attı, ben de aynı taklaları atabileyim, bunu istiyorum, bu benim amacım artık" diyorsun ama onun kadar esnek değilsin ki. Onun verdiği emeği vermedin ki? Gel önce biraz esne, jimnastik yap, emek ver ve bu yolda yürümeye başla o vakit... İmkânsız diye bir şey yok. Emekle her şey yapılabilir.

Her birimize bu güç verildi yolcu.

Fakat bazı şeyleri yapmaya isteğimiz yok aslında, dürüst olalım!

En önemli meselelerden biri bu aslında!

İstek yok!

Çok insan gelip "Benim hiçbir şey yapmaya isteğim yok, canım hiçbir şey istemiyor aslında" diyor bana, çünkü istediği yolda değil, ters gidiyor.

Pakistan'da bir kadın görmüştüm. Üç tekerlekli bisiklet kullanıyordu ama ters yöne gidiyordu trafikte. İnsanlar kadına yol veriyorlardı sadece, kızıp bağırmıyorlardı. Ortalık birbirine girmedi yani... Kadın gayet kendinden emin görünüyordu, muhtemelen koca trafiğin ters yönde aktığını düşünüyordu. Katiyen tereddüt etmiyordu çünkü. Paniklemiyordu, sadece inatçı ve öfkeli görünüyordu o kadar. "Niye herkes ters, niye her şey ters, niye bir tanesi bile düzgün değil?" diye söyleniyor olmadıydı kendi kendine.

Eğer hayatında her şey ters gidiyorsa, ters giden sensindir yolcu, trafik değildir. Sana "Bir yerden dön ya da bu yoldan çık" diyordur hayat.

Hayatın işaretleri vardır. Okuyacaksın bunları.

Sen sorunu sorduğunda cevaplar gelir, işaretler yağar. Emin ol tam olarak böyle çalışıyor sistem. Aynı gün eline bir ilan metni geçer, şaşırırsın. Bir pano görürsün "Tam da aradığım cevap" dersin. O anda cevap gelir. Sistem çok hareketlidir ama sen istersen hareketlidir yolcu. Sen istemezsen, uyku devam edebilir.

Birçoğumuz, ne kadar değerli olduğumuzu bilmediğimiz için imkânsız zannediyoruz hedefe ulaşmayı. Halbuki sor, hayat söyleyecektir sana.

İhtiyacın olan bilgiler kalbinde zaten kayıtlı... Sen sormadığın için cevap alamıyorsun. Sormaya cesaretin var mı? Senin sormaya cesaretin varsa hayatın cevap vermeye cesareti var.

Sen ne kadar cesursun yolcu?

Emin ol ki hedef belirleyemeyenlerin çoğu, cesaret edemiyordur. Kendine güvenemiyordur. Güvensizliğin yeri bedendeki su merkezimizdir, hatırla. (*İkinci çakra.*) Sertleşip katılaştığında tıkanıp kalır. Suyun buz halidir. O suya ifadelerinle ateş yollarsın, öfke yollarsın ki su azıcık erisin, yumuşasın, suya dönüşsün. İşte kadersel yaratımların bir çeşidi...

Ya da kımıldamamak, hareket etmemek için kendine bahaneler uydurursun ve bunun adına da tembellik dersin. Tembellik demek, ertelemek demektir. Biraz sonra demektir, yaparız demektir ifadelerde. Geniş zamana yaymak demektir. Bulunduğun gerçeklikten ve halden kımıldamak istememektir. Yatay durumda olanların başına gelenlere de kaza denir. Olay kazası, kayıp kazası, ilişki kazası...

Aslında seni hedefe yönlendirmek için hayat her an çalışıyordur. Sen de diyorsun ki: "Hayat bana neden böyle davranıyor?"

Çünkü sen belirlediğin hedefe gitmemek için oturduğun an seni harekete geçirmek üzere itiyor. Kaçtığın şey sana yaklaşıyor.

Bugün hayatı zorluklar içinde olan insanların büyük kısmı atıl enerjide oldukları için zorluk yaşıyorlar diyebilir miyiz? Atalet içinde olduklarından dolayı kımıldamak istemedikleri için hayatlarına ekonomik, ruhsal, duygusal, sosyal zorluluklar yaşanıyor. Bunları zaman zaman çoğumuz yaşadık. Ama yaşadığımız dönemlerde kendimizi durdurduğumuz, durağanlaştırdığımız için bunları yaşadık. Hatta hayatı yeteri kadar sevmediğimiz için, hayatımızı sevmediğimiz için, hayatı yeteri kadar kabul etmediğimiz için, ne kadar da şanslı olduğumuzu görmezden geldiğimiz için...

Hepimiz çok şanslıyız.

Bir kere hepiniz hayattasınız. Varsınız, alışveriş halindesiniz. Ne kadar şükretsek az.

Eğer bir yerde bir enerjiyi durduruyorsan, yataya ve negatife giriyorsun. Adının ne olduğu önemli değil, hangi alanda olduğun önemli değil... İster dişiliğini durdurmuş ol, ister erilliğini durdurmuş ol, ister para akışını, ister bereketini durdurmuş ol... İster ruhundan almayı veya alışverişte olmayı durdurmuş ol. İster insanlarla ilişkiyi durdurmuş ol, ister sevgiyi, almayı ve vermeyi durdurmuş ol.

Hayata karşı nerede direnç gösterdiğine, o alanda ilerlememek üzere ne türden bir sabitlik oluşturduğuna bak. İşte onun adı negatifte, yatayda olmaktır. Bu seni hedefinden uzağa koyan bir şeydir. Onun için ifadelerle ısmarladığın ilk şey bu yatay enerjiden, yatay halden kurtulmak... Yatayda kaldığında, seni hedefine yönlendirebilmek için hayatına çağırdığın şeylerin adına sorun, problem, hastalık diyorsun.

Aslında seni hedefine yöneltmeye, sana hedefini hatırlatmaya çalışan ne çok yardımcın var değil mi?

Peki biz o zaman bu yatay alanlarımızı harekete geçirsek, bu alanlarda eyleme geçsek o vakit hedefimize çok daha kolay yönlendirilmez miyiz?

Tabii ki yönlendiriliriz.

Bulunduğun alan içerisinde aslında hemen orada bir enerji hareketine, bir üretime geçersen, o üretim zaten seni yavaş yavaş yüksek hedefine kademe kademe sezgilerinle bağlayabilecek bir alan oluşturacak. Fakat sen durağanlığı, yavaşlığı, katılığı, hareketsizliği seçiyorsan, bu sefer o katılığın içindeyken, hayat senin tadını alıyor olacak.

Bugün maddenin içine çok fazla dalmış olanlar da, aşırı ruhsallığa dalmış olanlar da aslında negatiftelerdir.

Diyelim ki bir seçim yapacaksın. Belki bir meslek, bir iş seçeceksin. Şu ana kadar öğrendiklerin de duruyor elinde. "Bu ülkenin bir durumu var" diyorsun. "Bir fizibilitesi var, bir gerçekliği var. Ekonomi şöyle, dünya böyle... Zaten benim geldiğim aile de belli. Benim de bu imkânlarla şöyle yapmam, böyle yapmam mümkün değil" diyorsun.

"O zaman ben en iyisi annemin babamın bana öğrettikleri doğrultuda ilerleyeyim, onların bana verdiği kodlarla onların çocuğu olduğumu hissedebileceğim bir meslek yapayım hatta bir aile kurayım" sonucuna doğru farkında bile olmadan sürükleniyorsun.

Bu bir rutindir yolcu. Ancak bunu bozanlar da vardır bozamayanlar da... Emin ol çok büyük bir kesim kendi aile modelinden aldığı iş ve eş seçimlerinin neredeyse bire bir aynısını uyguluyor.

Bu sen değilsindir ama sana yansıtılandır. Üstelik en kolayı bu yansıtılanı alıp kullanmaktır. Bu senin seçimin değildir, geçmişin aktardığıdır. Bu belki senin temelindir ama bu temelin üzerine ne inşa edeceğini bildiğinde değil de kalbinle belirlediğinde, seni o yüksek hedefine götürecek alanla buluşursun.

Şimdi bir projeksiyon düşün. Bu projeksiyonun içerisinden ne yansıyorsa hayata, o yansıyan görüntü senin kaderin, senin filmin olacaktır. Fakat öyle ilginç bir şey ki neye inanıyorsan ve potansiyelin neyse onu yansıtıyorsun ama yansıttığın andan itibaren, yani "Ol!" deyip de onun kadere dönüştüğü andan itibaren onun kulu oluyorsun. Yaratan sensin ama yarattığının içinde kul olan da sensin. Yaratana kadar yetki sendedir fakat, "Ol!" dediğin anda yarattığının kulusundur. Olduktan sonra yapacak bir şey yoktur artık.

Sen sorunu sor, talepte bulun yolcu. Sistem kapılarını açıyor.

Diyelim ki aşk istiyorsun.

Aşkı almaya yerin var mı peki?

Yerin yoksa vermiyor, veremiyor.

Para istiyorsun diyelim.

Nerede kullanacaksın peki?

Bankada dursun, kendini güvende hisset diye mi?

Olmaz. Para bu işe yaramaz. Para durduğu yerde güven oluşturmaz.

Çok insan istiyormuş gibi yapıyor ama istemiyor aslında. Sistem vermesin diye zorluyor koşulları.

Oysa biz ihtiyacımızı biliyorsak ihtiyacımız kadar talebimizi açıyoruz. Ama ihtiyacımızı bilmiyorsak, bu sefer bir dilenme hali başlıyor. Senin yemeğe ihtiyacın vardır ama sen kıyafet istiyorsundur. Olmaz.

Dilenmek başka, dilemek başka şeydir.

Dilenme yolcu, dile...

Dileyen ol, dilenen değil...

Bütün duyuların sana burada olmayı hatırlatır, duyu seni bu an'a getirmeye yarar. Üşüyorsan karnını doyurmaya kalkmazsın önce giyinirsin, açsan yersin.

Sistem sana soğuk var dediği halde sen duymazdan gelirsen üşütürsün. Bunun üzerine bazen dozu artırır duymazdan gelme diye... Bu her şey için geçerli. Sistem böyle çalışır.

Hayat zaten seni kendi hedefine yönlendirmek üzere çalışıyor.

Bir seçim yaparken, belki bir iş seçeceksen eğer önce onun tadına bakacaksındır yolcu. Duyularına bakacaksındır.

Seçeceğin iş *(şey)* sana bir tat veriyor mu?

Burada olma hali nedir?

Bulunduğun yeri tayin etmektir burada olma hali... Nerede olduğunu, nereye gittiğini bilmektir.

Çoğunun en büyük engeli yeteri kadar güvenli bir ortamda olmadığını sanmasıdır biliyor musun?

"Arkamda bir desteğim yok. Bana yardım edecek kimse yok. Ben kimim ki? Ben neyim ki? Arkam ne ki?"

Emin ol hiç öyle değil. Senin arkanda bir sistem var yolcu. Yaratanın sistemi çok güvenlidir. Sana senin istediğini zaten verecek bir sistemin içindesin, sen sadece ne istediğini seçecek olansın. Onun dışında para bir illüzyondur. Sen çalıştığında para kazandığını sanıyorsun ama, çalışırken zaman enerjini yani en değerli hazineni veriyorsundur. En kıymetli hazinen karşılığında para alıyorsundur. O parayla satın aldığın her şey, zamanını vererek aldığın şeylerdir. Aldığın şeye paranı vermezsin, zamanını verirsin.

Zamanı almak diye bir şey de yok üstelik, çoğunlukla vermek var, zaman genellikle gider. Her alışverişinde kullandığın birim, zamandır.

O vakit şöyle bakmalısındır konuya.

Bu kıyafete ne kadar zaman veriyorum?

Bu telefona ne kadar zaman veriyorum?

Bu ilişkiye ne kadar zaman veriyorum?

Kendi değerini nerede, kiminle, nasıl kullandığına bak yolcu. Neyi almak için kullandığına bak. Buradaki takas unsuru, hedefini belirlemede önemli bir rol oynayacak.

Çalışırken de bir şey kazanmalısın. Çalışırken de zaman kazanacaksın. İlişkinin içinde de zaman kazanacaksın ya da en iyi şekilde kullanacaksın çünkü bir saniyenden sadece bir tane var.

"O zaman en iyi şekilde burada olmalıyım" diyeceksin.

İlişkinde de, işinde de, projelerinde de bunu yapacaksın. Burada olacaksın. O saniyenin içinde duracaksın. Çünkü bir tane var o saniyeden, neden yarım yamalak yaşayasın ki?

Burada tam olduğunda oradaki hedefini tam olarak görüyorsun. Hayatla her an bir takas halindeyiz.

Şimdi hayatla nasıl alışveriş yapalım nasıl bir bağlantıya girelim? Bu hazineyi nerede kullanalım? İlişkide mi, aşkta mı, işte mi, muhabbete mi?

Zaman, baba enerjisidir. Gelecek hedefiyle ortak bir enerjidir. Bu dünyadaki en kıymetli enerjin aslında zamandır.

Sonuç odaklı yaşadığın için, bir şeyin (*eylemin*) sonunda ulaşacağın şeyi (*sonucu*) kazanç sanıyorsun ki bu da başka bir illüzyon.

"Şunu yapıp bunu kazanacağım" diyorsun ama öyle değil. Sürecin içindeki zamanı en iyi şekilde kullandığında kazanıyorsun ya da kazanamıyorsun.

Süreci yaşarken zaman kaybediyoruz gibi görünüyor ama sürecin içinde bütünüyle bulunabildiğimizde aslında zaman kazanıyoruzdur. Zamanı daha iyi kullanabilmeyi öğrenebildiğimiz yerde kazançtayızdır. Zamanı kaybetmiyoruzdur, kazanıyoruzdur.

Zamanı daha iyi kullanabilmek için kullandığın her türlü zaman kârdır.

Diyelim ki sen zamanını verimsiz geçirdin ve boşa harcadın şimdiye kadar. Bir yılı bir saat gibi yaşıyorsun. Yani koca bir yıldan sadece bir saatlik verim alabiliyorsun. Ama artık iki saat zaman ayırdın ve bir yılı en azından altı ay gibi yaşamayı öğrendin, verim aldın. Evet zaman kullandın ama karşılığında da zaman kazandın.

An kapısından girmeyi başardığında saniyeler günler gibi geçmeye başlar, hatta aylar, yıllar gibi geçmeye başlar. An'ın içinde yıllar boyunca edinebileceğin verimi edinebiliyor olursun. Verim çok hem de çok yükselir.

"Âlimin uykusu bile cahilin ibadetinden daha hayırlıdır" derler ya... Eğer oradaysan, buluşuyorsan her şey değişmeye başlıyor. O kapıdan girdiğin anda görmeye başlayabileceğin bir şey bu. Zamanın esneyebildiği halleri görenler var tabii ki ama çok ötesinde olanlar da var kuşkusuz.

Hayalin, sınırındır yolcu. Hayallerin kadardır alanın...

Evet şu ana kadar sınırlara ihtiyacın var mıydı?

Vardı... Ama bir ayağın yere sağlam basıyorsa diğerini dilediğin kadar açabilirsin, bunu hatırla. Yeter ki bir ayağın sağlam basıyor olsun yere, toprağa, gerçekliğe. Bu dünyaya sağlam basıyor ol yolcu. Toprağın yoksa iki ayağınla sıçradığında uçarsın, konamazsın yere. Her zaman akıl istenir senden. Gerçekliğin içinde bulunmak zorundadır bir ayağın...

Mutlu olup buluşacağın halleri ısmarla. Ancak kafanda hesap kitap dönüyorsa, hesap yapana hesabı ödetir sistem. Bu nettir.

Hesap yapmak, konuya gerçekçi yaklaşmak değildir. Kaybedeceklerim, elde edeceklerim, riske edeceklerim, elde etme ihtimalim... Bunlar korkuyla, kaygıyla yürütülen zihinsel hesaplar.

Elbette hayatında planlar yaparsın. Bu aynı şey değil... Önyargıyla yaptıklarını yani korkuya ve endişeye kapılarak yaptıklarını sistem sana ödetir. Bunlar hesap kitaptır, planlama değildir.

Öngörünü aç ki önyargın kapansın yolcu.

Gelecekle barış halinde ilerlemiyorsan, bugüne kadarki korkuların ve endişelerin tarafından güdülüyorsundur, hayata da bunları yansıtıyorsundur zaten. Odaklandığın şey hesap kitaptır, yani korkularındır. "Böyle yaparsam şöyle olur" hesabı içindesindir. Ama onlar zaten sen öyle yaptığın için oldu ya. Bunları bırak ve istediğin şeye odaklan artık. Zaten istediğin gibi olacak, yaratımdan korkan tarafın bu senin.

Hesap ettiğin yere odaklandığında o alan içinde bir kader yaratırsın yine.

"Aklımla fikrimle hesap yaptım" diyorsun ama orada eğer korkularını, endişelerini püskürtüyorsan dışarıya, ekranda da onu izlersin.

ÖzüGürlük

Nerede ne kadar özgür olmak isterdin?

Çok insan özgürleşmekten söz ediyor yolcu. Ancak ne özgürleşmeyi tarif edebiliyor kendine ne de cesareti var buna. Bu yüzden nelerden özgürleşmek gerektiğine de karar veremiyor, aslında özgürleşmek istemediği için de bunun önünde büyük engeller olduğuna inanıyor.

Nelerden özgürleşmek gerektiğini tespit ettikten sonra yolun daha da kolaylaşacaktır yolcu. O alandan gerçekten özgürleşmek isteyip istemediğini kavradığında hayat çok değişecektir emin ol.

Özü gürleştirmek, bir şeyleri bırakıp hafifleyerek bu hayat içerisinde yol almak istiyoruz hepimiz. Bu ana kadar özgürleşmediğin konulara ve alanlara ihtiyacın vardı, kabul... Bir kısmı korkuların, endişelerin, ağırlıkların, bağımlılıkların, bağların oldu, seni bir şeye bağladı, bazen yavaşlattı, ağırlaştırdı, hatta belki gelişmene de engel olmuş gibi görünebilir.

Her şey senin ihtiyacınla tam da ihtiyacın ve talebinle gerçekleşti. Burada bakış açını biraz daha derinleştirerek bakmalısın konuya. Gerçekten özgürleşmek istemediğin için önüne seni caydırabilecek nitelikte engeller koyarak neden özgür olmadığın için yakınıyor olabilirsin. Prangalarını kendin seçer, kendin takar, kendin açıp atarsın yolcu. Bu böyledir.

Zihnin burada itiraz edecek doğal olarak. "Hayır ben özgürleşmek istiyorum, uçmak istiyorum, bulunduğum mekânı ve zamanı bırakmak istiyorum" diyebilir ama öyle değil. Hangi alanda kısıtlanmış hissediyorsan buna ihtiyacın olmuştur. O zaman önce o ihtiyaçları tanımlamak icap edecektir ki özgürleşmediğin alanda neden o kısıtlamaya ihtiyaç duydun, anlayabilelim.

Benim bir arkadaşım vardı. Çok zeki, çok yetenekli, çok hareketli... Anlattığına göre küçükken annesi onu ayak bileğinden bağlıyormuş. Parka gittiklerinde bile bağlarmış. Hatta görenler çocuğun işkence altında olabileceğinden korkup gelmişler bile yanlarına. İlk duyduğumda çok kızmıştım annesine. Çocuğuna bunu nasıl yapabilir diye söylenmiştim. Ama zamanla arkadaşımı da tanıdıkça, onu daha yakından yaşadıkça onun o deli savruluşlarının, uçuşkanlığının aslında bazı bağlara kendiliğinden ihtiyaç duyduğunu fark ettim.

Sonrasında hayatı boyunca hep annesinin bileğine bağladığı bağlar gibi bağlara ihtiyaç duydu kendine zarar vermemek için. Ya okula bağlandı, ya bir ilişkiye, ya kariyerine... O bağlar onu dünyada ve hayatta tutuyordu. Aşırı yukarılara kaçıp gitmesine biraz olsun engel oluyordu. Bazen olamıyordu da. Mesela on yıla yakın astım krizleri geçirmişti. Astım krizi hayatı istememektir aslında. Hayatı beğenmemek, hayatın ona dar gelmesi demektir.

Dolayısıyla şimdi sen de nelerden özgürleşmek istediğine bak bakalım.

Bir liste yap kendine.

Sana verilecek yöntemi doğru anlayıp uygulayabilmen için örneklerle üzerinden geçeceğiz tabii ki.

Dilersen nelerden özgürleşmek isteyeceğini birlikte tahmin ederek ilerleyelim ki sana yöntemin nasıl çalıştığı kolaylıkla aktarılabilsin.

Yardımcı olmak için örnekler vererek ilerleyelim dilersen...

Diyelim ki yargılamaktan özgürleşmek istiyorsun.

Mecburiyetlerden özgürleşmek istiyorsun.

Yalanlardan özgürleşmek istiyorsun.

Kaybetme korkusundan

Yalnızlık korkusundan

İfadelerindeki engellerden

Sevgisizlik halinden

Değersizlik hissinden

Cesaretsizlikten

Öfkeden

Güvensizlikten

Hayır diyememekten

Kıtlık bilincinden

Talep edememekten

Olumsuz düşüncelerden

Hasta bakmaktan.

Diyelim ki listen aşağı yukarı bu şekilde... Bir kez daha hatırlatmak gerekirse, bütün bunlara ihtiyacın olduğu için hepsi var oldu hayatında ve tam da ihtiyacın yönünde hizmet ettiler sana. Ancak şimdi bütün bunların sebebini bilmediğin için özgürlükle bu alanları değiştiremiyorsun. Bunları bıraktığında ne olacağını bilmiyorsun. Bir tanesini çıkardığında yerine ne koyacağını bilmen gerekiyor çünkü. Sistem bu.

Özgürlüğünün önündeki engellerden biri diyelim ki yargılamak...

Yargıyı çıkarınca yerine neyi koyacaksın yerine o halde?

Yargılamak aslında bir kader yaratma sistemi... Yargıladığın şeyleri, kendi hayatında yaşayıp öğrenme fırsatı yakalıyorsun. Bu alan sana çok iyi hizmet etmiş bir alan aslında. Fakat sen eğer artık yargılayarak öğrenmeyi bir kenara bırakıp, yargıladığın kişilerin yaşadığı deneyimleri onların kendi ihtiyaçları ve seçtikleri bir kader planı olduğunu görebilecek hale geldiğinde, yargılama ihtiyacın kalmaz. Yargıladığın insanların yaşadıklarını kendi hayatında tekrar edip öğrenme ihtiyacın da biter.

Gelelim **mecburiyetlerden** özgürleşmeye:

Sen bir işi mecbur kalmadan yapamıyorsan, harekete geçmiyorsan, yerinden kalkmıyorsan, hep dürtüklenmeye ya da birinin seni ittirmesine ihtiyacın varsa o zaman mecburiyetlere ihtiyacın vardır yolcu. Hayatta kendiliğinden ilerleyemediğin için, yola sokulmak üzere mecburiyetlerin seni zorlamasına ihtiyaç duyuyorsundur.

Ama sen artık bütün bu mecburiyetlerin, senin özgürlük alanını kısıtladığını düşünüyorsan bir karar verirsin. Sen gerçekten hedefini ve yolunu biliyorsan, ilerlemek için başkalarına değil de kendi kalbine soruyorsan, kendi gönlünden gelen yolda ilerleyebiliyorsan, o vakit hiçbir şeye mecbur bırakılmıyorsun zaten.

"Zorundayım, lazım, mecburum, gerekli" ifadelerini kullanmıyor oluyorsun o zaman.

Yalana niye ihtiyaç duyarsın?

Tabii ki kendi gerçekliğini kabul etmediğinde... Dışarıya farklı görünmek istediğinde ama kendi gerçeğini görmediğinde, kendini olduğu gibi kabul etmediğinde yalana ihtiyaç duyarsın.

Neden kaygılanıyorsun? Çünkü geçmişe öyle bağlısın ki, oradan özgürleşip kopamamışsın ki geçmişin aynısının gelecekte de devam edeceğinin kaygısındasındır.

Geçmişin bağlarını kesebiliyorsan, oradan helalleşerek alacağını vereceğini güzel bir şekilde kucaklayıp kucaklanıyorsan, aslında o zaman geleceği de yeniden inşa edebileceğinin bilgisiyle kaygıya duyduğun ihtiyaçtan özgürleşebiliyorsun.

Kaybetme korkusu da **ölüm korkusu** da hepsi aynı mekanizmaya dayanır. Sana verilen hayat hediyesinin, hayatın ne kadar kıymetli olduğunu fark edebilmen için ölümden ve kaybetmekten korkman icap eder. Yaşayan her insanın nokta kadar bile olsa ölümle ilgili bir korkusu vardır.

Ölüm korkusu dünyaya topraklanmak içindir. Hayatı sevmemiz içindir. O yüzden ölüm korkusundan özgürleşmek yerine hayatın ve ölümün birbirinin tamamlayıcısı olduğunu fark ederek, sana verilen hayatın ya da şu anda sahip olduğunu sandığın her şeyin aslında sana emanet olduğunun farkındalığı senin bir şeyi sahiplenmeye çalışmak yerine sahip çıkmana fırsat verir.

Hayat ölümü, ölüm hayatı besler.

Yalnızlık korkusu:

Başkalarına daha fazla ihtiyaç duyuyorsan, daha fazla insanla bir arada olayım, daha fazla insanla alışveriş içinde olayım istiyorsan, bu da yine seni hayatla bağ kurmaya götürür. Yani yalnızlık korkusu olan kişi aslında hiç kimseyi umursamayan, herkesi kendinden uzaklaştırmak isteyen yapıda olduğu için tam tersi kendine yalnızlık korkusunu almıştır. Onun için diğer insanlardan uzaklaşırsa, başka insanlar olmazsa diye bağımlılıklar koymaya ya da onlarla bağlantı kurmaya kendini zorlamak için böyle bir özgürlükten şu ana kadar yoksundu.

Oysa gerçekten doğru bir sosyalleşme içinde olduğunda, o bağları kaldırdığında, dışarıya göre değil de gerçekten kalbinin istediğine göre başkalarını daha aşağıda ya da daha yukarıda görmeden sosyal ilişkiler kurduğunda artık yalnızlık korkusuna ihtiyaç kalmıyor yolcu.

İfade engelleri:

Eğer sen duygu olarak kendini bastırılmış, engellenmiş hissediyorsan, çocukluktan itibaren bir yeteneğini açmamışsan hâlâ kendini bastırılmış ya da kıstırılmış hissediyorsun. Aslında bu engeli koyan sensindir. Kendi yeteneklerini fark etme, kendi yeteneklerini kendin açıp kullanma konusunda eksik olan sensindir. Bunun için dışarısını ve başkalarını kullandığından dolayı özgürlüğünü kısıtlayıcı alanlar oluşturdun. Burada yapılacak olan şey; kişinin, yeteneklerinin ne olduğunu bilerek ve onları fark ederek kendinin açması, dışarıyı artık bu anlamda sorumlu tutmaktan vazgeçerek kendi özgür ifade alanında "Ol!" dediğinde olacağının eminliğiyle yeni yaratım planları oluşturmasıdır.

Sevgisizlik hali:

Eğer sevilmediğini düşünüyorsan sistemin seni yeteri kadar koruyup kollamadığını ve sevmediğini zannediyorsundur.

Geldiğin aileyi, geldiğin çevreyi, ortamı, dünyayı yeteri kadar sevilesi görmediğin için o ortam tarafından sevilmiyor olduğun yansımasını izliyorsundur. Oysa sevmeyen sensindir. Yeteri kadar dünyayı ve hayatı sevmediğin için yeterince sevilmediğini deneyimliyorsundur.

Bu dünyanın gerçekten sevilmeye layık ve değer olan noktalarını görüp fark ettiğinde bu alandaki engel ortadan kalkar ve özgürlük yolculuğu başlar yolcu.

Değersizlik:

Eğer bir insan kendi değerini bilmiyorsa aslında bu hayatın ve bu dünyanın, ona verilen emanetin değerini bilmediği için kendini değersiz hissediyordur. Bu hayata ve dünyaya, sana verilen emanete değer verdiğinde aslında kendin değerli olacaksındır. "Her şey değerli, ben değersizim" sanıyorsun zihninde ama öyle değil, tam tersi yolcu...

Öfkeden özgürleşme:

Hayatının içinde harekete geçmek için bir eylem ateşin olmadığında tabii ki ateş elementine ihtiyaç duyarsın. Kimi bunun için sigara kullanır, o da bir ateş elementidir. Kimi, ateşi artırıcı bir odun olarak öfkeyi kullanır, kimi de hırsı.

Hayat içerisinde kendi eylem ateşini yakacak güçte ve durumdaysan eğer, gerçekten içindeki coşkuyu, sevinci, neşeyi, bir aşkla herhangi bir işi yapmaya, bir alana yönlendirebilecek şuura ve güce ulaştığın an öfkeden özgürleşirsin.

Güvensizlik:

Eğer bir kişi yaşama, hayata, dünyaya ve en önemlisi de yaratana güvenmiyorsa, hiçbir şeye güvenmiyor, güvensiz oluyor. Bu durumda güvenmeyi öğrenmesi gereken yer sistemdir, yaratandır.

Hayır diyememek:

Eğer bir alanın yoksa ve başkalarından onay almak için evet demeye ihtiyacın varsa ya da çocukluğundan beri kendini sevdirmek için hep başkalarının her dediğini kabul edip onaylamışsan, hep onların suyuna gitmişsen, hep alttan almışsan, boyun eğme alışkanlığı edindiysen, artık hayır diyemez olmuşsundur hiçbir şeye.

Kendi değerini bilirsen, kendi zamanını doğru şekilde kullanmayı seçersen, kendini ertelemekten vazgeçersen (*ki hayır diyememekte kendini ertelemek vardır*), sana verilen hayat hediyesinin değerini bilirsen, başkası için değil de kendin için evet ya da hayır deme kararı verirsin.

Kendi hayatının değerini bilirsen, senin için önemli olanın ne olduğuna bakarsın. Bir yemek yiyeceksindir ama bu yemekten alacağın tadın ne olduğunu değerlendirirsin. Buna göre yiyip yememeye karar verirsin. "Ben bu yemeği başkasının hatırı için yesem olmaz mı?" dersen, "Olmaz" der varlığın. Buna ne bedenin, ne varlığın, ne de zihnin izin verir. Kısacası hatır için çiğ tavuk yenmez yolcu.

Hayır diyememek, kendi kul hakkını yedirmektir. Bunun arkasında sevilme ihtiyacı, onaylanma ihtiyacı ama bunun karşılığında da kendinden vazgeçme hali vardır.

Hayatımın önceliği benim, önce ben dediğinde hayır diyememekten özgürleşirsin yolcu.

Kıtlık-Yokluk bilincinden özgürleşme:

Kıtlık bilinci önemlidir. Çok ekmek yemek, çok hamurişi yemek kıtlık bilincinden gelir mesela. Aşırı yemek yeme ihtiyacı da öyle... Biriktirmek de öyle... Kullanamayacağın şeyler biriktiriyorsan orada kıtlık bilinci büyüyordur. Ne biriktirdiğinin bir önemi yok. Kullanamayacağın kadar kıyafet biriktirmek, yiyemeyeceğin kadar yemek biriktirmek, harcamadığın parayı biriktirmek, kullanmayacağın bilgiyi biriktirmek... Bunlar hep kıtlık bilincini besler. (*Birikim yapmak başka şeydir, kullanımda olan, dolaşımda olan bir enerjidir o.*)

Neyi biriktiriyorsan, neyi atamıyorsan kıtlık bilincinden kaynaklanıyordur. Ama en önemlisi ne?

Bütün bunlar, geçmişe ve eskiye bağımlılıktan, eskide yaşadığın bir yokluğun sürekli devam edeceğinin korkusundan kaynaklanıyor. Bu korku da zaten sana bir şeyi kaybettirmek için geliyor. Kaybetme korkusunda olacaksın ki, kıtlıktan bir şeyin yok olmasından korkasın ki bir şeyi yok edesin. Bir şeyi kaybetmekten ya da kıtlıktan korkanlar bir şeyi yok etmek isteyenlerdir.

O zaman varlığı, bolluğu, bereketi hayatına ısmarlayan insan, bunun "Ol!" dediği an verileceğinin farkında olarak yeniye güvenle adım attığında, kıtlık bilincinin yok olacağını ve bu alandan özgürleşeceğini bilir.

Olumsuz düşünceler:

Bir yerde negatif duygulara, olumsuz düşüncelere ihtiyaç duyuyorsan bir alanda aşırı pozitife kaçıyor olabilirsin. Pozitifi sadece iyilik diye de düşünme. Zihin aktifliği de pozitiftir mesela. Zihnin sürekli pozitif olma ihtiyacı ister istemez orada negatif yani bir Yin enerji ihtiyacı doğurur.

Zihninle duygularını ortak kullanırsan, ikisini ortak kullanırken aklını da dahil edersen, son kararını kalbinle verirsen, kalbindeki bilgiden rehberlik alırsan olumsuz düşüncelere ihtiyacın kalmaz.

Hasta bakmaktan özgürleşmek:

Kendi içinde iyileştirmediğin bir şey varsa, hasta bakarak iyileştiririrsin. Bu durumda baktığın hasta sana şifadır. Ama sen eğer kendini iyileştirip hasta tarafını şifalarsan karşındaki hasta ya iyileşir ya gider, özgürleşirsin.

Beklemek:

Dışarıdan beklentin varsa, kendi gücüne yeterince inanmadığın, kendi gücünü yeterince kabul etmediğin içindir. Bir şeyi zaten dışarıdan istemeyeceksin yolcu. İsteyeceğin tek merci vardır her zaman:

Yaratan.

Sen zaten "Ol!" dediğinde oldurabildiğin bir sistemin içindesin. Veren de o alan da o. Vermek için aracı olanlara karşı minneti ortadan kaldırırsan beklenti de biter.

Meditatif Çalışma

Karanlık bir odada bir mum yakıp rahat bir koltuğa otur. Önce alevleri seyrederek nefesini rahatlat. Beş saniyede nefes al, üç saniye tut ve hisset, sonra da beş saniyede ver. Geliştikçe süreyi ve aralıkları artırabilirsin.

Koltuğa iyice yerleş. Alnında lacivert canlı ışık saçan bir küre ve içinde de bir üçgen hayal et. Gözbebeklerini birleştiren bir çizgi üçgenin tabanı, alnının ortası da tepe noktası olsun. Üçgenin tepesine odaklanırken, gözlerin şaşılaşarak yavaşça içe dönsün. Kendine bak, selamlaş ve tekrar alnındaki lacivert küreye odaklan.

Kuyruksokumunun altında kırmızı bir küre oluşsun. Ortasından bir boru çıksın ve yere, toprağa, toprağın katmanlarından, dünyanın merkezindeki kırmızı küreye ulaşsın. Burayla bağ kurup köklen. Kırmızı çekirdeğin içinden hayat enerjilerinin özünü toplamış bir piramit yükselsin. Ayak tabanından göbeğine kadar yükselsin. Gökyüzünün en parlak beyaz güneşinden de bilgeliğin ve rahmetin piramidi bembeyaz nurlar saçarak, gökyüzünden tepene ve oradan göbeğine ilerlesin. Aşağıdan gelen kırmızı ve yukarıdan gelen beyaz piramitler uç uca dokundukları an sapsarı yıldırımlar çıkararak iç içe girsinler. Yukarıdan gelen ayak uçlarından, aşağıdan gelen de tepeden yukarı doğru çıkıp tam iç içe geçince dönüş başlasın. Beyaz olan sola, kırmızı olan ise sağa doğru döndükçe etrafında manyetik bir alan oluşup büyümeye başlasın. Evi, binayı, sokağı, mahalle ve şehri bu alan kaplasın. Sonra o büyük güç alanı lacivert kürenin içine doğru kristalleşerek bir enerji elmasına dönüşsün.

Burada dönüşler devam ederken, dönüştürmek istediklerine, hedeflerine bir daha odaklan ve sunulan güzellikleri seyreyle. İstersen yedinci kapının anahtarı da dahil olmak üzere yeni gelecek planlarını da oluşturabilirsin.

7. BÖLÜM

VII. GÖĞÜN KAPISI

Hayal Saray

Genç yolcu, yedinci kapıda kendini ve kendinden yansıyanların ona ne yaptığını fark etmiş, dışarısı zannettiği her şeyin aslında kendinden hayat aynasına yansıyanlar olduğunu ilk kez deneyimlemişti. Aynadakiyle çekişmeyi ve itişmeyi sonlandırarak kendine yöneldiğinde barış sağlanmıştı, böylece yolun armağanları da görülebilir olmaya başlamıştı.

Anka kuşu, gökyüzünde ateşten bir gökkuşağı çizerek yolcuyu muazzam bir cennete getirdi. Her tepeden farklı renklerde dereler ve şelaleler akıyor, bu büyüleyici cennetin sağlıklı ağaçlarında daha önce görmediği, tatmadığı nefis meyveler yetişiyordu. Sevimli hayvanlar mutlulukla ve güven içinde oynaşıyorlar, gökyüzü renkten renge bürünerek sihirli bir âlemin coşkusunu canlandırıyordu içinde. Yolcu rahatlamak için şelalelerin altında saatlerce arınmaya bıraktı kendini.

Havada süzülen altın ciltli kitaplar dikkatini çekiyordu. Bir soru sorduğunda ya da bir şeyi merak ettiğinde cevapların ona uçarak geldiğini fark etti. Bunu çok eğlenceli ve keyifli buldu yolcu.

Cennetin eşsiz havasını, çiçeklerin kokusunu, suların tadını içine çekiyordu zevkle. Sudan çıktığında yeni kıyafetleri havada süzülerek geldi yanına ve üzerine giydirildi. Buradan gösterişli bir saraya götürüldü. İçeride Anka kuşu tahtında oturuyor, yolcuyu bekliyordu. Yolcu derin bir mutlulukla, tarifsiz bir heyecanla izliyordu Anka kuşunu.

"Burası Hayal Saray'dır" dedi ulu kuş. "Burada gerçekleşmesini istediğin şeyi düşünmen yeterli. Ancak geldiğin dünyanın değil bu dünyanın her türlü hediyelerini isteyebilir ve gerçeğe dönüştürebilirsin. Dünyada bedeninle, emek vererek yapacaklarını burada düşleyerek gerçekleştirebilirsin. Dünyanın içinde, farklı bir evren gibi düşün... Burası ne içidir dünyanın ne de dışı... Ne var ne de yok gibi. Ne varlığını reddedebilirsin ne de kanıtlayabilirsin. Bu akışkanlığı kabul edebilmek her yiğidin harcı değildir. Burada olumlu olumsuz demeden her düşüncen, her hayalin gerçeğe dönüşür. Hani senin dünyanda, ille "Ol!" demeye ihtiyaç vardı ya, burada o da yok. Burada sadece hayal edersin ve o hemen oluverir. Bu sebeple korkuları ve endişeleri çok olanları, kendi tehlikelerinden korumak için buraya almıyoruz hemen, kapıda sıkı bir güvenlik var. Hayal Saray güzel olduğu kadar tehlikelidir de. Her gülün dikeni, güzelliklerin de bir dengeleyicisi vardır."

Yolcu, dikkatle dinliyordu söylenenleri. Güzellikleri ve tehlikelerini tahayyül ediyordu içinde...

"Buraya gelmeyi başarmak kaderin miydi, yoksa bu kaderi sen mi oluşturdun?" diye sordu Anka kuşu. Yolcu hiç beklemediği bu soru karşısında afalladı. Hiç düşünmemişti bunu. Ne cevap vereceğini bilemedi. Sonra bağlantıları kurmaya başladı ve yanıtladı ulu kuşu:

"Her ikisi birden aynı anda, aynı yere çıkıyor" dedi.

Artık düşüncelerine daha fazla dikkat etmesi gerekecekti. Tedbirli ve özenli olmalıydı bundan böyle. Anka, sonsuz âlemlerle bağlantı köprüsüne getirdi yolcuyu ve "Söyle bakalım genç yolcu" dedi. "Bu kapıdan da geçip sonsuz âlemlerin keşiflerine doğru ilerlemek mi istersin yoksa geçtiğin kapılarda arkanda kalan arkadaşlarını kurtarıp buraya tekrar geri mi dönmek istersin?"

"Onları kurtarıp bu kapıya geri dönebilir miyim sahiden?"

"Bunun bir garantisi yok" dedi Anka. "Belki ulaşmayı başardığın bu kapıya geri dönemeyebilirsin."

Yolcunun vicdanının hiç de rahat olmadığını seziyordu Anka kuşu. Ne de olsa onca insanı bu zorlu yola o davet etmişti, yol boyunca hiçbirini koruyamamış, şimdi bu yedinci kapıya tek başına varmıştı. Ardında bıraktıklarına karşı sorumlu hissediyordu yolcu kendini, vicdanı rahat bırakmıyordu onu. Bir an ne yapacağını, ne söyleyeceğini bilemedi genç yolcu. Ne de olsa büyük emek vermişti bu kapıya ulaşana dek. Sonuçta bir hak edişle varmıştı buraya. Bedellerini ödeyerek, aydınlanarak, öğrenerek, vazgeçerek yürümüştü yolu... Peki arkasında kalan arkadaşlarına yardım etmek, onların işlerini kolaylaştırmak, geçmeleri gereken kapıların anahtarlarını onlara elden teslim etmek acaba kendine mi haksızlık olurdu onlara mı? Aklı iyice karışmıştı. Ayrıca büyük güçlüklerle geçtiği kapılardan ya bir daha geçemez ve buraya geri dönemezse ne olacaktı, ya arkadaşlarını bulamazsa, ya onların başlarına kötü şeyler gelmişse, ya benzer şeyler kendi başına da gelirse?

Zihni düşünceler silsilesi içinde boğuluyordu şimdi. Sorguladığı her olasılığın altında eziliyor gibi hissetti kendini.

Gözlerinin önünden geçen sahnelerde arkadaşlarının başına hep kötü şeyler geliyordu. Kararsızlık ve başarısızlık hissiyle kuşatılıyor olduğunu fark ettiğinde, birden hatırladı. Kendini sakinleştirdi ve alacağı cevaplara odaklanmak üzere silkindi. Madem burada her sorunun cevabı vardı, düşünmek ve hayal etmek yetiyordu, istediği şeye sahip olmak için lazım olan cevaplar gelsin önce diye düşündü.

Altın ciltli kitaplar uçuşarak geldiler yanına ve yolcu sorularını sorup cevaplarını okumaya başladı böylece.

"Arkadaşlarımı kurtarmalı mıyım, bunun için ne yapmalıyım, nasıl yapmalıyım?"

"Öncelikle, ne yapman gerektiğine ancak sorumluluğunu alarak sen karar verebilirsin. İnsanlar düşse de başarısızlığa uğrasa da talep ettiklerinde onlara yeni haklar verilir. Talep de dua da bir emektir. Arkadaşlarının liyakatleri yoksa ne sen ne de başka birisi onları zaten kurtaramaz, kurtarmaya aracılık edemez. İçine kurtarma isteği verilmişse bu da sebepsiz değildir. Ancak onlara acıdığın ve kendini suçladığın için gidersen yaşayacağın sonuçlar hoşuna gitmeyebilir. Kurtarmaya altıncı kapıdan başlayacaksın. Daha yukarıdaki kapılarda takılanlar çok daha incelmiş olanlardı, onları kurtarmayı başarıp yanında götürebilirsen aşağı kapılara doğru indikçe sana yardımları olacaktır."

Kitaptan aldığı bu yanıtın üzerine Anka kuşu başladı konuşmaya:

"Sen canın pahasına, kazançlarını kaybetmek pahasına, kendi nefsinin sana sunduğu konfor ve kolaylıkları değil de arkadaşların için, karşılık beklemeksizin bir görev sorumluluğuyla yeniden yola çıkıyorsun, öyle mi?"

Genç yolcu düşünceliydi hâlâ. "Birlikte yola çıktığım dostlarımı, hapsoldukları kapılardan kurtarabilmem ve onları da buraya getirmem mümkün mü?" diye sordu.

"Kapılarda takılmış yolcuları kurtarman için sana bazı hediyeler ve sırlar vereceğim" dedi Anka kuşu. "Öncelikle gözlerinin içine bir sihir yerleştireceğim. Kimin gözünün içine bakarsan bak, hepsinin düşüncelerini okuyabileceksin, onları şifalandırabilecek ve onlara kalbinden sevgi aktarabileceksin. Arkadaşlarına gelince, sen sadece onlar talep ettiğinde, onlara yol gösterici olarak yardım edebilirsin. Onları şifaya isteklendirebilir, ilerlemeye ve kapıları aşmaya özendirebilirsin. Hepsini ille de kurtaracağım dediğinde sen de takılırsın. İhtiyaç duyduklarında sana verilen hediyeleri paylaşabilirsin.

Altıncı kapıdaki arkadaşların için sana menekşe ve yasemin kokusu veriyorum. Bu çiçekleri onlara koklatırken, lapis ve lacivert safir taşının frekansları ile hipofiz bezlerinin perdelerinin açılması kolaylaşır. Neden burada takıldıklarını anlamaya çalışıp, çıkış için yardım talep ettiklerinde onlara kalplerinin ve zihinlerinin sesini nasıl ayıracaklarını anlat. İhtiyaca göre denge kurmalarını tekrar hatırlat. Bilgiyi alabildiklerinde atın ve itin gerçek ihtiyaçlarını kendileri görerek o kapıdan kurtulacaklardır.

Beşinci kapıda takılan yolcu için, akuamarin taşı ve tütsü yapman için adaçayı veriyorum. Kurtulmayı talep ettiğinde olayları ve sözleri kişiselleştirmemeyi hatırlat ona. Kalbini sevgiye tekrar açtığında, güzel şeyler düşünebildiğinden güzel sözler işitip, güzel sözleri dillendirmeye başlayarak bu kapıdan özgürleşecektir.

Dördüncü kapıda takılan yolcu için sana zümrüt ve pembe gül vereceğim. Arkadaşının uyuduğu yerin etrafını gül ve gül kokularıyla donattıktan sonra zümrüdü kalbinin üzerine koy. Ona uzun bir 'Haaa' sesi ile ses meditasyonu yaptıktan sonra kahkahalarla gülerek, kalbinin paslarının temizlenmesine ve uyanmasına yardımcı ol. Bu kapıdan kurtulma talebinde bulunduğunda ona ne kadar sevildiğini hissettirerek şefkatle sarıl. Sevgi, uyku tozlarını etkisizleştirecek ve özgürleşmesi kolaylaşacaktır.

Üçüncü kapıda takılan yolcular hırslarıyla çok zalimleştiler. İlk üç kapıda takılanları sadece bilgi ve güzellikle uyandıramazsın, hatta bazen zorla bile dönüşmeye ikna edemezsin. Gönülden özgürleşmek isteyenleri kurtarmak istediğinde onları bazen korkutmak, bazen acıtmak, bazen de sert davranmak durumunda kalabilirsin. Bu kısırdöngüyü onlara gösterebilmek için sana kehribar ve lavanta veriyorum. Ayrıca, onların bütün servet ve güçlerini ellerinden alacak bir tane nazar yüzüğü veriyorum. Ancak her şeylerini kaybedip güç zannettikleri şeyler ellerinden alındığında seninle birlikte ikinci kapıdakileri kurtarmaya gelebilirler.

İkinci kapıda oyalanmayı seçen yolcular için sana ay taşı ve sandal ağacı yağı veriyorum. Onlara buradan çıkıp, birinci kapıya dönmediklerinde beşinci kapıdaki devlerin buraya gelip sevgilileriyle birlikte onları yiyeceğini söyle. Onlar, sevgililerini de alıp kaçmak isteyecek ama bu bir illüzyon olduğu için kapıdan çıkarken sevgilileri yok olacak ve ancak yalnız çıkabilecekler.

Birinci kapıdaki yolcular için sana kırmızı yakut ve kırmızı karanfil veriyorum. Bir de onların etrafında ritmik seslerle çalman için bir davulun olacak. Onlara toprağın içinde tembelleri ve üretmeyenleri yiyen bir canavar olduğunu anlat, iyice korkut. Gece olunca kocaman bir ateş yakıp üzerlik tohumlarını içine at. Sonra toprağın üzerine yatır onları ve gözkapaklarına çok az toprak koyup davul çalarak dans et. Devamında hep birlikte karanfil kokuları eşliğinde diğer bütün tütsüleri de yakıp bütün taşları etrafa dizerek şarkılar söyleyin. Cesaret ve kendine güven mantraları mırıldanın. Gün doğmadan kapıdan çıkabilirsiniz."

Genç yolcu can kulağıyla dinlemişti Anka kuşunu.

"Neden daha üstteki kapılarda müdahale yasakken aşağıdaki kapılarda müdahale yapma imkânım var?"

"İlk üç kapıda takılan arkadaşlarının gerçeklik algıları henüz küçük çocuklar gibi... Emekleme devri bitip kendileri için neyin doğru olduğunu anlayana kadar, yani dördüncü kapıya gelene kadar onları maddi cazibe ve korku yönetir. Onların öğretmenleri korkudur.

Üç, iki ve birinci kapı, kaba nefsaniyet ile ilgilidir. Bu temel seviyeyi geçemeyen tekrar ve tekrar başa dönmek durumunda kalır. Dünyanızdaki insanların çoğu bu kapılar arasında gidip gelerek oyalanıyorlar. Sizin 'ebedi cehennemlik' dedikleriniz işte bu kırmızı, turuncu ve sarı arasındaki döngüde oyalananlardır. Dört, beş, altı ve yedinci kapılar ise, gittikçe incelen nefsaniyeti barındırır. Bu sebeple dördüncü kapıdan itibaren yukarıya çıkışın hak edişleri sunulur ve bir üst kapıya teşvik olunur."

"İyi ama bu ayrımcılık ve adaletsizlik sayılmaz mı?" diye sordu genç yolcu.

"Hayır" anlamında salladı başını Anka kuşu.

"Onları, çocuğunu büyütür gibi bir taraftan koruyarak, diğer taraftan da bir yetişkin olarak yedinci kapıya nasıl hazırlamak istersin?" diye sordu ve devam etti. "Burada bir olumsuz zihin hareketinin seni boğup bir cehennemin içine nasıl çektiğini gördün. Büyümek ve ilerlemek isteyen çocuğa nasıl hamilik etmek istersin genç yolcu?"

Ulu kuşun ne demek istediğini tam olarak anlayamamıştı genç yolcu. Yine de "Peki" der gibi onayladı.

"Omzuna sadece senin görebileceğin minik bir Simurg kuşu veriyorum" diyerek devam etti Anka... "İhtiyacın olduğunda sana yardımcı olup yeni görevlerini hatırlatacak."

Genç yolcu, ulu kuştan alıp donandığı hediyeleriyle yola koyulurken, arkasında bıraktığı arkadaşlarını toplayıp tekrar yedinci kapıya dönmeyi umuyordu. Acaba yedinci kapıya geri dönebilecek miydi sahiden? Aklından bunlar geçerken omzundaki Simurg gülümseyiverdi ona.

Tepeler Sert Eser

Zafer zannettiğin "Sonunda ulaştım, tamamladım, erdim, oldum" dediğin anlara çok dikkat et yolcu. "Oldum" diyen meyveyi ağaç yere düşmesi için serbest bırakır. Kibir ve zafiyetin seni ele geçirmeye çalıştığı tuzaklı anlardır bunlar.

Birçok ışık arayıcısı, ışığın da bir yol ve yolculuktaki bir durak olduğunu fark etmeye gücü yetmediğinde, ışığa tapanlardan oldu. Karanlığı düşman belledi, hatta savaş açtı. Işığın karanlıktan doğduğunu ve biri olmadan diğerinin olamayacağını unuttu. Ben daha iyiyim, daha yüksekteyim, daha güçlüyüm hırsı, yanıltıcı benlik algısı onları karanlığın askeri yaptı.

Güç, gücün olduğu halde onu sadece ihtiyacın kadar kullanabilmektir. Doğanın kanunlarına ve tekâmül yasalarına müdahale etmemektir. Sunulan güçleri almamak da kusurdur. İki durumda da ya sana verilen güç geri alınır ya da gücün içinde âcizleştirilirsin.

Dünyada patron, güçlü ve zengin zannettiklerinin çoğu, bazen başka birilerinin, bazen de mirasçılarının emanetlerini kendileri kullanamadan, çantalarında taşırlar. Bazı din adamları ve felsefeciler de benzer bir çantayı bilgi olarak hafızalarında taşırlar. Sadece başkalarına anlatmak için bilgi biriktirirler. Oysa bu dünyanın malı da mülkü de dünyada kalır. Uygulayabildiklerin, hale geçer ve geriye sadece tesire aktarabildiğin tat kalır. Diğer cennet ve âlemlere giriş biletin bunlardır.

Bu kapı ermek, emek ve sabır ister yolcu, hakkını vermek için geçtiğin yolları tam olarak kavramış olmanla mümkün olur. Çünkü burada her kapının bilgisinin ruha sunuluşu ve aktarılışı söz konusudur.

Yeniye Doğum

Hedeflere ulaşmak, başarmak önemlidir. Yine de bir hedefe takıldığında sonsuz imkânlar ve mümkünler âleminde yeniye doğamazsın. Bir gün için başarmak istediğin hedeflerini programladın, emek verdin, çalıştın ve başardın, şimdi akşam oldu, gün bitiyor. Onu şükür ile bitir ve görevlerini tamamlamış olmanın rahatlığı ve huzuru ile yeni rüyalara dal. Onlar işlensin, özü ruha aktarılıp yeni hedeflerin tesirleri, sezileri aksın sana. Sabah ölüyken diriltilmiş gibi, hayata yenilenmiş olarak, yeniden başla.

Dünün gömleğiyle yatan bugüne doğamaz. Şimdi yeniden an içinde ne talep edersin? Kur hayalini, oluşan bulutun içine gir gezin, gereken düzenleme ve düzeltmeler varsa, yenile. Her anının kendine özgü fırsatları ve imkânları vardır. Ezberde ve bildiğinde kaldığında, inandığın gibisi olur.

Birçok insan inanç kalıplarına tutunarak yaşar. Gerçekleştiğinde de daha çok sarılırlar inançlarına. **Oysa inandığını var edebilme gücü verilmiştir insana.** Bu gücü hatırlayamaman ya da farkına varamaman da tesadüf değildir. İnançlar insanları savrulmaktan korur ve köklenmesine yardımcı olur. Bazılarının yavaşlatılmaya, sakinleşmeye, bazılarının ise hareketlendirilmeye dürtüklenmeye ihtiyaçları vardır. Hatta zaman zaman değişebilir bu ihtiyaçlar.

İnanç önce kendini iknadır. Bu iknaın da kademeleri ve çeşitleri vardır. Kimi körü körüne başlar, töre ve aile miraslarıyla devam ederler. Yenilik, işlerine gelmediği için eskiye sıkı sıkı bağlanır ve bu bağnazlıkla da çevresindekileri yargılarlar. Fikri sabitlikle, bir gerçekliğe kök salmak, bir bakış açısı veya aldığı bir kararı ölümüne savunmak, kimilerine göre övünülecek bir durumdur. Ne kadar katı ve sert ise o kadar güçlü zannederler kendilerini. Oysaki tam tersidir, yumuşaklık ve esnekliğin en büyük güç olduğunu hatırlatmıştık

Sorgulamak, görünenin ardındakini merak etmeye yöneltir insanı. Kişi, araştırır, ölçer biçer, ilim ve bilimden faydalanır, aklını, zekâsını çalıştırarak yeni sonuçlara ulaşır. Bu arada idrak de gelişir. Deneyimlerin sonuçları ufkunu açarken, dışarıyı gözlemlediğin gibi içeriyi de gözlemlemeye ve dinlemeye başlarsın. İç gözlerin fizik gözlerinden daha keskin hissedene kadar bu alanda ilerleyişin devam eder. İçeride, gönülden akan tesirler de bu durumun kalitesini belirler.

İnandığı şeye sıkıca bağlanma kimilerine göre iyidir. Bazı geçişlerde işe de yarar. Görüş açıları daraldıkça, ölçme değerlendirme alanları küçülür. Kafasının içinde dar bir dünyada yaşamaya ihtiyacı olanlara genelde "yobaz" diyorlar. Oysa her biri büyümenin gelişmenin farklı evrelerdeki ihtiyaçlarındandır.

Ben küçükken köyümü kocaman uçsuz bucaksız bir yer zannediyordum. Sonra kasaba, İstanbul, ülke derken üzerinde yaşadığımız dünyanın, evrende ne kadar küçük bir yer olduğunu, hatta evrenlerin aslında bütüne kıyasla ne kadar küçük olduğunu kavrama yolundayım.

Yobazlık sadece din veya göksel bir bilginin peşinde olanlara ait değildir. Her mesleğin içinde farklı seviyelerden yobazlık mevcuttur. Bilimin, tıbbın, tarihin ve siyasetin de yobazları vardır. Ayrıca "Olmaz, mümkün değil" dediklerine dikkat edersen sen de kendi yobazlık alanlarını görebilirsin.

İnançsızlık da bir inanç biçimidir. İnandığını inkâr edecek kadar inançsız gibi görünenler, en çok inanç sahibi olanlardır. Bir şeyin yokluğuna inanmanın içinde bile önce var, sonra da o var olan aslında yok diye inanma çabası vardır.

"Kâfir", Arapçada gerçeğin üzerini örtmektir. Bundan tehlikelisi cahil, daha tehlikelisi ise yarı cahil olmaktır. Gelişime ve büyümeye kendini kapatanlar, çevrelerindeki insanların da değişmelerini ve gelişmelerini istemezler. Bildiği kader çarkı hep aynı devam etsin isterler.

İyiye gidenin ayağına taş koymak, itibarsızlaştırmaya ve korkutmaya çalışmak onların görevidir. Çünkü gerçekten hak edenler, güçlü olanlar sürüden ayrılabilir. Bu kapıyı tamamladığında belki sen de eski gerçekliğinle vedalaşacak, boş zaman geçirdiğin iş ve faydasız arkadaşlarını uzağa koyacaksın. Belki de sürülere çoban olmak ya da kendi yolunu çizmek isteyeceksin. Neye inanmak istersen, neyi hayal eder ya da neye "Ol!" dersen o olacak.

İman Nerede?

Sana perdenin arkasında vazo olduğunu söylediğimde bana güvenirsen, inanırsın. Güvenmediğin halde, birileri seni mantık oyunlarıyla ikna ettiğinde de inanabilirsin.

Perdeyi açıp vazoyu görürsen artık inanmazsın, çünkü bilirsin. Bildiğin bir şeye de artık "İnanıyorum" demezsin. Bilmenin, inanmanın ve iman etmenin yerini ve şeklini bilmek önemlidir. Peki ne zaman ve nasıl iman edersin? Perde kapalıyken dahi açıkta vazoyu görmüş gibi bildiğinde iman etmiş olursun. Şimdi bak nelere inanıyor, neleri biliyor ve nelere iman ediyorsun?

İman senin için nedir? Belki bugüne kadar inançlarınla karıştırmıştın imanı. O şahdamarından daha yakın olanın nerede olduğuna, akıl ederek ve hissederek bir daha baktığında gönlüne yönelirsin.

Bedeninde iman tahtası diye bir kemik vardır. Birçok ruhsal ameliyat ve operasyonlar bu bölgede yapılır. Burası açıldıkça, genişledikçe imanın derinleşir. Daralıp sıkıştıkça ise perdeler artarken imanın azalır. Gördüğün ve yaşadığın olaylara itiraz ettikçe, sana olan faydasını fark etmeyerek, senin de bu olayların yaratımındaki dahlini kabule geçemediğinde, kalbin gözü kapanır. Tersi durumda ise açılır.

Yedinci kapının bedenindeki eşleştiği endokrin merkezi pineal bezdir, diğer adıyla epifiz bezi... Yarım nohut büyüklüğünde kozalak şeklinde minicik bir yönetim merkezidir. Aşağıdaki kapılardan sırayla gelen uyarılar, sembolik olarak bir çift yılan şeklinde enerjiler kıvrılarak yukarı doğru çıkar. Her kapının özütü epifize aktarılarak görü ve bağlantı ekranları açılır. Başta DMT ve melatonin olmak üzere, çeşitli salgılarla vizyon merkezleri tetiklenir. Bu gözü açmadan yedinci kapıya kestirmeden gelenler de olmuştur. Kimi çaylarla, mantarlarla, otlarla hatta kimyasal ilaçlarla suni uyarmalarla epifiz bezini harekete geçirmek mümkün olmuştur. Ancak, kalp gözü kapalı olanlar, suni açılımlar ve görsellikler yaşasa da, bu onların kibirlerini daha da artırıp, onları geriye düşürür. Yedinci kapıya emekle, hal idrakini artırarak ulaştığında, sunulanları kendi raflarına koyarak anlamlandırabilirsin. Aksi takdirde kendini evrenlerin tek sahibi zannedebilirsin.

İman tahtasının ardında olan perdeler açıldıkça edeplenir ve sükût edersin. Yerinde, yeterince söz ile, özü az ile ifade eder hale gelirsin.

İçeriden gelmeyen, içeri giremez yolcu. İman da sana dışarıdan verilemez. Olaylar arası bağlantıların arttıkça hayatın matematiğini daha iyi okuyabilir ve bunu gönlündekiler ile birleştirdiğinde sisteme olan güvenini artırırsın. Aslında dışarısı gibi gördüklerinin yüreğinde yazılı kanunlarını hatırlarsın. Gönlün, Levhi Mahfuz yani tüm programlarının saklandığı yerdir. Kulaklarının ise bunu duymaya ihtiyacı vardır.

Duyurmak için gözle, oku, değerlendir, muhakeme et ve karar ver. Karar aşamasına kadarkiler, netleşmen ve bilgiyi bir noktada toplayıp, nerede olduğunu, nereye gideceğini, nasıl ve ne kadar bir adım atman gerektiğini bilmen içindir.

Kararsızlar sürüyle hareket etme ihtiyacındalardır. Onları sürülerinden koparırsan ya yeni çobanları olur ya da daha iyi bir çobana emanet edebilirsin. Başıboş kaldıklarında onları kurtlar yer. Aralarından bazıları gerçekten gelişmek ve ilerlemek ister. Onlara kendi hayatlarının sorumluluğunu almayı, kendi ayaklarının üzerinde durmayı öğretebilir ve aradan çekilebilirsin. Özgürleşmedeki en önemli adım putları kırarak başlar ve bu cesaret ister.

"Benim hiçbir putum yok" diyebilir misin?

Putları sadece dışarıda, şekilde ve objelerde ararsan yanılırsın. Daha köklüleri zihnin içinde yontarak yaptığın düşünce putlarındır. Bunlar sinsice seni yönetirler. İnsanlar alışkanlıklarından bu sebeple kolay vazgeçemezler. Çünkü alışkanlıkları onların putları olmuştur. Bir çocuğa en sevdiği oyuncağını bırakma vaktinin geldiğini söylesen ne yapar? Saklamaya çalışır, direnir, belki de ağlar. Onu bu oyuncağından vazgeçirerek, elinden almayı başardığında ise yerine başka bir eşya veya soyut bir şey koyacaktır. Çoğunluğunuz da tıpkı bu çocuk gibi fikir ve inançlarına aynısını yapar. Bir inancı değiştiriyorum derken yerine başka bir inanç koyar.

Peki bu inanç kalıplarına niye ihtiyaç duyulur? Dünyada büyürken ve gelişirken otomatizma çok önemlidir. Her şeyi tekrar en başından itibaren öğrenme ihtiyacını ortadan kaldırır. Bedenine, duygu ve düşüncelerine tekrarlar ile meleke kazandırabilirsin. Bu suretle hiç düşünmeden dahi otomatik olarak kendiliğinden gibi birçok şeyi yapabilirsin. Bir taklayı, bisiklete binmeyi, yürümeyi, kaşlarını çatmayı, gülümsemeyi, kahve içmeyi, araba kullanmayı vs... Eğer otomatizma yeteneğin olmasaydı, her seferinde bu hareketleri yeniden öğrenmen gerekirdi. Bu yeteneğimiz birçok alanda işimize yararken, bazı zararlı alışkanlıklar edinmemize ve aynı düşünceleri tekrarlayarak da kolaylık diye sabitlikler oluşturmamıza sebep olur. Bu da ilerlemenin ve gelişmenin önünde engel teşkil eder. Kolaylık diye kullandığımız alışkanlık ve rutinler bu alanda zorluk yaratır. İyileşebilmek ise bildiklerini terk edebildiğinde mümkün olur.

Zihin bildiğini zannettiği sürece aktiftir. Daldan dala konar. İçeriden gelen sesler duyulmasın diye de gürültü yapar. Onu, içinden çıkamayacağı bir gerçeklik ile buluşturduğunda ise birden eli ayağı çözülür ve teslim olur. Bazen bir soru, bir hal, bir farkındalık, beklemediğin bir şok durduruverir onu. Hatırlarsan düşünceler altıncı kapının enstrümanlarıydı. Onlar sakinleşmeden ya da kenara çekilmeden yedinci kapıyı zorladığında, şuuraltı faaliyetleri devreye girer. İhtiyaçlarını karşılıyor diye, yüksek bilgiler alıyorum zannederken, imajinasyonlarının oyuncağı olabilirsin. Taleplerinde netleşip tam bir teslimiyet ile düşüncelerini dinginleştirdiğinde ise, açılan kapılardan nur ve ilim yağar.

Tepe bölgen doğumunda yumuşacıktı. Dünya ile iletişimin ve madde bilgin arttıkça burayı yavaş yavaş kapattın. Dış tesirlerin ve negatif planların sertleştirici ve katılaştırıcı müdahaleleri ile zamanla evrenle bağların daha da azaldı. Şimdi tekrar kâinat internetine bağlanabilir, an içinde bilen değil bildirilen olabilirsin.

Peki ama nasıl?

Yolların Birliği

Yolcu, bu kapı bütün kapılarla çalışır. Buraya kadar getirdiklerin potansiyelindir. Yedinin dünyasında, birinci kapıda zayıfsan savrulur, âlemlerden geri gelmek istemezsin. Birin hakkını verdiğin ölçüde köklenmiş, köklenebildiğince yükselmeye önün açılmıştır.

İkide zayıfsan korku ve endişe yaratır, kendini karanlığa boğarsın. Hakkını verdiysen yarattıkların ve sunulanlar sana lezzet verir.

Üçte zayıfsan kaybolursun, kararsızlıktan ve netleşememekten ıstırap çekersin. Hakkını verdiysen, hedefini ve gideceğin yönü bilir azimli olursun.

Dörtte zayıfsan cennetlere girebilsen de itirazlarınla kovulursun. Hakkını verdiysen, kabullerinle huzurda olur, huzuruna kabul edilirsin.

Beşte zayıfsan suskunlaşır, dinleyemez ve duyamaz olursun. Hakkını verdiysen dillenir, dillendirirsin eşyayı. Dinler o âlem seni, dinlenildiğini bilir ve dinlersin âlemi.

Altıda zayıfsan görmez olur gözlerin, karmaşa içindedir düşüncelerin. Kalbin karışır, bildiğini bilmez olur. Hakkını verdiysen açılır gözlerin, eklenir bir de üçüncü göz ile gönül gözlerin, dönüşüm ve dönüştürücülük mesleğin olur senin.

Yedinci kapıya zayıf gelirsen bağlantıların kesilir. Aklın karanlıkta kalır. Hakkını verdiysen, bir orkestra şefi gibi bedenini ve bağlantılarını yönetmeyi öğrenirsin. Hem bütün kapıları koordine eder ve besler hem de onlardan beslenirsin.

Bilen mi Bildiren mi?

Bildirilen olmak, kâinatın bilgilerinin sığdığı gönlünden beslenmeye kendini açmaktır. "Benim bildiğim, benim dediğim doğru" demeyi bırakmaktır. Yüreğini boşaltabildiğince boşluklardan dolu dolu ilhamlar ve bilgiler akar. Sadece bırakabilene, aradan çekilene akabilir bildirilen olmanın sırları.

Bunun için gönlünle ve kâinatla bağ kurmaya var mısın?

İnce Zaman Çalışması

Şimdi kendine sessiz sakin bir yer seç ve orada 24 saat boyunca, yani bir gün inzivaya çekil yolcu. Kalacağın süre içinde yiyeceğini, içeceğini hazır et. Hayvansal gıdalardan arındırılmış sade ve doğal gıdaları seç. Tatlandırıcılı, asitli, boyalı ve katkılı gıdalardan sakın. Hoşlanacağın müzikleri yanına alıp, televizyon, bilgisayar ve telefona bu süre içinde ara ver. İnce bir zamana geçiş çalışması yapacağız seninle.

Çok yavaşlayarak hareket edeceğiz. Yapacağın tüm hareketleri ve davranışları ağır çekimli bir filmin içindeymişsin gibi, cıva dolu bir gölün içinde yüzermişçesine yapacaksın. Ağır çekimde yemek yiyecek, yürüyecek ve ihtiyaçlarını göreceksin. Tabii kendinle dahi konuşmadan... Bu kitapta ve *Güzellik Tohumu* adlı kitabımdaki meditasyonları uygulayabilirsin. Özellikle sessizliğin içindeki dinginliğe ve huzura ulaşma çalışmaları ile kendi içine ve derinine odaklan. Bu çalışmadaki deneyimlerini yazabilir veya sesli kayıt yapabilirsin.

Bitti mi?

Hayır bitmedi.

Her şeyi öğrendiğini, sana aktarılacak olan bilgilerin sonuna geldiğini düşünüyorsan yanılırsın.

Yol yeni başlıyor, içeri ve dışarı âlemlere olan yolculuğumuz bitmedi yolcu. İlk yedi kapının ardından şimdiki hedefimiz on üçüncü kapıya ulaşmak olacak. Kitabın başında sana on üçüncü kapı da vaat edildi. Bu yolda her kapının hakkını vererek ilerleyebilirsin. İlk yedi kapıyı benliğine sindirip hayatına geçirebilmek için uygulamalarını yapmayı hatırla. Emek verdiğinde, AN içinde sana verilecek sürprizlere ve hediyelere hazır ol.

Ey yolcu:

Kendine kendiliğinden giden yolun pusulası kalbindir yolcu. Kalbinden yükselen çağrıları işiterek, anlayarak bu yolda ilerleyebilirsin. Bil ki attığın her adımda yol ikiye ayrılır. Biri seni kendinden uzaklaştırır, diğeriyse seni içeriye yakınlaştırır. Kendinle ve hedefinle barışarak doğru seçimler yaptığında kaderini oluşturan olursun. Pusulandan uzaklaştığında ise dışarının kuluna dönüşürsün.

O'ndan başka ilah edinmekten sakın.

Sahte tanrılar nefsinin oyunudur. İzin ver gönül gözün açılsın. Açıldıkça gerçekliği ayırt edip görebilecek hale geleceksin.

Sana verilenlere ve emanet edilenlere güven.

Her an korunduğunu bilsen de sığın, o yüce olana.

Ne kadar az dua eder, ne kadar da az talep edersin. Hatırla ki kâinat dualar ile yöneltiliyor.

Diklenmeyi bırak ve hayatın karşısında dik dur. Bu duruşunla "Ben, O'nun halifesi olarak buradayım" de.

Eminliğin ve kendiliğindenliğinle yer sarsılsın, gök gürlesin ve hizmet için eğilsin Âdem oğulları ve Havva kızlarının önünde, secdeye gelmek isteyenler.

Başını yükselt göğe, kalbinin ve âlemlerin önünde eğilerek selamla eşitliği, birliği, birbirinin parçası ve aynı anda bütün olmayı.

Her şeyden münezzeh olana, ne içeride ne dışarıda, ne orada ne burada, tam da sana gönlün kadar yakın olana yönel.

Gönülden niyeti olanlar ile, On Üç'e doğru sırlarla dolu yolculukta buluşalım.